文春文庫

ミッドナイト・バス

伊吹有喜

文藝春秋

目次

第一章　7
第二章　57
第三章　139
第四章　216
第五章　270
第六章　319
第七章　374
第八章　412
第九章　457
解説　吉田伸子　491

初出　別冊文藝春秋　二九七号〜三〇五号
単行本　二〇一四年一月　文藝春秋刊
ＤＴＰ制作　萩原印刷

ミッドナイト・バス

第一章

かすかに左手首に振動が伝わってきて、高宮利一は目を覚ました。

バイブレーション付きの腕時計のアラームを消し、時刻を見る。

午前五時三十二分。深夜便のすべての客を降ろした高速バスのなかに、薄青い光が満ちている。

夜が終わろうとしていた。

運転士の制服の襟元をゆるめ、客席のリクライニングシートに身をもたせたまま、利一は再び目を閉じる。

最近、明け方になると別れた妻の夢を見る。今もたった十五分の仮眠の間に、美雪の夢を見た。

別れたときは三十代だったが、夢のなかの美雪はいつも出会った頃の姿でいる。見る内容はいつも同じで、西日の強い部屋で二十歳の美雪が泣いている。あやまりたくて仕方がないのだが声が出ない。たまらずに手を伸ばすと、そこできまって目が覚める。そして現実に気付く。

離婚して十六年もたっていることに。そして自分がもう四十代の後半になってしまったことに。

うっすらと目を開け、利一はバスの天井を眺める。

繰り返し見るこの夢は、なつかしい記憶でもあり、美雪が泣いていたのは学生時代に自分が住んでいた西早稲田のアパートだ。

リクライニングシートを起こして、利一は立ち上がった。

仮眠前に飲んだコーヒーの空き缶を持ってバスから降り、もう一本、同じものを買う。日の出が近いはずだが、今日は雲が厚いのか外はまだ薄暗い。

しかし白鳥交通という社名にちなんでか、白い塗装を施されたバスは他の車両に比べてほの明るく見える。

熱い缶コーヒーを手にして運転席に戻り、回送の表示を確認するとゆっくりと利一はパーキングエリアから車両を出した。

東京新潟間を結ぶこの定期高速バスの最終は深夜便となり、池袋を夜の十一時半に出発して、朝の五時前後に新潟市に着く。今朝は定刻より少し早く、終点の万代《ばんだい》バスセンターに到着した。

共同運行をしている新潟市のバス会社なら、そこで仕事の大半は終わる。

しかし新潟市から離れた美越《みえつ》市に本社を置く白鳥交通の場合は、車庫が新潟市内になく、終点で乗客を降ろしたあとは回送の表示を掲げて、来た道を一時間かけて美越の営業所まで戻らなければならない。

乗客がいる間は気を張り詰めているが、そのあと一人でバスを走らせていると、緊張がゆるむ気がする。そのゆるみが怖いから、ちょうど新潟と美越の中間地点にあたるパーキングエリアでバスを停め、十五分だけ利一は仮眠を取る。たった十五分の睡眠でも、長時間を走り続けた身にはこのうえなく心地よく、目覚めたときはあともう少しという意欲がわく。

それなのに今日は気持ちが晴れない。

どうして今頃になって、美雪の夢を見るのか。

自分に苛立ちながら、利一は道の先を見る。

よりによって、今日という日に――。


今朝の北陸自動車道は前後に車の姿がなく、貸し切りの道路のようだ。それでも慎重に車両を走らせながら、利一は再び考える。

あんな夢を見るのは、たぶん彩菜のせいだ。

二十四歳になる娘の彩菜は最近、髪を伸ばし始め、何気なく前髪に触れる仕草が若い頃の美雪によく似ている。

その彩菜から一ヶ月前に、結婚を考えている人がいると言われた。近々、先方の家族と食事会をしたいという。

早すぎると反対したいが、自分が美雪と結婚したのは二十二歳の時、東京の大学を卒業して、不動産開発会社に就職した半年後のことだった。

美雪は大学の後輩ですでに長男の怜司を身ごもっており、挙式は大学近くのレストランで質素に行った。レストランでの挙式も、出産を控えた花嫁も今ならば珍しくないが、当時は外聞が悪く、新婦の両親はたいそう嘆いていた。

同じように新郎である自分の母親も、女手ひとつで育てた息子が都会育ちのアバズレにひっかかったと親戚にぼやいていたらしい。しかし美雪は新潟市内に住む大学教員の娘で、同じ県の出身ということで話をしたのが交際のきっかけだった。美越にくらべれば県庁所在地の新潟市は都会だが、母が思っていた類の女なら、ためらいなく怜司を堕ろしていただろう。

それができなかったから結婚し、大学卒業後は家庭に入り、その八年後、長距離トラックのドライバーに転職するという夫とともに美越に来て、同居した姑との仲がこじれて出ていった。それは旅客運送ができる大型二種免許を取得した年で、バス会社への就職と、母との別居を考え始めた矢先のことだった。

あのときは……。

越後平野をまっすぐに進む道の向こう、連なる山々を利一は見る。

稼ぐのに精一杯で、母にも美雪にもうまくやってくれと言うばかりだった。家のなかに誰も味方がいないのが辛かったと、離婚を決めた席で美雪は泣いていた。

もう少し早く、あの涙に気付いていたら。あるいは東京で働き続けていたら。

この道の先、あの山脈の向こうで暮らし続けていたら、どんな朝を迎えていただろう。

夜明け前の薄闇を走っていると、これまでの人生を振り返ってしまう。そして選ばなかった道のことを考える。

しかし別れの理由にもなった母は五年前に亡くなった。息子の怜司は二年前に理系の大学院を出て、東京で就職している。彩菜の結婚が決まれば、自分の人生にも一区切りがつく。

一人息子であったこと、父親であることから離れたら、今度は少しだけ自分のために生きてみたい——。

高速道路を降り、美越の町へと利一はバスを進ませる。

だから、これまで互いの暮らしに踏み込まず、淡い交際を続けてきた古井志穂を美越に誘った。

薄青い闇の向こうにひとすじ紅色の線が浮かび、空がうっすらと赤く染まってきた。

その光のなか、群れをなして飛ぶ鳥の影が鮮やかに目に映る。

夜の気配は薄れ、新しい日が静かに動き始めた。

美越営業所のあかりが見えてきて、利一は微笑む。

今夜も無事に戻ってきた——。

営業所の車庫にバスを停めると、利一は携帯電話を確認した。

彩菜と怜司から電話が一本ずつ入っている。怜司からはメールも入っており、読もうとしたときに志穂から電話がかかってきた。

おはよう、と電話の向こうから、はずんだ声がした。

「リイチさん、今、どこ？　電話に出てくれたってことは、お仕事はもう終わり？」

「まだだよ。今、営業所。どこにいる？」

電車のなか、と志穂が答えて、これから到着するという駅の名を言った。

「誰も乗ってないから電話しちゃった。美越まであと少しでしょ？　駅に着いたら、どこで待ってたらいい？」

「改札を出たところのベンチで。まだ仕事中だから、終わったらまた連絡するよ」

そう言って切ろうとすると、嬉しそうな声が響いてきた。

「私ね、すごくわくわくした」

「わくわく？　何に？」

「リイチさんのバスに乗るのも、高速バスに乗るのも初めてで」

「疲れてない？」

「疲れてない、全然」

「あと少しで、あがるから。寒いかもしれないけど待ってて。すぐに迎えにいくよ」

待ってる、と声がして、電話は切れた。

携帯電話をポケットに入れ、利一はバスのトイレのタンクの処理をする。それからバスの車体を洗い、運行に関する報告書を書いて営業所を出る。駅へと車を走らせると、雲は晴れ、あたりは朝の光に満ちていた。

白鳥交通という社名はいつもハクチョウ交通と読まれてしまい、シラトリと正式に呼ばれることは少ない。しかし営業エリアにシベリアから渡ってくる白鳥の飛来地が多いことが由来と聞いているから、ハクチョウと読むのはある意味正しいのかもしれない。

その白鳥は秋の終わりにこの地に来て冬を過ごし、春になるとまた旅に出る。そんな話を二週間前に東京の志穂の店でしたら、「白鳥を見てみたいな」と洗い物をしながら志穂が言った。

三月末にはあまりいないが、それなら家に来てみるかと誘ってみた。すると小鉢を洗う手を止め、「行ってもいいの?」と問い返された。そしてどうせ行くなら、新潟行きの深夜バスを担当する日に客として乗っていきたいと言った。

深夜便を運行して早朝に営業所に戻ってくると、「アケ」と呼ばれて、その日の仕事はそれで終わる。それから続けて二日間の休暇が入るローテーションなので、たしかにその便に乗ってくると便利だ。しかし乗客が降りたあとに営業所に車両を運ぶ仕事があるうえ、到着が早朝すぎて、終点で降りるにも美越停留所で降りるにも、迎えにいくまで志穂が時間を潰す場所がない。

それを伝えると、すぐに携帯電話で新潟駅発の電車の時刻を調べ、終点でバスを降りたら始発の電車で美越に向かうと志穂が言った。

面倒だろう、と言うと「全然、面倒じゃない」と笑った。遠足みたいで楽しいという。その言葉を意識したのか、昨晩、コートを小脇に抱えてバスに乗りこんできた志穂の手荷物は紺色のリュックで、チノパンツにスニーカーを履いていた。

水筒をぶらさげたら、遠足を引率する女教師のようだ。

思い出したら、かすかに笑みがこみあげ、利一は自宅近くの駅へと車を走らせる。

小さな駅舎に近づくと、改札を抜けたところにあるベンチに、ベージュのワンピースに白いコートを着た女がうつむいていた。

髪をきれいにまとめて、耳の後ろに白い花飾りをつけている。ベンチの横には大きなスーツケースが置いてあり、旅行者のようだ。

志穂の姿を探しかけて、利一はその女に目を留める。

スーツケースの上には昨日見た紺のリュックが乗っていた。

志穂か、と気付いたと同時に、女が立ち上がった。そして顔いっぱいに笑うと手を振り、スーツケースを押してきた。

名前を呼んでいるのか、唇が動いている。車を停めて窓を開けると、冷たい空気が入り込んだ。

リイチさん、と今度は声が聞こえた。

「トランク、開けて」

トランクを開け、車から利一は降りる。

「誰かと思った。着替えたのか？」

駅でね、と恥ずかしそうに志穂が答えた。

「顔を洗ったついでに……」

スーツケースをトランクに入れながら「なんで、また」と聞きかけ、途中でやめる。

朝日を浴びて白いコートを着た志穂が微笑んでいる。それを見たら、細かいことはどうでもよくなってきた。

目が合うと、志穂が照れくさそうに笑った。三十代後半だが、年齢の澱《おり》を感じさせない笑顔だ。

荷物を積み終えて助手席に座ると、雪が少ないと驚いたような声がした。

「私、新潟ってどこもすごく雪が積もっているかと思ったけど、ここも新潟市もあまり……というか、ほとんど積もってないんだね」

このあたりが境目だと、車を出しながら利一は答える。

「ここから先の山のほうに行くと結構、積もってる。白鳥交通の営業エリアはここ以外はだいたい雪が深いよ」

「そのシラトリ、だけど……」

不思議そうな声で志穂が窓の外を見た。

「乗り場で待ってたら、お客さんたちが『ハクチョウさん』って言ってた。地元の人なのにハクチョウって言うの？」

「愛称みたいなもんだね。そっちのほうが呼びやすいんだろう。なんか言ってたか」

うん？　と志穂が言葉に詰まった。

「そこまでは聞こえなかった」

おそらく「ハズレ」と嘆いていたのだろう。

信号待ちをしながら、利一は苦笑する。

東京と新潟を結ぶ高速バスの定期便は都内のバス会社を含む、四社が共同で運行しており、新潟側からは白鳥交通以外に、新潟市、長岡市にそれぞれ拠点を持つ二社が参加している。

そのなかで白鳥交通は規模も営業エリアも一番小さく、装備も古い。他社は深夜便に『三列シート』と呼ばれる、一人がけのシートが三列に並んだ車両を投入しているが、白鳥交通は、その車両数が少ない。

そこでごくたまに、通路をはさんで二人がけのシートが横に並んだ『四列シート』が深夜便に運行されることがあるのだが、そのバスに当たると乗客はハズレ便と嘆くらしい。

そして昨夜はそのハズレの日だった。

信号が青に変わった。車を走らせると、外を見ていた志穂がこちらを見た。

「白鳥はどのあたりにいるの？」

「この先の川の近くに」

「バスを待ってるとき……ご家族かなあ、彼氏かなあ。電話でね、女の子がハクチョウさんに乗って帰るって言ってた。白鳥に乗るって、夢がある言い方だね」

「夢、ねえ」

軽く笑うと、自分の名前のことが頭に浮かんだ。

白鳥交通がハクチョウと呼ばれるように、利一という名前もリイチと呼ばれることが多い。

命名した祖父だけは「トシカズ」と呼んだらしいが、舅と不仲だった母がリイちゃん、リイちゃんと呼び続け、自然と周囲もそれにならってしまった。

上京してからは背が高くて手が長いからとリーチというあだ名がついたが、本当のところは先輩から麻雀を教わった時に、安い手ばかりであがっていたからという気もする。

話のついでに名前のことを言ったら、志穂が笑った。

「それはもう、リイチにしておけってことなのかな」

「そうかもしれん」

再び微笑んだが、すぐに志穂が真顔になった。

「でもリイチさん自身は、どっちで呼ばれたいの？」

「今となってはもう、どっちでもいい」

トシカズさん、と志穂がつぶやき、それからしみじみと言った。

「でもお祖父さんとも仲が悪かったたって……リイチさんのお母さんって、みんなと仲が悪かったんだね」

「みんなって？」

「奥さまがお家を出ていったのもそれだって。昔……うちの母にそんな話をしていたじゃない？」

「古い話だね。よく知ってるな」

言い方が冷たかったのか、「ごめんなさい」とあわてて志穂が頭を下げた。

「……ほんと、ごめんなさい。軽く言っちゃって。聞き耳……たててたわけじゃないけど、店を手伝っていたとき、ちらっと聞いた。で、結婚って大変だって思った。それで実際に体験してみて、やっぱり大変だって……」

「こうるさい姑でもいたか」

そういうわけじゃないけど、と志穂が口ごもった。

「でも結婚より……離婚のほうがはるかに大変だった」

黙って利一は車を走らせる。

西武新宿線の沿線で、小さな定食屋を営む志穂は、東京の不動産開発会社で働いていたときの上司の娘だった。離婚を機に実家に戻ってきて、母親が営む自然食の店を継いだが、別れた理由は知らないし聞く気もない。

助手席を見ると、志穂がうつむいていた。

きれいにまとめた髪に春の日差しが当たっている。始発を待つ間に着替えて髪を整えたのかと思ったら、なごやかな気持ちになってきた。

前を向いたまま左手を伸ばし、形の良い耳をそっとはじいてみる。

志穂が顔を上げる気配がしたので、隣を見ると、またうつむいていた。

その横顔に、志穂の父親のことを思い出した。

二十年ほど前、バブル終焉の雰囲気が漂うなか、休みなく働き続けていた志穂の父親は徹夜明けの社内で倒れて帰らぬ人となった。

それは過労死に近く、会社に殺されたのだと、搬送先の病院で志穂の母親に詰め寄られた。学生だった志穂はそのとき母親との間に割って入り、葬儀の間もずっと気丈に振る舞っていたが、茶毘《だび》に付す直前、棺にとりすがって、お父さん、と泣いた。

その声を耳にして思った。働き続けることの先に何があるのか。

身を削って働いた先に何があるのだろうか。

その半年後に会社が倒産した。個人がどれほど力を尽くそうと、止められないものが組織にはあるようだ。

幼い怜司と彩菜は当時、アレルギーを持っていて皮膚科に通い続けていた。夜中に身体をかきむしって泣く子どもを見て考えた。

故郷のきれいな空気のなかで、自分一人の技量と裁量で稼げる職に就きたい。

そこで大型車のドライバーの仕事へ行き着いたのだが、母はそれが気に入らない。大学卒業後、地元で公務員になるか企業に入ればよかったものを、中途半端に戻ってきたから職がないのだと言い、思うところあってこの仕事を選んだという息子の言葉に耳を貸さなかった。

そうだな、と思わず声がもれた。

「たしかに……みんなと仲が悪かった気がする、うちのお袋は。誰ともうまくやれず、いつも何かに怒って、ののしってばかりいた気がする。孫にはそれほどではなかったけど」

ごめんねリイチさん、と志穂があわてて言った。

「怒ってる？　ごめんなさい。お母さんのことを悪く言われたら嫌だよね。私、うっかり……」

「そんなにあやまられると、お前はマザコンだって言われてるみたいだ」

「ごめんなさい、そんなつもりじゃないの」

申し訳なさそうに見えて、志穂が背を丸めた。

おおらかそうに見えて、自分や他人の言動の些細なところを気にして、志穂はよくしょげる。

きれいな形の耳をまた軽くはじいた。

「いいよ、別に。あんまりあやまってると、面白がって、いろいろ化けて出てくるぞ」

えっ？　と志穂が顔を上げた。

「リイチさんち、何か出るの？」

「出ないよ。でも田舎の家はでかくて暗くて怖いって都会の人はよく言うね」

そんなに大きいの、と志穂が素直な声で聞いた。

「うちはそこまで大きくないけど……やや暗い。いやがって娘は新潟の職場近くで友達と暮らしている。ハウスシェアリングとか言って」

「男の子と住んでいるとか」

「そうは言ってなかったが」

赤信号で車を停めて、利一は口ごもる。女友達だと彩菜は言っていたが、たしかに様子を見に行ったときは留守だと言って直接、挨拶はしていない。

「なんだか……今日はやけに意地悪なことを言うな」

「ちょっとヤキモチをやいてるの。若い女の子に」

「娘だよ」

「娘さんの若さにヤキモチ」

「何言ってるんだか」

青信号になる瞬間、今度は軽く耳を引っ張ると、耳が伸びる、と志穂が笑った。

「でもリイチさん、こっちに戻っても、あまりなまらないんだね。ご家族と話すときはもっと違うの？」

「最近の子はテレビを見て育つから、そんなになまらない」

ふうん、と志穂がいたずらっぽく言った。

「ねえ、何か言って。なまって」

「嫌だ」

「なまれ、リイチ君」

「何、言ってんだて」

軽くなまってみせた途端に気恥ずかしくなって、ため息が出た。普段は感じないが、こうしたときに志穂が一回り近く年下であることを実感する。

「なんだか……俺たち、馬鹿なカップルみたいだな」

「たまにはいいじゃない。馬鹿になろうよ。お休みの日だもの」

まあね、と答えて、利一は車のスピードをあげる。

日差しは暖かく、うらうらと早春の道は続く。他愛ない会話は我に返ると恥ずかしいが、車のなかなら誰も聞いていない。

道を曲がると、自宅の屋根が見えてきた。

営業所から二十分ほどの場所にある家は、太い木材を使った昔ながらの日本家屋で、壊れた箇所をそのつど現代風に修繕しているうちに、奇妙な和洋折衷の家になってしまった。

それでも志穂が来るから、それなりに準備はしてきた。

暗いと脅したけれど、家じゅうの電球はすべて替えてある。東京でハーブの鉢植えを熱心に育てている志穂のために庭を片付け、苗を植えられるようにした。滞在中に何かを植えたら、これからも遊びに来やすくなるだろう。それからくまなく掃除をして、客用の布団を新調した。

自然素材が好きな志穂はアイリッシュリネンのシーツで眠るのが憧れだと日頃から言っていた。そこでインターネットで最上級のものを取り寄せてみた。枕カバーとシーツの一式で布団がもう一組買える値段に驚いたが、届いた品は純白で淡い光沢があり、どこかの姫君の寝具のようだ。

さらに家に着いたら、米が炊きあがっているように炊飯器を仕掛けておいた。食卓には二人分の茶碗も箸も湯飲みも出してあり、座ったらすぐに食べられるようにしてある。朝食後はゆっくり休んでもらおうと、客間には新調の布団も敷いてきた。

アイリッシュリネンのシーツに志穂はすぐ気が付くだろう。きっと喜ぶに違いない。一緒に寝て、なんてせがまれたら……と思いかけ、利一は軽く咳払いをする。

「どうしたの？　リイチさん」

「なんでもない」

身体の関係がないわけではないが、志穂との間はいつも穏やかで、若い頃のように互いをむさぼりあうような交わりはしない。それなのに、あるいはそれゆえか、急に寝具を揃えたのが生々しく感じられ、庭の一角にいささか乱暴に車を停める。

だけど、これからは、ときには、そうして交わるのもいいかもしれない。トランクからスーツケースを降ろすと、志穂が微笑んだ。その笑顔を妙にまぶしく感じながら、荷物を持つ。

たった二泊なのに志穂の荷物は大きかった。何が入っているのかと聞いたら、「ひ・み・つ」と笑った。

「秘密？　何？　何だ？」

なぜか色っぽいものが入っている気がして問い返すと、「開けてビックリ玉手箱」と志穂が言った。

「なんだよ、それは」

苦笑しながら玄関に向かう。その瞬間、思わず足が止まった。

玄関の引き戸が半分開いていた。

あわてて戸に駆け寄ると、廊下に泥と足跡がついている。

泥棒？　と志穂の声がした。

靴を脱ぎ捨て、傘立てにさした木刀を持って利一は台所に走る。あたりには誰もいない。

流しの下の米びつをかきまわすと、ビニール袋に入ったものの感触があった。

ほおっと息を吐いて、ビニール袋の中身を見る。

預金通帳は無事だった。すかさずそれを上着のポケットに押し込むと、仏間に駆け込んで、引き出しの下にある線香の箱をひっくり返す。印鑑もあった。

息を吐いたら、はあ、と声が出た。立ち上がって、仏間から顔を出す。廊下を見ると、てんてんと足跡が続いて、客間のあたりで消えている。

木刀をつかんだまま客間のふすまを開けた。雨戸を閉めた室内に酒の匂いがする。

あかりをつけると、悩ましげな声がした。

「ああっ、まぶしいぃぃ」

「なんだよ、お前は……」

姫君が眠るような純白の寝具には、酒臭い息子がもぐりこんでいた。

娘の彩菜は美雪に似て小柄だが、息子の怜司は父親に似て体格が良い。自分と似た体型の男というのは、こんなにかさばってうっとうしいものなのか。

腕を組んで利一は布団を見下ろす。

まぶしい、と言ったきり、息子は起きてこない。

二十七歳になる怜司は、東京でインターネット関連の企業に勤めている。本当は研究職に就きたかったらしいが、営業をしているらしい。妹の遠慮の無さで、彩菜が兄から聞き出した話によると、理系の大学院生の就職先は教授が気に掛けてくれるものらしいが、怜司は研究室でうまく人間関係が作れず、望む就職ができなかったという。

驚いた。

おい、と利一は眠っている怜司に声をかける。返事がないから、布団をひきはがして

裸だった。

あまりに無防備な姿に即座に布団を掛け戻すと、目をこすりながら、「ああ」と怜司がつぶやいた。

「おかえり……お父さん」

「お前なあ、なんて家の入り方してるんだよ」

怜司が薄目を開けて、すぐに腕で目を隠した。長く、たくましい腕のわりに、子どものような仕草だ。

いろいろ、と怜司が背を向けた。

「出そうでさ」

「何が?」

「だから、いろいろ。上も下もギリギリ……リミット。倒れるかと思った。でも掃除するなら泥のほうがいいかと思って、靴のままトイレにダッシュ……大丈夫」

間に合ったよ、と怜司がつぶやき、布団にもぐっていった。

「外で出しゃいいだろ」

そっか、と布団のなかから、くぐもった声がした。

「酔ってたから……。でも、あとで外を片付けんの、やっぱイヤだな」

「酔ってたって、お前……。靴はどうした？」

「靴？　今は履いてないよ」

廊下で物音がして振り返ると、携帯電話を持った志穂がおずおずと部屋をのぞいていた。１１０番するか、という仕草をしたので、首を振ると戻っていった。

大きく伸びをして布団から顔を出し、怜司が半身をおこした。

ありがとう、と声がした。

「ありがとう？」

「ありがとう、布団……。俺、自分の部屋に行ったんだけど、俺の部屋、布やらミシンやら置いてあって寝られなくてさ。なにあれ？」

「彩菜の副業だよ」

新潟市で服の販売をしている彩菜は最近、休日になると美越に戻ってきて、ミシンを使って何かを縫っている。インターネットで注文を受けて売っているらしく、そこそこの繁盛ぶりらしい。

「どかせって言ってよ」

「自分で言え」

まあね、と答えて、「朝飯……」と怜司が続けた。

「本当は待ってようかと思ったんだけど、ごめん、先に食べた。さっきトイレに起きたら、ご飯が炊きあがってて。たまんなくいい匂いでさ。ああ、帰ってきたなあと思ったら、夢中でかきこんでた。おつゆがなくても、うちの飯は米だけでいけるね。俺……」

　怜司が軽く鼻をすすった。

「閉め出されるかと思った。見放されても、しょうがないって。なのに……ありがと」

　その言葉に昨夜、怜司が連絡をよこしたことを思い出した。気付いたのが早朝なので、かけ直してもいないし、思えばメールも読みそびれている。

　まあ……と言ったきり、利一は室内を見渡す。

　雨戸を閉めているせいか、この部屋はまだ夜のようだ。

「ところで……お前、なんで裸なんだ？」

「俺、最近寝るときはいつもマッパで」

「マッパ？」

　真っ裸、と怜司が言った。

「パンツのゴムの部分がかぶれてくるんだ。待って……なんか着る」

　服はどこらね？　とつぶやいて枕元をさぐり、怜司が布団から這い出してきた。その背を見て、利一は息を呑む。

　背中から腰にかけて肌が赤くただれていた。腰回りには血の滲んだ線が無数に走り、ひどい箇所には、爪でかきこわしたのか、血と膿がこびりついている。

「おい、お前、それ、どうした？」

「だから、かぶれてんだって」

かぶれにしては酷い。そう言おうとすると、背を向けたまま、怜司がそっと腰に手を当てた。

「ごめん。シーツ、汚したかもしれない」

「それはいいが」

「すっげえ気持ちいい布団だね。最近、寝れなかったんだけど、久しぶりにストンと寝た」

わかった、とのどの奥から声が出た。

「もう、いいから。そのまま寝てろ」

部屋のあちこちに落ちている服を集めて枕元に置き、利一は客間を出る。

ふすまを閉めると、心配そうに志穂が廊下に立っていた。

その顔に、申し訳ない、と黙って手を合わせる。

一瞬寂しげな顔をしたが、志穂が唇に人差し指を当て、玄関を指差した。

ひとまず静かに立ち去ろうと言っているようだ。

再び手を合わせ、利一は頭を下げる。志穂に怜司を紹介するにも、あの状況では気まずい。とりあえず少し離れたところにあるファミリーレストランに向かおうと、志穂のあとに続く。

足音をしのばせて志穂が玄関に下り、スーツケースを手にした。それから引き戸に手を掛けて振り返った。

その顔が困惑しているのに気付いて視線を追う。すると暗い廊下の奥にうっそりと、茶色のセーターを着た怜司が立っていた。

そっか、と小さな声がする。怜司が目を伏せ、横を向いた。

「そうだな、冷静に考えれば……俺のためのはず、ないよな」

ごめん、とつぶやき、怜司が廊下を戻っていった。

不意をつかれて、利一は黙り込む。

志穂を見ると、髪に飾った花をはずして、そっとポケットに入れていた。

それから二週間後の夜、東京のバス会社の仮眠室で、利一はため息をつく。枕元に置いた携帯電話の着信を確認したのだが、何の連絡もない。

ゆっくりと起き上がって仮眠室を出た。聞き慣れぬ方言で話す二人連れが前を歩いていく。どうやら風呂にいくようだ。

共同運行をしている東京の会社は、日本各地の会社と共同で高速バスの便を出しており、大きな車庫を備えた練馬近くのこの営業所には、全国から走ってきた運転士とバスが集まってくる。

営業所の一角にはそうした人々のための風呂や仮眠室、さらに会社ごとに割り当てられた休憩室があり、運転士はそこで休んで次の運行に備える。

白鳥交通の休憩室のドアを開けると、誰もいなかった。

靴を脱いで畳に上がると、利一は壁にもたれてもう一度携帯電話を見る。

志穂にメールを送ろうとして手を止めた。

何を書いたらいいのか、言葉が浮かばない。

再びため息をついたら、二週間前の気まずさがよみがえってきた。

あの日、志穂が怜司と鉢合わせたあと、後味の悪い思いで家を出て、まず白鳥の飛来地に二人で行ってみた。

ところが鳥の姿が見えない。

エサを取りにいっているのかもしれないと、あたりを歩いてみたが、寒さと気まずさで会話が続かない。気が付けば黙ったまま、二人でポケットに手を突っ込んで川を見つめていた。

身体が冷えてきたので、それからファミリーレストランに入ったのだが、そこでも志穂はあまり話をしない。

店を出たあと、自分もそうだが、志穂も横になりたいだろうと思い、駅前のビジネスホテルに行きかけた。しかしそれも味気ない。

そうかといって、国道沿いにあるカップル向けのホテルに朝から入るのも気恥ずかしく、迷いながら車を走らせているうちに、携帯電話を見ていた志穂が東京に帰ると言い出した。

引き留めたが、息子さんはただならない様子だったから、早く帰って話を聞いたほうがよいという。

二日酔いだよ、と言ったが、たしかになぜ突然帰ってきたのか気にかかる。

どうしたものかと考えているうちに、志穂は携帯電話で新幹線の切符を取り、帰る手配をしてしまった。自分も東京で少し気がかりなことがあるから、急いで帰るという。

何かと聞いたが、はっきり言わない。とにかく店が気になるからと押しきられて、仕方なく燕三条の駅まで送った。

それから電話やメールを送っても、どこか素っ気ない。

気になりながらもしばらく他の都市への運行が続き、今日、ようやく東京行きの仕事が来た。

今朝の七時に新潟を発って、東京に着いたのが正午過ぎ。

その後は二十三時半に出る便の二時間前まで身体が空くので、食事がてら十四時過ぎに志穂の店に行った。

西武新宿線の駅近くにある志穂の店は、商店街のはずれにある二階建ての一階に入っており、ガラスをはめこんだ朱色のドアが目立つ外装だ。

扉を開けると床が一段高くなっており、黒い板張りのフロアにL字形のカウンターが置かれている。有機栽培や無添加の食品を用いた定食屋というわりに色っぽい内装なのは、元はスナックだった店舗をそのまま引き継いだからだと志穂の母親は笑っていた。

店の名前は古井という名字をもじって『居古井《いこい》』といい、母親が亡くなったあと、志穂は一人でその二階に住んでいる。

店に着くと、ドアには「準備中」の札がかかっていた。

ためらいながらそのドアを開けると、志穂がカウンターのなかを片付けていた。いつもならドアを開けるなり、屈託無い笑顔を見せるのに、今日はうかない顔をしている。

この間の詫びを言って、持ってきた菓子をカウンターに置くと、志穂が寂しげに笑った。

「リイチさんは何かあるたびに笹団子をぶらさげてくるね」

「好きだって言ってたから」

「好きだけど」

志穂が団子に手を伸ばして笹をむき始めた。

「いい香り……大好きだけどね」

「新鮮だよ。産地直送」

志穂がかすかに笑った。しかし顔は沈んだままだ。

「どうした？」

なんでもない、と志穂が団子を食べ終え、すぐに日替わりの定食を出してくれた。この時間帯に来ると、いつもなら隣に座って志穂も賄《まかな》いを食べるのに、今日はカウンターに戻って背を向けている。

どうした、と再び聞くと、「電気関係がね」と声がした。

「最近、店のあちこちが傷んできて。この間は下水が……。ごめんね、ご飯食べてるときに。今度は冷蔵庫がちょっとあぶない感じ。今、修理の人の名刺を探してるところ」

そうか、と言ったきり、黙って箸を動かす。美越なら何か役に立てるかもしれないが、この町に知り合いはいない。

「まだ怒ってるのかと思った」

何に？　と志穂が聞いて、急須に手を伸ばした。

「この前のこと。段取りが悪くて」

怒ってません、と志穂がすねたように言った。

「そうか？　ずっと黙ってたじゃないか」

「怒ったっていうより、恥ずかしくなっただけ」

「恥ずかしいって？」

志穂が小さなやかんを手にした。急須に湯を注ぐ音が心地よく響いてくる。

「嬉しくって、はしゃいでいたの。お花なんか髪に飾って、可愛いドレスで若作り。でも本物の若い人を前にしたら、四十近いのに私、痛いカッコしてるなあと思った」

「似合ってたよ」

「息子さん、冷ややかな目で私を見てた」

それに、と志穂が茶をカウンターに置いた。

「リイチさんだって、息子さんに私のことを紹介してくれなかったじゃない」

「タイミングの問題だよ。あのときは」

別にいいの、と志穂が言葉をさえぎった。

「それは別に。でも私、恥ずかしい格好してたな、はしゃぎすぎたかな、って思ったら落ち込んじゃって」

「今度は……」

きちんと紹介すると言いかけたが、その〝今度〟が切り出せない。

茶を飲み終えると、「一人で休んでて」と志穂が二階を指差した。

居古井に来ると、食後はいつも二階に上がってくつろぎ、仮眠を取る。そのときはたいてい夜の仕込みが始まるまで志穂も休憩をするのに、今日は素っ気ない。

なんとなく居心地が悪く、今日は帰ると言って、店を出た。それからこの営業所に戻ってきて、仮眠室に入った。

それが六時間前のことだ。

休憩室の壁にもたれて腕を組み、利一はため息をつく。

「あーれ」

陽気な声がして、白鳥交通の運転士、佐藤孝弘が休憩室に入ってきた。その後ろにはタオルを首にかけた長谷川巌《いわお》が続いている。

佐藤が靴を脱ぐと、目の前に来た。

「なーんて色っぽいため息、リイッちゃん」

「色っぽいですか?」

佐藤が顔をのぞきこんできた。風呂上がりらしく、せっけんの香りがする。

ジョナン、と重々しく言って、佐藤が深々とうなずいた。

「ジョナンが見えるよ、リイッちゃん」

「なんですか、それは」

「女の難。女難の相。当たるも八卦《はっけ》、当たらぬも八卦……」

「やめてくださいよ、これから女性専用車に乗るのに」

いやいや、と佐藤が首を振った。

「仕事のことを言っているんじゃねえて。なんか、こないだの東京便以来、リイッちゃんのまわりにフワーンフワーンと色っぽーい匂いがする。俺にはわかるんだて」

今年で五十五歳になるという佐藤の趣味は手相と人相見で、迫力ある大きなまなこで何かを言われると、はずれていても当たっている気にさせられる。

しかしこの間の深夜便以来というのは、あまりに限定しすぎだ。

おお、見える、と佐藤が目を閉じた。

「見えるぞぉ。白いお花を付けた、花嫁さんみたいなあねさまが。目がクリックリした、タヌキ系の美人さんらてぇ」

「タヌキ？」

「キツネかタヌキかと言われたら、タヌキだ。でも俺はキツネ系が好き。俺の好みは聞いてないか」

「うどんの話じゃないですよね」

「またまた〜。リイッちゃんたら」

「何か見たんですか」

うん、と佐藤が素直にうなずいた。

「二週間ぐらい前？　リイッちゃんがアケの日に駅で〝ばっか、かわいげなあねさま〟を車に乗せてるとこを、大山ちゃんが見たって。ちょうど駅にほらあの時間、バスが入るねっか」

大山というのは白鳥交通の路線バスを運行している運転士だった。

たしかに駅で路線バスと行き違った気がする。

「そんでそのあねさまとリイッちゃんが、国道沿いのファミレスで仲良くモーニングコーヒーなんかを飲んで……」

「どこからそんな情報が」

「狭い町んなか、ノッポと美人のカップルは、ばっか目立つんだて。いいなあ、リイッちゃん。コレでしょ、東京のコレ」

佐藤がほがらかに笑って小指を立てた。

「勘弁してくださいよ」

「だってリイッちゃん、東京に来ると、あんまりここで寝ないし」

「寝てますよ」

「ちょっとはね、ちいっとばかね。でも、いつも基本、コレのところでしょ？」

その通りだが答えに困ると、「ジョナン」と部屋の隅から寂《さ》びた声がした。

タオルを首にかけ、岩波文庫を手にした長谷川だった。

年のころはおそらく六十前。女子校で国語の教師をしていたので、先生と呼ばれている。バス好きがこうじて大型免許を取り、五十歳を機に幼い頃からの憧れだったという運転士に転職した変わり種だ。

女難、と詩吟のように長谷川がうなった。

「……うらやましいことです。私ぐらいの年になるとナンにもないですからな」

「センセにはバスがあるでしょ？」

「それはそうです」

長谷川が笑って、文庫本に目を落とした。

「もう、先生まで……」

再びため息をつきかけると、腕時計のアラームが震えた。

「俺、そろそろ行きますよ」

「ああハイハイ、じゃあ、ジョナンのリイチが行きますかね」

「佐藤さん、その呼び方、やめてくれませんか。何もなくても難を呼びそう」

ハイハイ、と言って佐藤が手を上げた。

「今夜も気ぃつけて」

営業所の車庫で四台のバスがエンジンをかけ始めた。その先頭を切ってゆっくりと利一は車両を出す。

夜行の最終便は予約人数にかかわらず毎回必ず二台のバスが出る。そのうちの一台は女性客限定の車両だ。

今夜の新潟行きは乗客が多くて、全部で四台。女性専用の一号車が先行して、そのあとに男女混合の三台が続く。

営業所から道路に出ようとすると、道は混んでいた。

慎重に車列に入り込み、利一はスピードを上げる。バスのフロントガラスはトラックに比べて大きく、走り出すと景色が迫ってきて、すぐに後ろへ流れていく。

近づいてくる景色のなかに、志穂が住む町へと続く道があった。

一瞬だけそちらに視線を走らせて、利一はすぐに前を見る。

志穂を再び誘えなかったのは、怜司のことが頭にあったからだ。

どうやら怜司は、ずいぶん前に会社を辞めていたらしい。それからずっと次の仕事先を探していたが、思うものが見つからなかったようだ。

東京では息をするだけでも金がかかる、と怜司は言っていた。

実家が東京にあるなら仕事もじっくり探せるけれど、地方出身者はいつまでも職探しはできない。しばらくは貯金を取り崩して暮らしていたが、先月に家賃の二ヶ月分というアパートの更新料の請求が来て、持ちこたえられなくて戻ってきたらしい。

家財道具はどうしたと聞いたら、トランクルームに入れてきたと答えた。

「いろんなものを捨てて、最低限のものだけ入れてきた」

「じゃあ、東京に戻るのか」

わからん、と怜司が投げやりに言った。

地元で就職するのかと聞くと黙りこみ、そのうち自分の部屋を占領している彩菜の道具を納戸《なんど》に運んで、二階の自室に閉じこもるようになった。

その彩菜は、結婚を考えていると言うわりに沈んだ顔でたびたび美越に戻ってきて、一心不乱に納戸でミシンを踏んでいる。食事会をしたいと言っていたが、その話はもう出ない。

池袋に近づくにつれ、人が増えてきた。

駅方面へと急ぐ人にまじって、飲み会帰りらしい人々が楽しそうに歩いている。

池袋の高速バスの乗車場はＪＲ池袋駅に向かう大通りにあり、全国各地に出る長距離路線バスがそこから出発する。

金沢行きが出発したあとに続いて停留所に入ると、今夜も大勢の人がベンチに座っていた。

バスを停めてドアを開ける。次々と女性客がステップを上がってきた。

乗客が提示するチケットを回収しながら、利一は名簿に印を付ける。すぐにほとんどの席が埋まったが、名簿を見るとあと二人、アイカワ・マユミとカガミ・ユキという客が乗っていない。

場内整理の担当者に告げると、二人の名前をアナウンスしてくれたが、現れる気配はない。

出発しようとドアを閉めかけたとき、黒いキャリーケースを引いた少年が走ってきて、体当たりするようにしてドアを押し戻した。

「待って、すみません、もう一人……もう一人、乗ります」

「こちら女性専用車ですから、男性は後ろのバスで」

違います、と息を切らせて、少年が言った。

「僕じゃ、ないっす、母が今、走って、きますから。荷物。荷物、入れてきます」

待っていてくれと念を押し、少年がキャリーケースをトランクに持っていった。

声をかけられた以上、無視するわけにもいかず、一度片付けた名簿に利一は手を伸ばす。

かすかに花の香りがして、女の声がした。

「遅れて、ごめんなさい、加賀です」

カガさん？　と復唱して、利一は名簿をチェックする。

待っているのはアイカワ・マユミとカガミ・ユキだ。

「お名前がありませんが」

後続のバスではないかと顔を上げ、利一は息を呑む。

美雪だった。

別れた頃より一回り小さく見えるが、たぶん、そうだ。

お母さん、お母さん、と美雪の後ろから少年の声がした。

下に、荷物を入れといたからね――。

＊＊＊

――下に、荷物を入れといたからね。

「わかったぁ、ありがとね」

息子にそう叫んで、相川真由美は人をかきわけ、池袋の歩道を走る。

背中のリュックが激しく揺れて、足取りがもつれてきた。

ここだよ、と高速バスの前で息子の仁志《ひとし》が手を振っている。

「もう乗るだけでいいから。荷物はトランクに入れといたから、乗って」

わかった、と言って倒れ込むようにしてバスのステップを上がると、ほっそりとした女が運転手の隣でうつむいていた。

名簿を見ていた運転手が顔を上げ、こちらを見た。

その眼差しが息子に向けられている。戸惑いとも憂いともつかぬ眼差しだ。

思わず「すみません」と真由美は叫んだ。

「アイカワです。アイカワマユミ。駅の出口、間違えて、息子と一緒に反対のほうに出ちゃって。ほんと、すみません」

運転手が軽くうなずき、名簿に印をつけると、女は通路に向かっていった。

「あれ、なんだ、まだ大丈夫そうらて。仁志、よかった、お客さんがまだいたよ、仁志い！」

恥ずかしそうに息子が手を振り、バスから離れていった。

アイカワさん、と運転手がチケットを受け取り、ドアの外を見た。

「息子さんですか？」

「そうなんです。お世話かけました。こっちのこと、まだよくわからなくて」

運転手が名簿に印を付けて、顔を上げた。

すぐに発車するので、早く座席についてくれという。

あわてて通路に向かうと、先ほどの女が前を歩いていた。

長い髪を結ってバレッタで留めてあり、コートの襟からのぞくうなじが細くて白い。

女が動くたび、かすかに甘い香りがして、東京の人はお洒落だと思った。

しかしその瞬間、このバスに乗っているところをみれば、きっと同郷で、おそらく自分とどっこいどっこい、と思い直した。

新幹線に乗らずに高速バスで帰るのは、旅費か時間の節約をしている人だ。もしくは新幹線の最終に乗り遅れた人か。それでも余裕があればホテルに泊まって、始発で帰るだろう。

その思いが聞こえたように、女が振り返った。色白の小さな顔に、黒目がちの瞳が潤んだように揺れている。雰囲気のある人だと思ってまじまじと見たら、うつむいてまた歩いていった。

バスの座席は若者から年配者までさまざまな女で埋まり、二席だけが空いていた。華奢な女が一番奥の席に座り、真由美は残った窓際の席に座る。カーテンが閉められていたから、それをくぐって窓の外を見た。

リュックを背負った息子がバスの横に立っていた。手を振ると、恥ずかしそうに小さく手を振り返した。

大きくなったなあ、と息子を眺めた。

生まれたときは保育器に入っていたのに、今は東京の路上で一人で立っている。

手を振っていた息子が一瞬、うつむき、また顔を上げた。

うつむかなくていいよ。

真由美は息子を見つめる。

お前が欲しいものは、この街にしかないんだろう。

二日前に東京の大学へ入学する息子とともに新潟から上京した。息子の門出だから行きは二人で新幹線で来た。だけど帰りは一人だから、高速バスでいい。

そう言うと息子は顔をしかめていた。

「そんなに差はないだろ？　往復なら安いけど、帰りだけなら四、五千円の差だよ」

その四、五千円が大事だ。それだけあれば製菓工場で働く同僚たちへのおみやげが買える。だけど笑って答えた。

「新幹線だったら最終は九時台だけど、バスなら十一時半。ぎりぎりまで一緒にいれるって」

子離れしてよ、と息子が顔をしかめた。

心のなかで真由美は息子に呼びかける。

だから、一人で帰るんだて。

バスのエンジンがかかり、停留所から動き出した。息子があとを追いかけて立ち止まり、何かを言った。なんと言ったか、わからない。精一杯笑って手を振った。だけど息子の姿が見えなくなった途端に膝に手が落ちた。

きらびやかな建物の間をバスが行く。まるで谷底のようだけど、この谷底はとても明るい。

女手ひとつで育ててきた息子が、東京の大学に行きたいと言ったとき、県内じゃ駄目かと聞いた。できれば私立じゃなくて、家から通える国公立の大学に行ってくれると助かるよと続けたら、黙ってしまった。

それからしばらくして、やっぱり東京の私立大学に進みたいと言った。どうしてもそこに行きたいのだという。

入学試験の費用が高いから、他の大学は一切受けない。第一志望が駄目なら就職すると言い切って、息子はこの春、望んだ大学の新入生になった。

誇らしくて自慢したい。だけど切ない。そこまで子どもを追いつめた、自分の力の小ささが。

窓にもたれ、真由美は流れていく景色を見る。東京の街の光は絶え間なく続き、歩く人たちはみんな幸せで裕福そうだ。

先月も新幹線で二人で来て、東京でアパートを探した。郊外に行けばそれなりにきれいな部屋が借りられるのに、息子は新宿近くの古いアパートを選んだ。

都心に近い方がアルバイトに便利だと、先に上京している高校の先輩が教えてくれたのだという。アルバイトではなく、お前は大学に勉強しにいくんだろうと叱ったら、黙ってしまった。

言ったあとで後悔した。わかっている。仕送りだけではやっていけないことを。

アパートがある町は昔ながらの商店街が残る、暮らしやすそうな場所だった。引っ越しの荷物を片付けた昨日、二人で日用品を買いにいくと、普段は無口な息子があれこれと生活の仕方について聞いてくる。

それがうれしくて、風呂の道具を買いながら、カビに気をつけろと言い、トイレのたわしを選びながら、掃除をまめにしろと教えていたら、息子があれこれ言われてもわからんと言って、不機嫌になった。

そしてもっと小さな声で話せと言う。腹が立ってきて、わざと大きな声で話したら、帰りは町の地図を見ながら少し離れて歩いていった。

息子の背中を見ながら、日用品を抱えて歩いた。

でも、それでいい。

この町でこれからこの子は暮らしていく。先を歩いてくれれば、心おきなく見ることができる。大きくなった息子の背中を。この町で生きていく姿を。

バスは軽快に走っていき、立ち並ぶビルにまじってマンションが見えてきた。

都心のマンションでの生活とはどんなものだろうと真由美はあかりを見上げる。あのひとつひとつの照明の下に、ひとつひとつの暮らしがあるのだと思うと不思議だ。

息子が借りた部屋は大きなマンションの狭間にあるアパートの一階で、朝のわずかな時間しか陽が当たらなかった。

その暗い室内を少しでも居心地がよいように調《ととの》えているうちに、新潟に帰る日が来た。

東京最後の夕食はどこかでごちそうを食べようと息子を誘った。

さっそくインターネットで安くておいしいというイタリア料理の店を息子が見つけて、二人で新宿に出た。しかし人が多くて広すぎて、目指す店がどこにあるのかわからない。駅の近くを歩き回り、結局入りやすそうなインドカレーの店に入った。

疲れたのか息子はうつむいて、黙々と食べている。これが最後の夜だと思うと寂しくて、おいしいカレーだね、と笑いかけてみた。

「ナンもモッチリしてて。あれ、このカレー、レーズンが入ってる。仁志、こっちのカレーも食べてみれて」

遠慮しないで一口食べろと言ったら、息子が顔を上げて言った。

「お母さん……カレー、カレーってそんなに大声で言うなよ」

「なんで?」

「その言い方だと、東京では魚のカレイなんだよ」

それの何がおかしいかと聞いたら、なまっている、と息子がつぶやいた。

「カレー? そんなになまってない。それになまりが恥ずかしいって、何が恥ずかしい? 急にシティボーイを気取ってんねぇ」

「シティボーイってなんだ? 大きな声で言うなって」

「そんなこと言ったって、これが地声だて。シティボーイってのは都会派男子って意味ら? 大学生になるのに、そんなのもわからんのかね、このあんぽんたん」

そこまで言わなくてもよかったのに。

街の勢いに負けまいとしたら、言い過ぎた。

疲れたのか眠気が押し寄せてきた。カーテンから出て、真由美はリクライニングシートに身をあずける。

目を閉じると高速道路に入ったのか、バスはスピードを上げ始めた。

ふわりと良い香りが鼻をかすめて、真由美は目を開けた。

小さな照明がともった通路を女たちが行き来している。バスは停車していた。

前を見ると、背の高い運転手が客席を見て、人数を数えている。それから運転席に戻ると、再びバスは走り始めた。

どうやらサービスエリアで休憩していたみたいだ。

遮光カーテンと窓の間に入って、外を見る。

山中を走っている気配がするけれど、闇にまぎれて何も見えない。それでも高速道路の外灯が次々と身を照らしてまぶしい。

人生の終わりには走馬燈のように思い出が駆けめぐると聞いている。その走馬燈とはこんなものだろうか。

外灯を見上げたら、夫のことを思い出した。

職場結婚で結ばれた夫と別れたのは、息子が六歳のとき。しばらくは養育費もきちんと入っていたけれど、夫の再婚を機に減額された。

やがて夫の新しい家庭に女の子が次々と生まれて、三人目に男の子が生まれた。息子が欲しくて頑張ったのだと人づてに聞いたとき、言いようもない腹立ちが生まれて、養育費はいらないと言った。

だけど、とうつむいたら、鼻の奥がツンとした。

あれは一時の感情で、息子と父親の仲を取り持っておくべきだったのだろうか。

今、少しでも夫に助けてもらえていたら、息子は陽の当たる部屋を借りられたかもしれない。

走馬燈、と心のなかでつぶやいた。どういうものか知らないが、早回しで見るビデオのようなものだろうか。

バスは闇のなかを駆けていき、次から次へとフラッシュのように外灯の光が身を照らす。奥歯をかみしめて、真由美はその光を見上げる。

泣くもんか。後悔などしない。

あの男のなかに最初の息子の存在はなくても、自分にとってはあの子がすべて。

目を閉じると、黒いリュックを背負った息子の後ろ姿が心に浮かんだ。

新宿のカレーの店を出たら、このバスの出発までまだ時間があった。そこで二人で東京スカイツリーを見にいった。

夜の電車は混んでおり、ドアが開くたびに大勢の人々に押された。背を向けた息子は、母親が押しつぶされないように一生懸命、足をふんばっていたが、人はどんどん増えていく。電車の窓に映った自分たちの姿は小さな虫のようで、気を抜くとどこかに押し流されてしまいそうだ。

バスの窓に頬を押しつけ、薄く目を開ける。

あんな大勢の人波のなかで、これからやっていくのか。

友達はできるだろうか。都会のなかで居づらさを感じることはないのだろうか。

それともすぐに馴染んで、これからずっと東京で暮らしていくのだろうか。

もう……帰ってこないかもしれないな。

一緒に暮らす日は、もうないかもしれない。

そう思ったとき、バスが本線から側道に入っていった。そして静かに停まると、二つ前の席から女が立ち上がって、バスを降りていった。

外を見ると、雪がまだ残るなかに小さな待合室らしきものがあった。時刻表が貼ってあるところを見ると、高速バスの停留所のようだ。

再びバスが動き出した。時計を見ると午前三時だった。

それからバスは何度もひそやかに停まり、そのたびに女たちが降りていく。

こんな深夜にどうやって家まで帰るのだろう？

バスの窓からのぞきこむと、自分より少し年上に見える女がたった一人で、キャリーケースを引いて歩いていた。手にはスカイツリーが描かれた袋を持っている。

同じようなものを自分も職場のおみやげに買っていた。

あらためて車内を見渡した。

くらがりのなかで、三十人近い女たちがバスの座席で眠っている。

みんな、どっこい、どっこい。

そう思いながら目を閉じた。

女、一人。かまきりみたいな細腕を振り回してあがいて。

きっとみんな、同じ。きっと、みんな頑張っているんだ。

泣くもんか。

顔を手で隠して真由美は大きく息を吐く。

バスはやさしく、静かに走り続けていた。


いつの間にか眠りに落ちたらしく、周囲のざわめきに目を開けると、バスが頻繁に停留所に停まり始めた。

車両は新潟市内に入り、あとふたつで終点の万代バスセンターだった。

眠り続けていて気がつかなかったが、途中で事故があり、一時はまったく車が動かなかったようだ。遅延のおわびを運転手がアナウンスしている。

バスを降りると、外はすっかり明るくなっていた。

終点のバスセンターは大きなビルの一階にあるターミナルで、ここから出る路線バスに一時間ほど揺られていくと家に着く。

勤め先の製菓工場には午後から出ることになっているから、どこかで朝食を食べていきたいと思った。

荷物を出してくれた運転手に、この近くに食事ができるところはないかと聞くと、コーヒーショップと立ち食い蕎麦の店がバスセンターのなかにあると答えた。

「まだ開いていないかもしれませんが……」

腕時計を見ながら、運転手が言った。

「蕎麦屋のほうはカレーも有名で。バスセンターのカレーと言われていて……」

なまりのない口調のなかで、カレーだけが聞き慣れた響きで思わず言った。

「運転手さん、こっちの人?」

「白鳥交通ですから」

「あ、そうか。ハクチョウさんか。どうりでカレー。この言い方じゃ魚のカレイだって息子に言われたけど、カレーはカレーだよね」

背の高い運転手が微笑み、うなずいた。

教わった蕎麦の店に行くと支度中で、店の前に立食用のテーブルを出しているところだった。しかしよほど空腹そうに見えたのか、カレーなら出せると言って一皿を出してくれた。

それを見た途端、涙がこぼれ出た。

レモンのように黄色い、ぽってりとしたルウのそのカレーは、幼い頃に母が作ってくれたものに似ていた。

「金メダルだ……」

その昔、学校でほめられると、母は小麦粉とカレー粉を炒めて、こんな山吹色のカレーを作ってくれた。金メダルのカレーと言って。

涙がこぼれたら、我慢していた思いが噴き出て嗚咽《おえつ》がこぼれでた。

私、頑張ったよ、お母さん。

だけど、と真由美は亡き母に語りかける。

とうとう、一人になってしまったわ。

携帯電話が鳴った。

息子からだった。無事に着いたかと声がする。

遅いから心配していたのだという。

道が混んでいて、今、着いたばかりだと伝えると、声が変だと心配そうに息子が言った。

電波のせいにして涙を拭くと、今度お菓子を送ってくれと息子に頼まれた。勤め先の工場で作っている菓子を段ボールで一箱送ってほしいのだという。

「お菓子って、あの女の子の絵がついたやつ？　あんなの食べるの、あんた？」

「あんなのってなんだ。自分たちで作っておきながら」

「中身はちゃんとしてるけど、袋がね……」

あの袋の絵は、今、ひそかに人気があるマンガなのだと息子が言う。作者は新潟在住で、あの菓子は地元限定バージョンということで、インターネットで話題になっているらしい。

名刺代わりに配るというので、一箱送ることを約束して電話を切ろうとすると、ごめん、と小さな声がした。

今度、東京に来たときは道に迷わないという。

「メシもごめんな。今度はちゃんといい店に案内するから」

いいよ、と答えて、涙をぬぐった。

「あの店もおいしかったよ」

うん、でもなあ、と声がした。

「カレーはやっぱお母さんのカレーが一番うまいな」

魚のカレイと同じ言い方で、息子が笑った。

金色のカレーを食べ終え、バスセンターの構内を歩き出すと、高速バスの乗り場が見えてきた。

ほのぐらい建物のなかで、東京行きの表示が白く光っている。立ち止まって、その文字を見上げた。

東京の大学生活。
お前にやれるものは、これが最後かもしれないね。
そのあとはきっと、自分の手で欲しいものをつかんでいくだろう。
キャリーケースを引く手に力をこめ、真由美は歩き出した。
だから、精一杯、力いっぱい働くよ。
「あと四年、あと四年」
声に出したら、腹の底から力が湧いてきた。
家へ帰るバスの乗り場に向かうと、東京行きのバスが構内に入ってくるのが見えた。
大きなその姿が頼もしくて、真由美は微笑む。
涙は、いつのまにか乾いていた。

第二章

美越の家の台所で夕食のカレーを皿に盛りながら、利一はカレンダーを見る。

怜司が突然、東京のマンションを引き払い、家に帰ってきてから一ヶ月半がたつ。

あのときはまだ肌寒かったが、今は五月に入り、吹く風はさわやかだ。

東京から戻って以来、怜司はめったに外出せず、部屋にこもっている。しかし完全に人との交流を断っているわけではなく、家の掃除や洗濯はこまめにするし、どうでもいいことに関してはよく話す。

しかし何が原因で会社を辞めたのかと聞くと黙り込む。申し訳ないが、少しの間、家にいさせてほしいと繰り返すばかりだ。

家から出ないのは、心に問題があるのだろうか。

病院への受診を勧めたほうがいいのだろうかと時折、考える。しかしそれをどうやって切り出したらいいのか、言い方が難しい。

カレーを盛りつけた皿をテーブルに置き、二階に向かって飯だと声をかける。気のない返事が上から降ってきて、階段を降りてくる足音がした。

水を入れたグラスをテーブルに置くと、カレーか、と落胆の声が聞こえた。

「昨日もカレー、今日もカレー、明日もたぶん……」

「明日は東京に泊まりだから、好きに食え」

「そう言われたって、近くに食べにいく店もないし」

「車を貸してやるから、駅のほうまで行けばいいだろ」

「車か……」

そうつぶやいて、怜司がテーブルにつき、カレーを食べ始めた。

一人で暮らしていたときは米だけを炊き、志穂がもたせてくれる総菜や買い置きのレトルト食品などを食べていた。しかし怜司が家に帰ってきて以来、買い置きの食料品の減りが異常に早い。文句を言いたいのだが、帰ってきた日に垣間見た怜司の背中を思い出すと、言葉を飲み込んでしまう。

血がにじんでいた肌を、下着のゴムでかぶれたせいだと怜司は言っていた。しかし肌は腰回りだけではなく、背中のほうまで荒れていて、ただのかぶれには見えない。

病院には一応、行ったようだが、原因は失業のストレスと生活習慣のせいと言われたらしい。それならば職を探して、食べ物などに気をつけるべきだと思うのだが、今のところ本人はその二つにとても無頓着だ。

歯がゆい。しかしそのたびに背中を隠そうとした怜司の仕草を思い出す。

親であっても、立ち入ってはならぬ領域があるような気がした。

そこで休日ぐらい、健康的な料理を作ってみようと考えたが、たいして作れるものはない。せっかくの休みが食事の支度に追われるのも面倒で、結局、休暇がくるたびに大鍋にカレーかシチューか肉じゃがを作ることが多くなった。

怜司が福神漬けに箸を伸ばした。

「お父さん、時々さ」

「おう」

「すごくおいしい総菜が出てくるけど、あれはどこに売ってるの？ この間、タケノコを煮たやつを出してくれただろ。それから、ホクホクした……なんだろ、里芋のコロッケ？ あれはどこに売ってるんだ？」

「どこにも売ってない」

「お父さんが作ったの？」

「まさか」

「じゃあ、どこから出現したんだ？」

黙って利一は冷蔵庫を指さす。

冷蔵庫の扉には、いつもその月の運行表が貼ってある。

白鳥交通の運転士は関西方面の深夜バスの乗務を終えると、二日の休みが入る。休日明けはたいてい東京便の運行に携わることが多い。

「休日明けの四日間は東京へ二往復で、そのあと休み。東京から帰ってくると、うちの食卓がにぎやかになる」

あ、そっか、と怜司がうなずいた。

「そういうことね、あの人がおかずを持たせてくれるんだ。東京の人なんだね」

怜司が黙ると、食卓は静かになった。自分の咀嚼《そしやく》の音が妙に大きく聞こえてくる。その音を聞いていたら、怜司に気を遣うことに疲れてきた。

いつまで家にいるつもりなのか、一体何をやりたいのか。

怜司、と呼びかけたら、息子が顔を上げた。文句を言ったわりに、うまそうにカレーを食べている。

「お前なあ、一体、何をやりたいんだ？」

何も、と怜司が答えた。

「俺、何をやりたいんだろ？　何かしなきゃ駄目なのかな？　駄目だろうね」

「ひょっとして東京の……大学院に残りたかったのか？　もっと上の課程に行きたかったのか」

「それがそうでもないんだよね」

他人事のように言って、怜司がうなずいた。

「こんなことなら医学、薬学系にしておけば良かったかな、手に職がついて。だけど怖いんだよ、あっち系統の実験。俺、駄目。魚をさばくのも駄目だもん。実験動物……見るのも駄目。だから人なんて絶対駄目。だから医学部は駄目」

「そんなに駄目、駄目と言うなよ、情けなくなってきた」

「俺も情けない」

怜司が福神漬けを口に運んだ。

「それにな、お前。そういうことは大学に入る前に考えろ。六年も親に学費を払わせておいて、今さら医学部の話をされても困るぞ」

「だよね」

「他人事みたいに言うな」

でもさ、と怜司が立ち上がると、流しに立って、急須に手を伸ばした。

「医学部は無理だったたって言ったんだ。何も今から入りたいって言ってるわけじゃない」

「言われたってさ……」

情けなさに、続けた声が裏返った。

「困る」

急須に湯を入れている背中が揺れている。笑っているようだ。

「お父さん、昔はあまりしゃべらなかったのに、意外によくしゃべるね」

優しい手つきで、怜司が二人分の湯飲みを食卓に置いた。

「あの人のおかげ？」

「誰だよ」

総菜の人、と妙な節をつけて怜司が言った。

「変な名前をつけるな」

そうなんだよ、と怜司が一口、茶を飲んだ。

「なんだ、あれは？　あのクルクルッてした感じの、可愛い人」

「何、言ってるんだかわからん」

話を終わらせたくて突き放すように言うと、「雰囲気だよ」と怜司が笑った。

「リスみたいにクルクルッとした感じ。お父さんの知り合い？　というか彼女か。大荷物で……。お父さん、あの人のためにご飯を炊いたんだろ。新しいお茶碗まで買って。よく見たら湯飲みと対になっていて……ウサギの絵が描いてあった。ごめん、おれ、それで思いっきしメシ食ったけど、そんで、使い勝手が悪くないから今も湯飲みを使ってるんだけど」

知ってるよ、と、苦々しい思いで茶を飲む。怜司の指の間から、愛らしい雪うさぎの顔がのぞいている。

「俺が使ったもの、今さら使う気にもならないかと思って。でもなんだか……。悪いことをした、あの人に。名前はなんていうの？」

「なんでもいいだろ」

ふうん、と怜司が冷ややかに笑った。

「なんでもいいのか。どうでもいい子ちゃんなのか？　だからあのとき、紹介しなかったのか？ 冷たいね、お父さん。ウサギのお茶碗まで用意しておいて」

「うるさいな」

「自分のことになるとそうだ。じゃあ俺のことも、そっとしておいてくれないかな」

怜司が立ち上がり、皿に新たな飯をよそった。

「大飯を食らいながら言うな」

「おかわりをしなきゃいいのか？」

「そういう問題じゃないだろう」

しゃもじについた飯粒をとりながら、怜司が言った。

「俺、お父さんの分の洗濯も掃除もしてるだろ？ 風呂もトイレも毎日磨いてるよ」

「ハウスダストが気になっているせいじゃないのか」

「そういうわけじゃない」

怜司がうつむき、カレーを飯にかけた。

「アレルギーじゃないから。でもここの水は肌に合うんだろうね。少しずつ良くなってきた」

「原因はなんだ？ ストレスが原因ならそれを取り除かないと根本的な解決にならないぞ。少し治ったって、すぐまた繰り返す」

あの人、と怜司が声を上げた。

説教は聞きたくない、と言っているようだ。

「ちゃんと聞け、怜司」

「あの人……どうでもいい子ちゃん。あのとき、とても悲しそうな顔をしてた。お父さんのうしろで。お父さんの見えないところで」

「何を言いたい」

お母さんと一緒だ、と怜司が言った。

「お母さんも出て行く前に同じような顔をよくしていた。お父さんの背中を見つめて」

「だから、何が言いたいんだ」

だからさ、と怜司がもどかしげに言った。

「つまり俺が言いたいのは、繰り返すのは俺ばっかじゃないってことだ」

盛った飯にスプーンを突き刺すと、あとは上で食べると怜司が言った。

「台所は俺が片付けるから、洗い物は置いといて」

これ以上は踏み込んでくるなと言われた気がして、利一は黙る。

怜司が階段を上がっていき、ふすまを荒々しく閉める音がした。

飲みかけの湯飲みを手にして、利一は居間に向かった。

テレビをつけて、座椅子に腰掛ける。そして天井を見上げた。

怜司が降りてくる気配はない。

流れてくるニュースの映像を見ていたら、怜司の言葉を思い出した。

美雪が家を出て行く直前と同じ表情を志穂がしていたと怜司は言っていた。自分の背を見つめて美雪は、そして志穂はどんな顔をしていたのだろう。

なによりもこれまで母親のことをあまり口にしなかった怜司が、そんなふうに当時の親を見ていたのかと思うと、その冷静さが怖い。

湯飲みに手を伸ばすと、茶はすっかり冷めていた。

指先に磁器の感触が伝わってくる。その冷たさに一ヶ月前、美雪の手に触れたときのことを思い出した。

あの日、乗客として現れた美雪は、乗車券を購入したときに名前の入力を間違えたようだとチケットを差し出した。その券を受け取ったとき、美雪の指先がかすかに触れた。それは一瞬だったのに氷のように冷たく、その途端、美雪の手足がいつも冷えていたのを思い出した。

学生だった頃、その手をよくコートのポケットに入れてやり、温めながら夜道を歩いたことを覚えている。手袋をしても冷えるという指先をポケットのなかで握って温めると、美雪がそっと身を寄せてくるのがとても愛おしかった。

あれから長い年月がたち、互いに若さは薄れたはずなのに、一ヶ月前に暗い車内で見た美雪は昔とそれほど変わっていないように見えた。

そう思おうとしているだけかもしれない。幻を見たような気もしている。

座椅子の背にもたれて、利一は目を閉じる。

高速バスの深夜便は乗客が眠りやすいように、運転席と客席の間をカーテンで遮っている。そうしていると運転席は小さな個室のようで、運行に集中していれば一人でいるような気持ちになれる。しかしあの日は、背後に美雪の存在を強く感じて、終点まで落ち着かなかった。

バスは新潟市内に入ると新潟駅前を経て、万代バスセンターに着く。美雪は終点まで乗っていたが、どこかで朝食が食べられないかと質問してきた客に答えている間に姿を消していた。

話しかけるつもりなどなかった。

声をかけられても困るだろう。すでに他人同士だ。それに冷静に考えれば、名簿を見てこちらは気付いたけれど、美雪のほうはほんの一言二言、話した運転士が、十六年前に別れた夫だったとは気付かなかったかもしれない。

それがわかっていても、姿が消えてしまうとかすかにやるせなく、美雪を見かけたのは幻だったような気がしてくる。ところが営業所に戻って車内を片付けていると、美雪が座っていたあたりの床に真珠のイヤリングが片方落ちていた。

薄く目を開け、利一は茶簞笥《ちゃだんす》の上を見る。

イヤリングの落とし物は時折ある。おそらく眠っているうちに外れてしまうのだろう。ただ、そのイヤリングを拾ったとき、別れ際に男のベッドの下に真珠のピアスを置いていった女の歌を思い出した。

美雪がそんな芝居がかったことをするはずがない。しかし学生時代に美雪が松任谷由実のアルバムを好んで聞いていたことを思い出すと、それはどこか手放しがたく、何か意味を持っているもののような気がした。

立ち上がって、茶簞笥の上に置いたノートに手を伸ばす。ページをめくって、美雪の実家の電話番号を見た。美雪の父親は大学の教員で、新潟市内にあるキャンパスの近くに今も住んでいるはずだった。

別れたあとの連絡先は知らない。しかし子どもたちの入学式や卒業式のときには、美雪の実家に必ず連絡をしてきた。どの式典にも美雪は現れなかったが、父親だけが目立たぬように来て、いつも遠目に孫を眺めていた。挨拶をしようと近づくと離れていくが、それでも最後に見かけたときは彩菜が追いかけていき、祖父と少しだけ話をしていた。その折に美雪は東京で元気で暮らしていると聞いたらしいが、彩菜は多くを語らなかった。

ノートを茶簞笥の上に戻し、利一は座椅子に戻る。

美雪の実家に電話をして、何を言うつもりなのか。近頃の自分は、どうかしている。

表の駐車場に車が停まった。急停車したらしく、タイヤがきしむ音がする。

玄関の引き戸が開けられ、「ただいま」という声が家中に響いた。そして廊下を走っていく音がした。

居間のふすまから顔だけを出して、利一は声を張り上げる。

「おい、彩菜か？　彩菜なのか？」

うん、と朗らかな声がした。

「お父さん、帰ってたんだね、おかえり」

彩菜の声は透き通っていてよく通る。時折うるさく感じることもあるけれど、今夜はその明るさがありがたい。

階段を駆け上がる音がして、彩菜の声がした。

「お兄ちゃん、ごめんね、ちょっと押し入れ開けさせて」

その瞬間、悲鳴があがった。

怜司の声だった。

——なんだよ、お前、ノックぐらいしろよ！

——ふすまをどうやってノックするの？

お父さん、と怜司が声を上げた。

——お父さん、ちょっと……なんか変な生き物がいる。

——変な生き物って失礼ですね。

彩菜が話したあと、ゲームの効果音のような響きがした。何かがきらめいているような音だ。

「おい、どうした、二人とも」

居間を出て、階段の下から利一は二階を見上げる。

お兄ちゃん、と彩菜の声がした。

——アヤニャンはなーんにも見えてませんから大丈夫。あわててそのお粗末くん、しまわなくってもいいですよ。どうぞマッパでカレーを食べ続けてシル・ブ・プレ。

——何、言ってるんだよ、お前。アヤニャンってなんだ？

——もう、うるさいニャ。質問は、許可しません。

——なんでお前の許可がいるんだ。

押し入れを開ける音がして、何かをひきずりだす気配がした。

——じゃあね、お兄ちゃん、アリガト、アビヤント～。

怜司の部屋から彩菜が出てきた。階段の上に現れた姿に息を呑む。白い猫の耳が載った銀髪のかつらをかぶって、彩菜が立っていた。ピンクのスカートの上にはフリルのついた白いエプロンをつけている。腰のあたりにはキラキラ光るスティックをさしていて、よく見ると背中には翼らしきものがあった。

「お前、なんて格好してるんだ。気でも狂ったか？」

狂ってない、と答えて、彩菜が腰にさしたスティックを振ると、キラキラと音がした。

「それは何だ？　猫か、天使か、宇宙人か？」

「魔法使いだニャ」

「魔法使い？」

彩菜は新潟市内で若い女性向けのブティックに勤めており、そこの商品はレースやフリルがついた真っ黒な服で、衣類というより衣装のようだ。販売員も店の商品を着るので、今はその手の服を見ても驚かなくなったが、今度の姿は極彩色だ。

彩菜が微笑みながら階段を降りてきた。黒目がちの瞳が楽しげに揺れている。

これがアニメやゲームのコスプレというものなのか。見ているこちらが恥ずかしい。ところが似合っていないわけではなく、微笑みながら降りてくる様子は、それなりにさまになっている。しかし手には唐草模様の風呂敷包みをさげていた。

「何かの余興か？」

「余興じゃないですぅ。お仕事だニャ」

「仕事。なんの仕事だ。普通に話せ」

「ウェブのほうの……。ごめん、お父さん、私、この衣装のときはキャラを作っておかないと、とっさの対応ができずに素が出ちゃうの。だから」

手にしたスティックを抜いて回すと、再びきらめく音がした。

だから、何だ、と聞くと、彩菜が玄関に向かって走っていった。

「急いでいるから、話はあとでニャ」

「あとっていつだ。戻ってくるのか」

ああああ、と二階から怜司が叫ぶ声が聞こえた。

「お前……お兄ちゃんに何をしたんだ」

何も、と彩菜が白いブーツのファスナーを上げ、風呂敷包みを持ち直した。

「マッパであぐらをかいて、カレーを食べてるのを見ただけ」

「悲鳴をあげてたぞ」

びっくりしたんだね、と彩菜が肩をすくめた。

「でも普通、悲鳴をあげるのはアヤニャンのほうだニャ」

「食事会ってのはどうなったんだ。会ってほしい人というのは」

うーん、と彩菜が小さくうめくと、きらびやかな音が鳴った。今度は携帯電話らしい。

「いつなんだ？　どうなってるんだ？　相手はどういう人なんだ？　お前、言いっぱなしの放りっぱなしで……。何か問題でもあるのか？　結婚資金か？　それなら心配しなくても大学に行かなかった分、彩菜には……」

彩菜が足で引き戸を開けて、「ごめんね」と叫んだ。

「お父さん、アヤニャン、ほんとにマックスで今、急いでんの。そういうことを今、言われても困るから」

「お前、その仕事ってのは、まともな仕事なのか」

「まともだよ、ものすごい真剣。だから行かせてシル・ブ・プレ」

「なんだそれは？」

「質問は、許可しません」

唇に人差し指をあてると、彩菜がその指を軽く振った。小さな投げキスのような仕草で、見ようによっては蠱惑《こわく》的だった。

「じゃあね、アリガト、アビヤント～」

呪文のような言葉を残して彩菜は出て行き、車が急発進する音がした。

たった数分娘に会っただけなのに疲れきり、玄関の鍵を閉めて、利一は台所に向かう。

ため息をつきながら水を飲んでいると、カレー皿を持った怜司が入ってきた。

うつむいている姿は、生気を吸い取られたかのようだ。

「どうした?」

「別に……」

怜司がため息をつき、流しに立った。

「大丈夫か?」

大丈夫、と言うように軽く手を上げ、静かに怜司は洗い物を始めた。


休日明けの最初の仕事は十六時に新潟を発つ東京行きで、運行にそなえて十四時に利一は営業所へ出勤した。

制服を着て軽く支度を調えたら、共同運行先の新潟市のバス会社の営業所に向かう。そこでこの日の乗客名簿を受け取って手続きをしてから、起点の万代バスセンターへと向かった。

十六時発の便の池袋への到着予定時刻は二十一時二十分。その夜は東京に一泊した後、翌日の正午に池袋を出る便で新潟に戻ってくる。

運行は順調で定刻通りに池袋駅に到着し、練馬の営業所の休憩室で少し休んでから、志穂の元に向かった。

日付が変わる前に店に着くと、志穂は店の後片付けを終え、二階でくつろいでいた。いつものようにテレビを見ながら二人で夜食を楽しむ。食べ終えた器を志穂が階下に運んでいったのを機に布団に寝転んだ。

体中のこわばりが解けていくのを感じる。

大きく息を吐いて、天井を見上げた。

居古井の二階には八畳と四畳半の部屋とユニットバスがあるが、キッチンがない。本来は居住スペースではなく、スナックの従業員たちの支度部屋だったようだ。二人でいると、志穂は八畳のこの居間で一緒に眠るが、普段は奥の四畳半で寝ているようだ。

小さな住まいだが、それほど家具がないせいか広く感じる。娘の彩菜を見ていると、女の子の部屋はたくさんのもので埋め尽くされているように思えるが、志穂の部屋は簡素で物も少なめだ。

深々と呼吸を繰り返してから横を向くと、奥の部屋のガラス戸が少し開いていた。そこから志穂の母親の写真がのぞいている。落ち着かなくて戸を閉めようとすると、鴨居のところに黒い着物が二枚、かかっているのが見えた。喪服のようだ。

さらに居心地悪くなってきて戸を閉める。しかし写真のなかの志穂の母は朗らかに笑っていた。

三十代の初めに美越に戻って以来、東京の友人知人たちとは疎遠になっていた。

ただ志穂の母親とだけは年賀状だけでの挨拶が続いていた。それが新潟で大きな災害があったとき、心配してすぐに電話をくれ、見舞いの品を送ってくれた。その礼を言いにこの店に足を運んだのが、大人になった志穂と再会したきっかけだった。

志穂の母親は当時、体調を崩しがちで、店にはあまり出ていなかったから、最初は一度きりのつもりだった。しかし営業所から近いのと、家庭的な料理の素朴な味わいが飽きなくて、気がつけば足繁く通っていた。

疲れていても、この店の朱色のドアを開けると志穂がいる。いらっしゃいませと微笑まれると、口元にある小さなほくろが上がって、とても嬉しそうに見える。たいした会話をするわけでもないが、長い仕事の終わりを志穂の笑顔で締めくくるのは心地よいことだった。そのうち母親が他界すると、志穂は実家を人に貸し、この店の上で暮らし始めた。

淋しくないかと聞いたら、リイチさんが来てくれるなら淋しくないと言った。

こうした関係になったきっかけの言葉だ。

「何を考えこんでるの？　リイチさん」

階段を上がってきた志穂が微笑んだ。手にしたトレイには湯飲みが二つ載っている。

「ちょっと前のことだよ」

「ちょっと前？　どれぐらい前のこと？」

そう言って飲み物を置くと、志穂が奥の部屋に入っていった。

何かを畳んでいる気配がする。

「誰か亡くなったの？　それ、喪服？」

そうだよ、と奥から声がした。

「でも、不幸があったわけじゃないの。虫干し」

「虫干し？」

「この時期に風を通さないとカビるって母によく言われてて出したんだけど。場所も取るし面倒だし、もう処分しようかなって思ってたところ。和装はこの先、たぶん着る機会はないだろうし」

「着るのが大変だから？」

うーん、と志穂が軽くうなった。

「それもあるけど、普通は身内を亡くしたときに着るものだから。私、もう親は見送ったし。でもいざとなると捨てづらくって。結婚するとき、母が持たせてくれたものだから」

「そんなものを持っていくのか？」

持っていくよ、と志穂が答えた。

「地域によって違うみたいだけど。リイチさんの地元にはそういう習慣はないの？」

「さあ、どうだろう」

「男の人は知らないかも。嫁入り道具って女の子だけのものだから」

「嫁入り道具なあ」

彩菜が結婚するとき、そうした道具はどうやって揃えてやればいいのだろう。

リイチさん、と声がして、志穂が奥から出てきた。手にパジャマを持っている。

「お布団に寝転がるなら、パジャマに着替えて」

はい、と答えて、シャツのボタンに手をかけると、自分の声の素直さに笑ってしまった。

脱いだシャツを軽く畳んで、枕元に置く。

その拍子にティッシュにくるんだものがこぼれ落ちた。真珠のイヤリングだった。

なあに、これ、と志穂がイヤリングを拾った。

「落とし物だよ」

うしろめたくなって、あわてて言い添える。

「バスのお客さんの」

きれい、とつぶやき、志穂が手のひらにイヤリングを載せた。小さな手の上で、真珠が柔らかな光を放っている。

「素敵……拾ってもらえてよかったね。落とした人はきっと探しているよ」

新しいティッシュを取って、志穂がイヤリングを丁寧にくるんだ。

「リイチさん、優しく扱わなきゃ駄目よ。真珠は傷つきやすいんだから」

黙って受け取ると、志穂がまた微笑んだ。

うれしそうな口元のほくろを見たら、さらにうしろめたくなった。

気持ちを変えたくなって、志穂の総菜を怜司がほめていたと伝える。すると今度は深いえくぼが浮かんだ。

「息子さんは、まだおうちにいるの？　たしか、東京で就職したんでしょう？」

「仕事をやめたらしい」

「美越で働くの？」

わからん、と言いながら、パジャマの袖に手を通すと、軽く背が丸まってきた。

昨日、何をやりたいのかと怜司にたずねたら、何かしなくては駄目なのか、と問い返された。そんな返事が戻ってくるとは思わなかったし、駄目だと言えない自分も情けない。

「何を考えているのか……さっぱりわからない」

脱いだ物を志穂がハンガーにかけながら、しみじみと言った。

「それにしても……リイチさんのお子さんって、あんなに大きかったんだね」

「怜司？　図体がでかいばかりで。あのときは本当に悪かったね」

体格じゃないの、と志穂が笑った。

「あんなに大人だったなんて。若くて格好良くて」

「格好良い？　あれが？」

あれが、と志穂がうなずいた。

「初めて会った頃のリイチさんみたい」

そうかね？　とつぶやきながら布団に入ると、シーツのなめらかさが素足に伝わってきた。

志穂の持ち物は何もかも手触りがいい。

「俺はあんなだったかね。もう少し、しっかりしていたように思うけど」

「私はあのとき高校生だったけど、リイチさんっていくつだったの？」

「ちょうど三十」

あの頃がきっと人生の節目だったと利一は思う。

不動産開発の会社で上司だった志穂の父親は徹夜明けに、煙草を買いに行くと言ったきり戻って来なかった。あまりに遅いので探しに行くと、会社のトイレで倒れていた。

以前から時折、胸を押さえてはいたが、豪快な気性の人だったので、倒れるほど体調が悪いとは誰も思っていなかった。

志穂の父親が過重労働だったのは明らかで、母親は過労死の裁判を起こそうとしたが、それを進める前に会社のほうが倒産していた。

志穂が奥の部屋を見た。

「母はずっと後悔してた。病院に搬送してくれたリイチさんに、あなたたちが殺したんだって、なじったこと。リイチさんのせいじゃなかったのに。それどころかリイチさんは、私たちによくしてくれたのに。裁判の話をしたときも……会社の人たちは一気に冷たくなったけど、リイチさんだけはずっと優しかった」

それは優しさというより、いたたまれなかったという感情が近い。あのとき志穂と母親の姿は、数年後の子どもたちと美雪の姿のように見えていた。

あの頃、と言って、志穂が枕元に近寄ってきた。

「客間で母と話しているリイチさんをよく見てた。もの静かで、ダークグレイのスーツがよく似合っていて、左手の薬指に結婚指輪をしていたのが、すごく大人に見えた」

「指輪が？」

「誰かのものなんだ、誰か素敵な女の人がこの人を独占しているんだって……。私や母に優しくしてくれるけれど、きっとそれ以上に奥さまやお子さんに優しくしているんだろうなって。だからお子さんたちのためにふるさとに帰るって聞いたとき、なんとなくわかる気がした。だけど、大型車の運転手さんになるとは思わなかったなあ」

軽く笑って、志穂が自分の左手を広げて、指を見た。

「私が結婚した人は指輪を着けない主義の人でね。だから今、思い出しても、あのときのリイチさんは新鮮。もっとも私もあまり指輪をしなかったけれど。ちゃんとはめておけばよかったね」

「これからすることだってあるだろ」

そう？　と笑って志穂が布団にすべりこんできた。

「くれるの？」

返事に詰まると、志穂がささやいた。

「リイチさんがくれるなら、はめる」

子どもたちが巣立ったら、志穂との仲を進めたいと思った。

だけど今は言いにくい。

冗談、と志穂が笑って、身を離した。

「冗談よ、リイチさん。私、もう何もあがかないの。いろいろ疲れちゃった。燃え上がるようにしてくっついて、そのあと別れて二度と会えなくなるなら、今のままがいい。私ね、リイチさんといると、女の子みたいな気分になるの」

「女の子？」

「女というより、女の子。一緒に寝ていると、よくお布団をかけてくれるでしょ。寒い日は時々、背中から抱きしめてくれる。大きなリイチさんに包まれてると、小さな女の子に戻ったような気がする。なんにも知らない、まっさらな頃の自分に。本当の私は、四十前のバツイチなのにね」

「まだ三十代だろ」

「三十代って前半と後半で全然違う。ましてや私……」

志穂が身を寄せ、肩に顔を埋めてきた。

「なんだ。どうした？」

「踏み込んで壊れるぐらいなら、今のままでいい。そのかわり消えないで。ずっと近くにいてほしいの」

そう思うのは自分に気兼ねをしているのだろうか。それとも前の結婚の影響なのだろうか。

目を閉じると、まろやかな光を放つイヤリングの残像が浮かんだ。

志穂、と呼ぶと、なに、と優しい声がした。

「前の人のことを、思い出すときがあるかい」

「どうして、そんなことを聞くの？」

「なんとなく」

ない、と志穂が耳元でささやいた。

「まったくない。今が幸せだから、何も思い出さない」

そうか、と答えて、利一は目を開ける。

美雪のことを思い出すのは、今に不安を抱いているからだろうか。

そっと志穂を引き寄せて唇を合わせる。あかりを消して抱き合うと、腕のなかで女の子が女に変貌していくのを感じた。

新潟東京間を二日間かけて往復すると、三日目は早朝七時に新潟を出発して、その日の深夜に戻ってくる便を担当する。

その仕事を終えて休暇に入った朝、クローゼットの前で利一は悩む。

三日前に彩菜からメールが来て、今度の休日に時間があったら、怜司とともに新潟市内の家に来てほしいと言われた。相談したいことがあり、一緒に住んでいる人も待っているという。

一緒に住んでいる人。

コットンセーターに手を伸ばしかけて、その言葉が頭に浮かんでシャツを手に取った。彩菜は友人とハウスシェアリングをすると言って新潟市内の一軒家を借りている。引っ越しの荷物を運んだとき、一緒に借りるという友人に挨拶をしたいと言ったが留守だと断られた。そのあとは男子禁制だときつく言われて、家に入ったことがない。

その言い方になんとなく安心していたが、ひょっとしたら志穂が言っていたように、男と一緒に住んでいたのかもしれない。

シャツを着てジャケットを羽織った後、ネクタイに手が伸びて止めた。しばらく悩んで、比較的カジュアルなネクタイを選んで締めた。

車のキーを持って外に出ると、怜司はすでに車庫にいた。紺色のシャツにカーゴパンツを穿いている。

「お前、ずいぶんラフだな」

そう言いながら車のキーを投げると、怜司がドアのロックを外した。

「お父さんこそ、なんでジャケットを着てるの？」

その言葉を聞いて急に馬鹿馬鹿しくなり、ジャケットを脱いで後部座席に放り込んだ。

ネクタイも外して後ろに放り投げ、一番上のボタンを開けたら、怜司がつぶやいた。

「俺と変わらないじゃん」

黙って助手席に座った。この車でこの席に乗るのは初めてだ。

運転席の怜司が、「お父さん」と言った。

「おう」

「俺、東京で免許を取っただろ」

「うん」

「それから一回か二回しか運転したことないんだよ。でさ、一応、確認なんだけど。ブレーキってどっちだっけ？」

はあ？ と聞き返すと、怜司があわてて言った。

「右？」

「左に決まってるだろ」

お父さん、と再び怜司の声がした。

「ごめん、もうひとつ初歩的なことなんだけど」

「もういい、代われ。乗るのが怖くなってきた」

ドアを開けて外に出ようとすると、怜司が腕をつかんだ。

「それじゃあ運転の練習にならないじゃないか」

「じゃあ彩菜の車で行こう。これをぶつけられるのは困る」

「いやだ、あんな黒々した車。第一、窮屈だよ」

「いやだと言われても、こっちは通勤に使うんだから。お前が乗るならあれだよ」

マジか、と怜司が隣に停まっている彩菜の車を見た。

彩菜の軽自動車は友人たちと改装したもので、外も内も漆黒で統一されており、座席にはシルバーの十字架や黒薔薇が飾ってあった。ゴシック調のそれは意外にも美しいのだが、あまりの改装ぶりに買い換えの際の下取り額が低く、それならば作品として残しておくと言って、この家に置いていった。それからまったく使われていないから、兄が乗っても文句を言わないだろう。しかし窮屈そうだと言われれば、その通りだ。

「今日は勘弁してよ。それでお父さん。方向指示器はこれ？」

「それはワイパーだ。よく見ろ、書いてあるだろ」

ほんとだ、と怜司がつぶやき、後部座席に置いたバッグに手を伸ばした。

「やっぱ、眼鏡かけるか」

「先にまず眼鏡をかけろ……、お前、目が悪かったっけ」

まあね、とさらりと言って、怜司がフレームのない眼鏡をかけた。

「よし。じゃ、行くか」

「早く出せ。さもなきゃ、席を代われ」

「まあ、せかさないで。たまには助手席もいいだろ？　それで……話は戻るけど、お父さん。ブレーキは結局、どっちになったんだっけ」

左だ、という声に力がこもった。

「お前が生まれる前からずっと左だ。頼むから、しっかりしてくれよ」

素直にはい、と返事をして、怜司がエンジンをかけた。そして何度も不器用に切り返して車庫から車を出すと、ゆるゆると走り出した。

車が走り出すと、カーオーディオに入れたままにしていた松任谷由実のCDが鳴った。二日前に買ったベスト盤だった。気恥ずかしくなって止めようとすると、そのままでいいよ、と怜司が言った。

「お父さんは、こういう歌を聞きながら出勤してるんだ」

「たまたまだ、いつもじゃない」

「別にいいじゃない、いつも聞いたって。この曲、好きだよ」

「何で知ってるんだ、こんな古い歌を」

「お母さんがよく聞いてた」

運転に集中しているのか、それから黙って怜司は車を走らせ続けた。時折、道の指示をする以外に会話はなく、静かな車内に柔らかな歌声だけが響いた。

この曲を聞いていた頃に生まれた子どもが、もう車を運転できる年になっている。年をとったはずだと、窓の外を見た。そのままゆったりと眺めていたかったが、怜司がブレーキを踏むタイミングが自分と違い、気がつくと両手、両足を突っ張っていた。

お父さん、と淡々とした声がした。

「そっちで足を踏ん張っても、ブレーキはかからないよ」

わかっているが気になる。そのうえ慣れていないせいか、車はしだいに端に寄っていったり、真ん中に寄ったりする。

「なんだか……気持ちが悪くなってきた」

ふうん、と怜司がつぶやき、首を軽く左右に振ると、持ってきた紙袋は何かと聞いた。菓子だと答えると、また、「ふうん」と言った。

「彩菜は何の用があるんだろ？　ちょっと助けてほしいってメールに書いてきたけど、なんか聞いてる？」

「大事な相談があるって書いてた。一緒に住んでいる人にも一度会わせたい。お昼はごちそうを作って待っているって」

「お父さんにはごちそうで、俺には助けてほしいってなんだろう？」

ああ、と怜司がため息をついた。

「同棲してるとか？　それで、相手がひどい奴で、もうおなかに子どもがいて、お父さんが殴りかかるのを止めてほしいとか。……殴られそうなことをしたのかな？」

「知らん」

「俺、この間、ショックだった」

怜司が高速道路に車を乗り入れた。しかしおそるおそるスピードをあげているうちに、加速車線が終わりそうになった。

「おい、そろそろ入れ、スパッと。ほら、お前、止まるな」

「ちょっと黙ってて、なんとかするから」

慌ただしくあたりを見渡しながら、なんとか車を本線に入れると、ああ、と怜司が声を上げた。

「俺、できあがってる流れに入るのが苦手なんだ。ああ……嫌だな」

「入れば、あとは流れに乗るだけだ」

「流れに乗るのはもっと苦手だ。何もかも万事につけ」

そう言ったきり、怜司が再び黙った。

車内の緊張に耐えきれず、リラックスしようと、利一はシートを少し倒す。背もたれに身を預けた拍子に、怜司を見た。広い肩幅に紺色のシャツがよく似合っているが、柔らかなその服の下には、荒れた皮膚が拡がっているはずだった。

「この間の何がショックだったんだ」

怜司の口元がわずかに微笑んだ。

「彩菜が来ただろう？　何かのコスプレをして。俺、あのときベッドに座ってマッパでカレーを食べていたんだ。肌がチリチリ熱くなってきたから。そこを突然、ふすまを開けられて」

慣れてきたのか、怜司が車を加速させ、前の車を追い抜いた。

「彩菜、なんて言ったと思う？　ごめんも言わずに、俺のモノを見て、フフンって鼻で笑ったよ、そんで……」

　お粗末クン、とつぶやく声がした。

「前を隠そうとしたら、ニッコリ笑ってそう言ったよ。『アヤニャン、なんにも見えてませんから』とか言いながら。見てるじゃないか、しっかり。なんてこと言うんだ、うちの妹は。悲鳴ぐらいあげろよ。そもそも誰とくらべてそう言ってんだ」

　ひどい、と怜司が顔をしかめた。

「そんなことを妹が言うなんて、信じられない。もう、お父さん」

「なんだ」

「お父さんは平気なの？」

　平気かと言われれば平気ではない。しかし彩菜の年のときに自分が美雪にしていたことを考えると、何も言えない。

「まあ、彩菜も……大人だから。仕方がないかもな」

　仕方がないって、と怜司が一瞬、こちらを見たが、すぐに前を向いた。

「そうか。お母さんが彩菜ぐらいの年のときには、俺がもう生まれていたんだよね。学生……だったんだよね、俺がおなかにいたとき、お母さんは」

　初めて美雪の両親と顔を合わせたとき、美雪はすでに身ごもっていて、君たちは順序が逆だろうと言ったきり、父親は口を利かなかった。おだやかな風貌の人が目を怒らせ、黙ったままでいる前で食事をするのは耐えがたく、どやしつけられたほうがまだいいと思った。

因果はめぐる。そんな言葉が頭に浮かんだとき、怜司がどこか明るい調子で言った。

「お父さんたちの若い頃って、バブルってやつだろ。外車に乗って夜通し遊んで、クリスマスイブは彼女と高級ホテルに泊まってディナー。それって本当？」

「そういう流行にはあまり乗らなかった」

「飲むとその手の自慢話をする人が多いよ」

「たぶん、馬鹿だ」

馬鹿か、と言って怜司が笑い、少しだけ車のなかの空気がゆるんだ。

車が左右に振れるのはしだいに減っていき、景色を眺める余裕がわいてきた。いつも仕事で往復している道なのに、助手席にいると風景がのびやかに見える。目をわずかに細めて、水田の向こうに見える住宅地の方角を見た。

あの空の下に美雪の実家がある。

CDの演奏が終わった。オーディオからCDを抜き取り、ラジオに切り替える。

今になって、美雪の父親の気持ちが心に迫ってきた。

彩菜が友人とハウスシェアをしているという一軒家は海沿いの高台にあり、新潟市の中心部まで歩いて行ける距離にあった。あたりは閑静な住宅街で、車をコインパーキングに停めて歩いていくと、延々と塀が続く邸宅がいくつか並んでいた。

彩菜たちが借りている家も洋館のような雰囲気があり、明らかに注文住宅とわかる造りだ。

いいとこ住んでるなあ、と怜司がつぶやき、呼び鈴を押した。

はあい、とインターフォン越しに彩菜の声がして、ドアが開いた。しかし現れたのは、黒のサウナスーツを着た大柄な男だった。

怜司が冷たい声で言った。

「彩菜、じゃないよね」

「もちろん」

「おかしいな、男子禁制って聞いてたけど」

「そうだよ」

挑発的な怜司の口調を受け、相手が腕を組んだ。

長髪を後ろに束ねた顔は軽く陽に焼けていて、女のようにも見える。しかし組んだ腕は太くて胸板も厚い。しかも外国人のようだった。

目線が下に行かない相手に会うのは珍しくて、怜司ごしに相手を見ると目が合った。その途端に腕をほどくと、きっちりとした目礼をして、「お父様ですか」と聞かれた。

「植田絵里花です。彩菜ちゃんにはいつもお世話になっています」

怜司を軽く押しのけ、武道家のように折り目正しく、再び絵里花が頭を下げた。

「いろいろ見分けがつきにくくってすみません。お母さんがあっちの人で。あっち言うてもわからんですね、アフリカ系フランス人で。こんな顔だけど、日本語しかしゃべれんのです。どうぞよろしく」

アヤニャーン、と絵里花が奥に向かって言った。

「お父さんだよ。それからいきなり戦闘モードの人が一匹」

ごめんね、と奥から声がした。

「そのバカ、お兄ちゃん」

失礼なことを……、と怜司にかわって頭を下げると、絵里花が手を振った。

「慣れてます。とにかく子どものときから悪目立ちしてたんで。ボディビルとか格闘技とかやったら、よけいに性別、わかんなくなっちゃって。と、いうか、わけわかんなくしたっちゅうか」

すみません、と怜司が頭を下げた。

「彩菜の同棲相手かと思って」

「いきなり突っかかってきたのは、それかいな。お兄ちゃんは妹思いなんやな。それは助かる、期待してる」

こんにちは、と声がして、奥から赤い眼鏡をかけた小柄な女性が出てきた。

「木村沙智子です。絵里花ちゃんと同じく、ここの住人です。彩菜ちゃん、さっきまで撮影用のメイクしてたから落としてます。どうぞ、奥に」

「撮影？」

そう問い返すと、沙智子がうなずいた。

「マジカルワンダー娘《ガールズ》の」

「マジカル……なんですか」

「私たちのコンテンツとショップの名前です」

それは何かとさらにたずねると、隣で怜司がぼそりと言った。

「俺、なんか……すげえ、やばいところに来た気がする」

絵里花が笑った。笑うと、たしかに女の子だった。

マジカルワンダー娘《ガールズ》とは、この家の三人が立ち上げているウェブで読めるマンガのタイトルと店の名前で、略してマジワン娘《ガールズ》、あるいは単にガールズと呼ぶ人もいるらしい。ショップで売っているものはマンガのほかに主人公たちが着ている服やアクセサリー、小物類だという。

娘と書いてガールズと読むのだと彩菜が熱心に語っているが、興味がなく、黙々と利一はピザを食べる。

本当はこの三人でごちそうを作る予定だったが、新作の撮影をしているうちに、時間が押したからピザを頼んだと、彩菜があやまっている。

タバスコをピザにかけながら、それでよかったと利一はひそかにうなずく。

通されたリビングには作りかけの衣類や立て看板のようなもの、撮影機材が雑然と置かれていて、非常にほこりっぽい。しかも彩菜の爪にはキラキラと輝く小さな石が、赤い眼鏡の沙智子の指には色とりどりのインクのしみが、絵里花の指にはごついドクロのシルバーの指輪がはまっていて、この三人が何を作るつもりだったのか興味深いが、あまり美味ではなさそうだ。

沙智子がパソコンを持ち出して、怜司に見せている。

魔術的不思議娘、という字が漆黒の画面からゆらゆらと出てきて、MWGというロゴとマジカルワンダー娘《ガールズ》というタイトルが出てきた。

それは女の子ばかりの戦隊物のようなマンガで、主人公は彩菜と一文字違いの中学生『彩奈』。現実の世界では祖母が営むパワーストーンの店を手伝っているその娘が、友人たちと美しい石の力を使って異世界に行き、悪の魔法使いに制圧された王国の解放を目指すというのが大筋らしい。

少女たちは異世界に行くと魔法使いに変身でき、その魔力で冒険したり、戦ったりすることで王国のなかに散らばったさまざまな力を秘めたドレスやアクセサリーを集めることができるという。そして主人公の彩奈は魔法使いに変身すると彩娘《アヤニャン》という尊称を得るそうだ。

聞いてはいるが、どうでもよくて、黙って利一は付け合わせのサラダを食べる。

パソコンを眺めていた怜司が笑った。

「娘と書いてガールズ。だけど変身すると、中国風に娘をニャンと読む。統一感が無いなあ」

「あのね、お兄ちゃん。将来的には中国への進出も狙っててね」

「嘘だろ」

すみません、と彩菜の隣で沙智子が頭を下げた。

「嘘です、今のところは」

「しかもこの設定、どこかで見たり聞いたりした感じがいっぱいだ」

「そうなんです……」

恥ずかしそうに沙智子がうなずいた。

「もともとは私と彩菜ちゃんが遊びで作ったお話で……当時は『モーニング娘。』に憧れていたから、娘ってのはそこからいただいて。設定も、いろいろなところから少しずつ要素を借りて増やしていったから、おっしゃるとおり、どれもどこかで見たようなものの。だからオリジナリティがあるかと聞かれると、正直、それほど無いかもしれないのです」

赤い眼鏡を少し持ち上げ、沙智子がうつむいた。

そんなことないよ、と彩菜が音高くストローでグラスの底のコーラを吸った。

「沙智子ちゃんの絵はむちゃくちゃ可愛い。私、見るたびにワクワクする。すっごい、ときめくよ」

絵里花が太い腕を組んで、うなずいた。

沙智子が顔を上げ、恥ずかしそうに笑った。

「最初はほんとに趣味で細々描いていたのですけど、そのうち彩菜ちゃんがリアルな世界でも着られる服や小物を作ってくれて、絵里花ちゃんがショートムービーを作ったり、マンガをウェブで読めるようにしてくれて。私、ストーリーを考えるの苦手だったんですけど、三人で話しているうちに話がどんどんふくらんで、そこからますます世界が広がったんです」

マンガに出てくる服を売り始めたのは偶然だと彩菜が話を続けた。

登場人物の服のデザインをしたついでに実際に作ってみて、出来が良かったからコスプレをした画像をサイトに載せてみたら、閲覧数が異常に増えたのだという。

それに気をよくして、三人でメイクや撮影方法を工夫して、画像を載せているうちに、七五三の記念撮影のドレスに娘がアヤニャンの衣装を着たがっているというメールが届いたらしい。そこで予約注文で子ども服を販売してみたという。

それがね、と小気味よく語尾を上げて、彩菜が言った。

「超、売れた。アクセサリーも作って、既製品だけど靴もセットにして。全部そろえると結構なお値段になっちゃったのに、ものすごく売れた」

売れたなあ、と絵里花がうなずいた。

「徹夜で梱包《こんぽう》したっけ。七五三までにどうしても届けないといけないんで」

それから服や小物類の販売を始めたと沙智子が言った。

「そうしたら閲覧数がまた驚異的に伸びて、小さな女の子とママさんたちが見てくれるようになりまして。そのうちお子さんたちからアヤニャンに会いたいというお声をいただいたので、あっちこっちにお邪魔して、服や小物、それから印刷した冊子なんかも……本格的に販売を始めたんです」

知らないところでそんな活動をしていたのか。

フライドポテトをつまみながら、利一はパソコンを見る。

絵里花がパソコンを操作すると、画面はショートムービーのようなものに変わった。コスプレをした彩菜に巨石が襲いかかっている。しかし彩菜が赤い石をかざすと、手のひらから炎が現れ、石は軽々と吹き飛んでいった。続いてピンクの石をかざすと、荒野に花々が咲き広がっていく。最後に真っ白な石を空に投げると、大きな白鳥が飛んできて彩菜を載せていった。

実写とイラストが混ざったその画面に思わず見入ると、隣で「すごいな」と怜司がつぶやいた。

「これ、誰が作ってるの」

わし、と絵里花が手を上げた。

「厳密に言うとわしら。映像はわし、絵はサーニャン、服や小物の制作はアヤニャン」

「機材はどうしているの？」

学校さ、と絵里花が照れくさそうに専門学校の名前を言った。

「個人じゃとても買えんような機材も学校にはいろいろあるんでな。先生のアシスタントをしながら、時々使わせてもらってる」

授業料のもとは完全に取ったと絵里花が笑い、怜司が居心地悪そうな顔をした。

再び絵里花がパソコンを触ると、今度はイベントの様子らしい動画が流れ始めた。ピンクのドレスを着た彩菜が子どもたちとポーズを取って次々と記念撮影をしている。子どもにまじって大人の男たちもいて、彼らは彩菜に本名や連絡先などを聞いていた。

そうした個人的な質問をされるたびに彩菜は『質問は、許可しません！』と、唇に人差し指を当てて軽く振る。それは親の欲目か、とても愛らしく、そのたびに周囲の子どもたちが大喜びをしていた。どうやらマンガのなかの登場人物の決めポーズらしい。

最近は知り合いの店とコラボをさせてもらっていると彩菜が目を輝かせた。

「イベントにあわせて商品を……ねえ、お父さん。さっきから食べてばっかりいるけど、私の話、聞いてる？」

ポテトを食べていたところに声を掛けられ、彩菜を見た。

「まあ、だいたいのところは」

コーラを飲み終えた怜司がパソコンから目を離した。

「で、俺とお父さんに何の用だ？　俺に何を手伝えと」

話、早いね、と絵里花が怜司の肩を叩いた。それからリビングの奥から時計を二つ持ってきた。白とピンクの色違いの置き時計だった。

「絵里花ちゃんの友達に時計屋さんがいて、みんなで作ったの。アヤニャン目覚まし。起きる時間になると……」

白い時計を操作すると、彩菜の声がした。

――起きろ！　質問は、許可しません！　おはよっ！

「ピンクのバージョンは優しい台詞」

――ねむねむちゃん、アリガト、アビヤント～　朝が来たよ～

「呪いの目覚ましか」

怜司が白の目覚まし時計を手にした。

「なんで、朝っぱらからお前に叱られなきゃいけないんだ」

「そういうご意見は初めてお聞きしました」

沙智子が強い口調で言った後、怜司を見て少しうつむいた。それからピンクの時計を手にした。

「私はアリガト、アビヤントで毎朝、起きていますが、いいですよ。彩菜ちゃんの声は優しくて。私、実家が寺で、父は僧侶なのですが、その父がほめておりました。睡眠に感謝して、またね、と別れを言い、新しい朝に向かう。実に清々しい、合掌《がっしょう》」

沙智子に手を合わされ、怜司が困った顔をした。それを見て絵里花が怜司のグラスにコーラを注いでやり、彩菜が微笑んだ。

このなかに一人でいたら居心地が悪いが、怜司がいるおかげで気楽だ。

それで？　と怜司が彩菜に言った。

「俺に何をしろと」

「イベントで限定百個、売ったんだけど、ウェブで予約をとったら、注文がすっごい来て。発送を手伝ってくれないかな？　私たちでは追いつかないの。とりあえず、この時計だけでも」

お願いします、と口々に言って、三人が頭を下げた。

「毎日ここに通ってこいと？　この魔女の館に」

「ここは男子禁制だから。商品と梱包材料を美越に持って帰って」

「車に載る量なのか」

まあ、そうね、と彩菜が言った。

煮え切らないなあ、と絵里花が怜司の背中を叩いた。

「兄ちゃん、いや、ニーニャン、わしらのために箱詰めと発送をシル・ブ・プレ」

「なんだよ、そのシルブプレってのは」

「お兄ちゃん、それ質問？　『質問は、許可しません！』」

「合掌」

矢継ぎ早に三人に絡まれ、怜司が戸惑った顔をした。まるで高校の文化祭の準備を見ているようで、苦笑しながら利一はコーヒーを飲む。彩菜は婦人服販売の本業を持っているし、生活に追われて稼ぐわけではないから、働きぶりがとても軽やかで楽しげだ。

お父さん、と彩菜の声がした。

「で、お父さんに相談なんですけど。ねえ、ちゃんと聞いてる」

「だいたいは」

納戸にあるミシンや布地を別のところに運ぶから、商品の一部を美越の家に置かせてほしいと彩菜が言った。時計のほかにも発送が必要な品物や、ストックの商品があるのだという。

少しぐらいなら、と答えたら、礼を言って三人が次々と頭を下げた。

「で、お兄ちゃんが発送してくれる？　してくれるよね」

「まあ、少しぐらいなら」

断るのが面倒になってきたという風情で怜司が答えると、やったあ、と彩菜が声を上げた。

「これで寝る場所ができたよ」

「できた。ほんとによかった」

車をまわして、と彩菜が怜司に言った。

「玄関前につけて、みんなで手分けして積んじゃお。今日、載らない分とストックはお父さん、今度、レンタカー屋さんでトラックを借りるから、美越まで運んでくれる？」

トラック、と聞き直すと、うん、と彩菜がうなずいた。

「ちゃんと箱型になっているやつ。二トン車っていうのかな。何度か往復してもらうことになるかも。ラックにかかったお洋服がいっぱいあるから。そうだ……お洋服系の商品は納戸じゃなくて全部、畳の部屋に入れさせてね」

「そんなに量があるのか」

「少しだよ。でも他のところにも置いてあるから」

「ちょっと待て。トラックで往復する荷物のどこが少しだ」

少しだよ、と彩菜が腹立たしげな顔をした。

「遠い宇宙から見たら、目にも見えない一点だよ。なのにすっごい高い保管料を取られるの。地球ってせちがらいね」

お父さん、と怜司が車のキーを持って立ち上がった。

「もういいよ、荷物を積んで帰ろう。宇宙規模でものを言われたら、誰も太刀打ちできないよ」

話が早いな、ニーニャン、と絵里花が笑い、沙智子がスケッチブックを手にした。

「お礼にニーニャンってキャラを出しましょうか」

出さなくていいです、と答えて、怜司が玄関に向かって行った。

荷物の準備をしている絵里花と沙智子を残し、彩菜と外に出ると、風を感じた。

この街は海が近いせいか、空気がよどまずにいつも流れている印象がある。日本海や信濃川をなでるようにして吹く風には潤いがあり、この風が内陸に流れ込んで山に当たると雨や雪へと変わっていく。

風を受けて彩菜の髪が揺れて、つやめいた。

突飛《とっぴ》な服装やウィッグをかぶるくせに、自分の髪は染めずに黒いままなのを見ると、子どもの頃の素直な性格が損なわれていないようで安心する。

しかし先日の怜司に対する振る舞いは、度が過ぎている気がした。

彩菜、と声をかけると、娘がゆっくりと顔を上げた。その仕草が美雪に似ていて、かすかにたじろいだ。

軽く目をそらせながら、怜司をあまり困らせるなと言うと、彩菜がうつむいた。

「見た目は元気そうだが、何か事情があって帰ってきたようだ。忙しいのはわかるが、あまり強く当たるな」

「見た目は元気そうって、どこが悪いの？」

「どこってわけじゃないが、まあ、ストレスがたまっているみたいだ」

腰回りのこと？　と彩菜がうつむいたまま言った。

「お父さんは知ってたんだ」

「お前、見たのか」

ひどいことになってた、と小さな声がした。

「この間、美越に行ったときに見た。体を隠すものを取ろうとしたとき、背中が見えて……びっくりしたけど、驚かれたくないだろうから、あわてて下ネタでごまかした。昔も何度かああなっていたけれど、お兄ちゃんはその手の話をされるの大嫌いなんだよ」

「そこまでわかっているなら、おもちゃにするな」

「おもちゃ？　違うよ」

彩菜が顔を上げた。

「お兄ちゃんはためこむ人だから。外に出せばいいのに、うまく出せなくて、いろいろなものを抱えて爆発寸前になる。いつか自爆しちゃいそう、いつかどこかに消えてしまいそう。昔からそう思っていた。私といるとよくしゃべるでしょ、むかついて。それでガス抜きしているんだよ」

ふふ、と笑って、彩菜が垣根の枝を折り取って、香りを嗅いだ。

「でもね、優しいから、頼まれるといやって言えないの。長男気質だから、家族に頼られると一生懸命やるんだよ。特におバカな妹の頼みにはね。その間はきっとどこにも消えない」

考えすぎだ。

怜司は相変わらず飄々《ひょうひょう》としており、彩菜が言うようにどこかに消えてしまうという風情はあまり感じられない。

「考えすぎだろう。最近、べらべらよくしゃべる」

「それはね、しゃべってるんじゃない。何かをごまかそうとして、口を動かしているだけ。肝心なことはなんにも言わない。お父さんもお兄ちゃんも」

お父さんもか、と聞き返すと、彩菜が低い声で言った。

「どうでもいいことばっかり、しゃべる。本当に大事なことは黙っている。お父さんがそうだから、お兄ちゃんも、ああなったんだ」

「どういう意味だ。いつ、そんなことをした」

「いつもそうだよ」

彩菜がうっすらと笑った。

「お父さんは何も言わなかった。お母さんとなんで離婚ってのをしたのと聞いても、本当のことは言わない。私たちが嫌いなわけじゃない、私たちのせいじゃない、そればっかりを繰り返したけど、じゃあなんで？　そう聞いても答えてくれたことはない」

そのたびに……と彩菜が笑みをひきこめた。

「大人の話に口を突っ込むなって、おばあちゃんは言ってたっけ。そうだね、子どもはなんにもわからないよ。だけど知りたいことがあったんだ。お兄ちゃんは、私よりもっと、いろいろなことを考えていたはず。お父さんは何も言わない。いつも黙って、いつも見て見ぬふりをする」

「お前だって」

冷静に言ったつもりが、大きく声が響いた。

「肝心なことは何も言わないだろう」

ゆっくりと車が坂を登ってきた。フロントガラス越しに見える怜司の顔は落ち着いていて、彩菜が心配するような陰りはない。

彩菜が車のほうを見て、白いカーディガンのポケットに手を突っ込んだ。それから軽く笑ってみせた。

「ごめん、なんかちょっと、黒彩菜になった。気にしないで。彩菜はアホニャンだから、難しいことはわかんないや。そうだ、お父さん、携帯貸して」

早く、と言われて出すと、彩菜が勝手に携帯をいじりだした。

「私の電話の着信音をアヤニャンの台詞で……」

電話帳を見られるのがいやで、手を伸ばして取り返すと、彩菜が笑った。

「なあに？　見られて困る番号でもあるの、お父さん。お父ニャンって呼んでいいかニャ」

「ふざけるな。話は何も終わっていない」

一瞬、顔を伏せたが、彩菜がすぐに顔を上げた。そのまなざしの強さにひるんだとき、怜司が車から降りてきた。

彩菜が怜司に近寄っていき、声をかけた。車の運転について冷やかしている。

彩菜に答えながら、怜司がこちらを何度か見ている。

大人になった二人の子どもたちを見ながら、彩菜の言葉を思い返した。

いつも黙って、いつも見て見ぬふりをする。

その一言が、痛烈に耳に残っていた。

彩菜の家から持ち帰った商品は、ひとまず居間に運んだ。テレビでも見ながら働けるようにと思ったのだが、大阪、京都の夜行バスの仕事を終えて戻ると、静かな部屋で怜司は黙々と梱包作業をしていた。しばらく眠った後に居間をのぞいたら、やはりテレビをつけず、音楽を聴くこともなく、手を動かしており、夕食後もすぐに作業に戻っていった。

風呂上がりにビールを手にして、利一は再び居間をのぞく。

適当にやれよ、と声をかけたら、まあね、と素っ気ない返事が戻ってきた。

「でも早く送ってやったほうがいいだろ。子どもが待ってるんだから」

「大人も多いかもしれん」

「宛名が男の場合は子どもにプレゼントするんだと思ってる。モチベーションが下がるから」

ビールの缶を渡すと一口だけ飲んで、怜司が返してきた。

積まれた箱から推定するに、時計は六百個近くあった。その一つひとつに手書きのメッセージカードを添え、薔薇色の箱に詰めて発送伝票を貼るのが仕事の流れのようだ。

怜司の向かいに座り、手順を確認して箱の梱包を手伝い始めると、「ありがとう」と小さな声がした。

内職をしているみたいだ、とつぶやくと、怜司が笑った。

もう少し飲むか、とビールを再び渡す。すると今度は美味そうに飲んで、一息ついた。

「お父さんにはたしかに内職だな」

「彩菜もこれは内職だろうか」

「それにしちゃあ力が入ってる。この時計、一個一個、彩菜が吹き込んだらしいよ。ローテクだな。でも時計に向かって六百回も台詞を言ったのかと思うと、ちょっと感心した。このメッセージカードもずいぶん手がかかっている」

腹を立てているのかと思ったが、怜司は穏やかな目をしていた。それから再び箱にカードを入れ始めた。

お父さん、と怜司が言った。

「うん」

「この間、彩菜を怒らせただろう、坂の上で」

「別に怒らせていない」

むちゃくちゃ怒ってたよ、と言って、怜司がビールをまた飲んだ。

「あいつは怒ると右手をぎゅーっと固く握るんだよ。顔は笑ってても、それですぐわかる。そんで怒りが頂点に達すると、そのグーで殴ってくるんだ。俺が見ているのに気付いたら、この間はすぐに手をポケットに入れたけどね。何を言ったの」

「そんな話は初めて聞いた。暴力なんてふるう子だったか」

「暴力ってほどでもない。ちっちゃい頃の話だよ。俺は転校してきて、こっちの学校になじめなかったし、彩菜も友達ができなかったから……二人でよく遊んでただろ」

そう言われたが、二人が連れ立って遊んでいた姿がすぐに浮かばない。

「ケンカすると、俺のほうが口が達者で、あいつはまだ言い返すボキャブラリーがなかったから、手を振り回してきただけだ。でも今はとても言葉じゃ勝てないな」

「そんなに学校になじめなかったのか」

まあね、と怜司が言って、箱に伝票を貼った。

「そんなこと、お母さんもお祖母《ばあ》さんも何も言わなかったが」

「言えなかった、誰にも。お母さんはいつも泣いていたから」

手にした時計に電池を入れ、怜司がアラームを鳴らした。

アリガト、アビヤント、と優しい声がした。

「この前は呪いの時計って言ったけど、これ、結構いいね。沙智子ちゃんって、あの赤い眼鏡の子が一個くれたんだけど、最近寝起きがさわやかだ」

「お母さんは……美越に来て、そんなに泣いていたのか？」

何を今さら、と怜司が言い、時計から電池を抜くと、また梱包の作業に戻った。

「今さらだから、聞きたい」

見て見ぬふりをした覚えはない。見落としていたのだろうか――。

ビールを飲み干し、怜司が缶を見つめた。

「お母さんの名前……美雪っていうだろ。雪なんて厄介なだけで、綺麗なものじゃない。

いかにも苦労知らずな人たちが付ける名前だって、おばあちゃんはよく言ってたな」

だけど、と怜司が笑った。

「とても似合ってた。肌が真っ白で、熱いお風呂に入ると体が真っ赤になっちゃうんだ。小さい頃、体を洗ってもらいながら、お母さんは溶けちゃうんじゃないかってよく心配した。つらら女房って話、知ってる？」

「つららが綺麗な女になって、男のところに嫁に来たって話だろ」

そう、とうなずいて、怜司がビールの缶をテーブルに置いた。

「色白の女房は風呂に入りたがらなくて、遠慮してるのかと思った男が風呂を沸かしてあたたまるように言ったら姿を消した。探しにいったらお風呂のなかに櫛だけがぽつんと浮いていたって話。つららだから、湯に溶けちゃったんだ。お母さんは寝る前に、いつも僕らに本を読んでくれて。彩菜はこの話が好きでよくリクエストするんだけど、最後を聞くといつも泣く。僕もおびえた。だからママは」

ママ、と言ったことを少し恥じるように、怜司が軽く息を吐いた。

「そのときはママって呼んでいたんだけど、僕らがあんまりおびえるから、続きを勝手に作って話していた。つらら女房は溶けちゃったけど、その翌年の冬にまた戻ってきて、男と楽しく暮らすんだ。そして春が来ると、ありがと、またね、って言って溶けていく。冬は寒くて苦しいけど、つらら女房が帰ってくるから、男は決して辛くないんだ。僕らはそれで安心して目を閉じた。だけどある日、薄目を開けたら、お母さんが泣いていた。

なんでなのか、わからない。でもそれから彩菜に添い寝しながらよく泣いていたよ」

ありがと、またね、と怜司がつぶやいた。

「そう言って僕らのつらら女房は消えるんだ。アビヤントってフランス語でまたねって意味らしいね。彩菜は覚えていたのかな、お母さんのあの言葉。やさしくて、安心するんだ。消えても、きっと帰ってくるって。でもある日出て行ったきり、お母さんは帰ってこなかった」

梱包する手を止め、怜司の言葉を聞いた。

「雪が降るたび、お母さんのことを思う。手のひらの上にのると、溶けてしまう綺麗な雪。ママを泣かせたのは、ママが出て行ったのは、僕らのせいだと……」

「違う」

「お父さんにそう言われれば言われるほど、僕……俺たちは、そうなんだって思った」

「そう言ってくれれば、もっと説明したのに。お前たちが小さいから、まだわからないと思って」

「たしかにわからない、男と女のことって。僕らにとってパパとママであるその前に、お父さんたちが男と女だったんだってわかってきたのは、つい最近だ」

何を言えばいいのか。どう言ったら良かったのか。

口にしようとする言葉はすべて言い訳になってしまう。

ゆっくりと目の前の時計を梱包した。それを一つ仕上げてから、会いたいかと聞いた。

「お母さんに？　今はあまり思わない」

「彩菜の結婚式に……招待を」

それはどうかな、と怜司が言った。

東京の大学に入った年、美雪に会いに行ったのだという。

それは初めて聞く話で、どうして今まで黙っていたのかと思う。しかしそれよりも、美雪の暮らしぶりのほうが気にかかった。

「どんなふうに、暮らしていた？」

「もう、会ってはいけないと思った。会いに行ったら、よけいに苦しめてしまいそうで」

「どういう意味だ」

「もう、いいじゃないか。それよりあの、お総菜さん。あの人、お母さんに雰囲気が似ている。俺のせいで遊びに来たのをぶち壊したなら、俺はどこかに行くからまた呼ぶといいよ」

「どこに行くんだ」

怜司が黙った。

お兄ちゃんは、どこかに消えてしまいそうだと言った彩菜の声がよみがえった。

「どこへ行くつもりだ？」

「いや、そんなに力を入れて言わなくても……それはそのとき考えるよ。それとも休みでもとってお父さんたちがどこかに行く？」

「彩菜が結婚するなら、少しでも稼いでおきたい」

「あれは本当に結婚するのかな。あの絵里花って子が男で彼氏だったら、俺、かえって安心できた気がする」

ビールの缶を振り、新しいのを取ってくると怜司が立ち上がった。

居間のふすまに手をかけたとき、その背に言った。

「あの人は……志穂さんと言うんだ」

「志穂、美雪。お父さんが好きになる人は、どこか淋しい名前の人だね」

「古風な名前と言えよ」

「そうか、そう言えばいいのか」

怜司の肩が揺れた。笑っているようだった。

「お父さんは人に好かれるだろうな。俺もちょっとは似たらよかったのに」

怜司が廊下に出て、ふすまを静かに閉めた。

遠ざかっていく足音を聞いていたら、なぜか、戻ってこいと声をかけたくなった。

その翌日、十六時発の東京への便を運行しながら、利一は出勤前にかけた電話のことを考える。

昨夜長い間考えて、怜司が勤めていた会社に連絡をしてみることにした。

彩菜から見ると、今の怜司は心に何かをためこんで爆発寸前だという。

そんなふうに感じないが、もしそこまで追い詰められているならば、会社を辞める前に何らかの問題を起こしていたのかもしれない。

怜司が言いたがらないのは、口にするのも辛いという可能性がある。それならば怜司には伏せて、退職の理由を会社に聞いてみようと思った。

ためらいながら会社の代表に電話をすると、先方は困った様子で、身内であっても個人情報をお伝えすることはできないと答えた。くわしいことはこちらもわかりかねるから、やはり直接、本人に聞いていただいたほうがいいと言われて通話は終わった。

それは本当にその通りで、わかっていながらも電話をしてしまった自分がひどく愚かで、弱気な親に思えた。

そうかといって、強く問いただしたら、何かが壊れてしまう気がする。

定刻通りに池袋に到着し、いつものように居古井に行くと、珍しく志穂が客と話し込んでいた。黒いVネックのコットンセーターを着た男で、軽くめくった袖から、革紐のブレスレットと大きな文字盤の時計がのぞいている。

薄いニット越しに、鍛えた身体の存在が伝わってくる男だった。薬膳やマクロビオティックというものに興味を持っているらしく、話がはずんでいる。

聞くつもりはなくても耳に入ってくる会話の端々から、勤め人ではなく自営業で、昼間に来ている常連ということがわかった。男は仕事でしばらく海外にいて、そのときに見たオーガニック食品の事情とやらを、志穂に語っている。

志穂が出してくれた定食を食べながら、食い終わったのならとっとと帰れという思いをこめて、利一は男を見る。しかし男は志穂と同じ年の生まれらしく、今度は高校時代に聞いていた音楽の話題で会話が始まった。

早生まれだから、自分のほうが年上だと、男が志穂に兄貴風を吹かせている。

くだらない、と思って茶を飲むと、男と目があった。

その瞬間、居古井の営業が終わったら、志穂をどこかに誘うつもりでいるのを感じた。

男が学生時代に組んでいたバンドのエピソードに志穂が小さく笑っている。

その姿を見て、男が嬉しそうな顔をした。洗練された話し方をするが関西出身らしく、ときたま入り込む関西弁が軽やかで楽しそうだ。

不意に自分がとても重たく、この場になじまぬ気がした。

志穂の笑顔が今夜は妙に遠い。

立ち上がり、代金を静かにカウンターに置いて店を出る。

居古井の建物の横には裏口があり、そこから二階に上がることもできるのだが、今日はやけに身体が重たい。

疲れが押し寄せてきて、そのまま営業所に帰ると、休憩室に入る直前に志穂から電話が来た。どこにいるのと言っている。

「忘れ物を……思い出して。営業所に戻ったよ」

何を忘れたの、と朗らかな声がした。

「今日はお布団を干したよ。よく乾いてフカフカしてる。早く戻ってきて」

疲れたから、今日はこのまま休むといって、手早く話を切り上げた。電話の向こうで、志穂が心配している気配を感じたが、話をするのがひどくだるい。

それから風呂に入り、仮眠室で横になりながら怜司のことを考えた。

車の運転を教えたとき、怜司は眼鏡を取り出していた。美越で暮らしていたときは眼鏡をかけていなかったが、いつから視力が落ちていたのだろう。

何も知らないでいた。

目を閉じたが眠れない。そこで携帯電話を取り、マジカルワンダー娘《ガールズ》という言葉で検索して、ウェブショップを見た。

華やかな色彩が踊る画面の一角に、スタッフブログの表示があった。そこをクリックして、彩菜が書いている日のブログだけを見る。

日をさかのぼって彩菜の近況を読んでいるうちに、怜司の勤務先に電話をかけたことを思い出した。

どちらもじかに本人に聞けばいいのに、いざ向かい合うと、うまく思いを伝えられない。

目を閉じると、布団にいる子どもたちに本を読んでやっている美雪の姿が浮かんだ。

ありがとう、またね。

そう語ったという口調は簡単に想像がつき、聞いたこともないのになつかしい。

白い肌に冷たい手。手のひらで、はかなく溶けて消える雪。

閉じた目のうちに脈絡なく、イメージが現れては消える。

会えば苦しめてしまうから、もう会わないと怜司は言っていた。その言葉を聞きたくなくて、両耳をふさごうとしたとき、「高宮さん」と声がした。

目を開けると、枕元に白鳥交通の長谷川が立っていた。

大丈夫ですか、と声がする。

「先ほどから、ひどくうなされていましたが」

ゆっくりと身を起こすと、左手がしびれた。見ると、携帯電話を固く握りしめている。

軽く目を閉じたつもりが、眠っていたようだ。しかし眠った気がしない。

「すみません、お騒がせしたようで」

いえ、それほどでも、と落ち着いた声がした。

「ただ、ひどく息が苦しそうだったので、お声をかけました」

大丈夫です、と答えると、静かに長谷川は去っていった。

再び横になり、携帯電話をあらためて見た。

手のひらのなかで、銀色の髪をした「アヤニャン」こと彩菜が微笑んでいる。

音符が書かれているアイコンをクリックしたら、記憶の奥底にしまった声とよく似た声が響いてきた。

アリガト、アビヤント――

＊＊＊

――アリガト、アビヤント

新潟市の繁華街にあるビルの屋上で、ピンクの目覚まし時計を手にした上島有里《うえしまゆり》は戸惑っていた。

「彩菜ちゃん……このアリガト、ナントカって何？」

サヨナラと言うのは寂しいから、代わりにそう言うのだと高宮彩菜が答えた。

そ、そうなんだ、と有里は口ごもる。

「変わった挨拶だね。どこかで流行っているの？」

「流行っているというか……これから流行らせたいというか」

今度は彩菜が口ごもり、恥ずかしそうに目を伏せた。

昼休みの屋上には、のどかな日差しが照っている。

そのなかで漆黒のブラウスにロングスカート姿の彩菜は怖いほどの威圧感があった。

それなのに渡されたこの時計は砂糖菓子のようなピンク色でとても愛らしい。

「これ、彩菜ちゃんのお店で売ってるの？　なんか、雰囲気違わない？」

「個人的に……やってるショップのほうで……」

ごめん、と彩菜が言った。

「あまり追及しないで。アラームの音は……変かもね。でも、ものは……綺麗だと思うの。これ、吹き込み直しができるから、私の声を消して、有里ちゃんの声を入れるといいよ。ほら、東京の彼氏にあげたら」

「なんて言ったらいいのかな」

「おはよう、起きて、朝だよ、とか」

「どうやって録音するの？」

彩菜が一瞬、ためらい、それから録音方法を教えてくれた。

「わからなくなったら彩菜ちゃんに電話していい？」

彩菜がうなずいた。

「祐介さんが明日ね……」

「有里ちゃんの彼、ユースケさんって言うんだ」

「うん、会いに来てくれるの。先週も来たのに、今週も」

愛されてるね、と言って、彩菜が屋上の隅のベンチに歩いていった。そして肩からさげた袋を降ろすと、いつものように縫い物を始めた。

それを見て、有里も再び弁当を食べ始める。口を動かしながら、彩菜がくれた目覚まし時計を眺めた。

五分前、この場所でいつものように弁当を食べ始めたら、同じビルで働いている彩菜が現れて、二つの箱をくれた。

この前、車を貸してくれたお礼だという。

一つはロールケーキで、もう一つにはこの目覚まし時計が入っていた。

ピンクの小さなこの時計は文字盤に白蝶貝のような輝きがあり、アラーム音さえ普通だったら、たしかにとてもきれいだ。

時計を手にして、再びアラームを鳴らしてみる。

言っている言葉は不思議だが、最初に聞いたときほどおかしくはない。

美越の小学校で同級生だった彩菜は、このビルの商業エリアの一角にあるゴシックロリータの服の店で働いている。

仕事中も一種のコスプレのような格好をしているが、プライベートでも何かのコスプレをして、その世界では人気があるらしい。

この前は近くのお寺の本堂でイベントを行ったようで、大勢の親子連れが詰めかけていたと、このビル内でも話題になっていた。

しかし本人は、ここで働いているときは物静かであまり目立たない。

同じビルのなかにいても、自分が働いている貿易会社は事務所エリアにあり、これまではあまり接点がなかった。昼食どきにたまに屋上で会った折、挨拶をする程度だ。

そんなとき彩菜はたいてい大きな袋を持っていて、隅のベンチに座るなり、なかから取り出したものにボタンやビーズを縫い付けていた。何度か話しかけてみようと思ったが、いつも怖い顔で忙しそうに縫い物をしていて、とても近づけそうになかった。

そんな彩菜がこの前の昼、屋上に現れるなり、通勤に使っている車を一時間ほど貸してくれないかと言った。

わけあって、すぐに出かけたいところがあるのだけれど、車を車検に出していて、手元にないのだという。

かなり切羽詰まった顔をしていたので、職場から少し離れた位置にある駐車場まで一緒に行って車を貸した。そこから職場まで送ると言われたので、助手席に急いで座る。

するとと運転席に座った彩菜がまぶしそうに目を細めた。

「ごめんね、有里ちゃん。もしサングラスがあったらそれも貸してくれない？　本当にごめん」

いいよ、と言ってダッシュボードを開けて、しまった、と思った。

扉の裏には恋人の佐々木祐介と撮ったプリクラがびっしりと貼り付けてあった。

へえ、と言いながら、彩菜がちらりとダッシュボードを見た。

「あのイケメンと付き合ってたんだ。上のフロアに超イケメンがいるって、うちのスタッフが騒いでた。最近見ないね」

「東京の本社に帰ったの。でも月に二回、こっちに会いに来てくれる」

愛されてるね、と言いながら、彩菜がシートの位置を調整した。

「それでいつも一人でお弁当、食べてるの？　妬まれた？」

「結婚資金を貯めてるだけ」

有里ちゃんらしいね、と言って、彩菜がサングラスをかけた。

見慣れたサングラスなのに妙に格好良く見える。

「彩菜ちゃん、セレブに見える」

「サングラスがセレブなだけでしょ。プラダってカッコイイね」

「彼からのプレゼント。あまり……かけてないけど」

そんなの借りちゃってごめん、と言いつつ、彩菜が迷いのない手つきで鮮やかに車を出した。

「彩菜ちゃん、運転うまいね。この駐車場、出しにくいのに。たしか……お父さん、運転手さんだっけ」

「それ、あんまり関係ないと思う」

「バスの運転手さんだよね。美越？　それとも新潟で？」

美越の会社で、と彩菜が答えた。

「ハクチョウさんの高速バスに乗ってる。深夜バスなら寝ている間に東京に着くよ。そのうちイケメンに会うときに使って」

「高速バス？」

「そうだよ、夜中に出てるの。東京までの往復は一万円でおつりがくるかな」

新幹線の片道分で往復ができるなら、自分も月二回、東京に行ける。それなら毎週、祐介に会える。

「でも、うち、親がうるさくて。なんて言って家を出ればいいんだろっか」

「旅行に行くとか？　東京に習い事をしに行くとか？」

「毎回、そう言うのも無理があるし」

車は職場のビルの前に着いた。シートベルトをはずしたら、彩菜がバックミラーを直しながら言った。

「有里ちゃん、アリバイが必要なら、いつでも声かけて」

「アリバイ？」

「口裏を合わせる相手が必要だったら。私、美越の家を出て、すぐそこの」

彩菜が海の方角を指さした。

「歩いて十分ぐらいのところに今、友だち二人と住んでいるの。女の子ばっかりで住んでいるから、何かあったとき役に立てるかも」

そう言って無駄のない動きで彩菜は車をUターンさせ、走り去っていった。

アリバイ……。

口裏合わせ……。

あのとき聞いた言葉を思い出し、有里は屋上の隅にいる彩菜を見る。

明日の朝、祐介が新幹線で東京からやってくる。いろいろ考えて、心に決めたことがあるから、聞いて欲しいと言っていた。

明日は記念すべき日になりそうだ。

新潟市内随一の美しい夜景が見られるホテルに部屋を取ったと彼は言っていた。だから土曜の夜は美越に帰らず、ずっとそこで彼と一緒に過ごしたい。

彩菜ちゃんに頼もうか。

彩菜ちゃんの家に泊まりに行くってことにしていいか、聞いてみようか。

屋上の隅で彩菜はうつむいて手を動かしている。おそるおそる近寄ると、ピンクのサテンのサンダルにダイヤモンドのようなスパンコールを縫い付けていた。

綺麗とつぶやくと、うつむいたまま、「こういうの好き?」と声がした。

「好き。実はあの時計の色も、かなり好み」

「よかった。じゃあもう一個あげる、あとで。明日、彼氏が来たら、おはよう、って吹きこんでもらって、有里ちゃんのラブラブ時計にしちゃいなよ」

ラブラブ時計と笑ったら、彩菜が腕時計を見て、立ち上がった。

「そうだよ。何を笑ってるの、有里ちゃん。ちゃんと言ってって頼むんだよ。おはよう、有里ニャン、愛してる」

「恥ずかしい。言えない」

ポケットに手を入れた彩菜がかすかに微笑んだ。

「じゃあ、言えるようにこれもあげる。試作品だけど」

それはピンクと白、透明な石をつなげたブレスレットだった。丸玉と楕円の玉を組み合わせたデザインが優しげで、手首に通すと甘くて柔らかな雰囲気が漂った。

「こんな綺麗なもの、もらっていいの？」

「時計と同じシリーズのマジカルワンダー部品《パーツ》なの。部品って書いてパーツ……」

「マジカル、何？」

彩菜が恥ずかしそうな顔をした。

「なんかちょっと照れるね。有里ちゃんは真面目な子だから。着け心地とか、そのうち教えて」

親への口裏合わせの件を頼むと、快く彩菜は引き受けてくれた。それから軽く手を振り、階段を下りていった。

手首を揺らして、ピンクの石の輝きを有里は眺める。

たぶんこれはローズクォーツ。恋愛に効くパワーストーン。

同じ色の時計を箱に戻しながら有里は微笑む。

明日は素晴らしい日になりそうだ。

東京からの単身赴任者が多いので、この会社では金曜の夜はあまり残業はない。

ところが今週はトラブル続きで、そのしわ寄せが一気に週末に来た。頼まれた資料を集め終わるには、夜遅くまでかかりそうな気配がする。

今日の夕食はいらないと母に電話をかけてから、十八時過ぎに有里は食事がてら外に出た。まずは駆け足で祐介が好きな菓子を買いにいく。

それはマンガストリートという、有名なコミック「ドカベン」などの登場人物たちが銅像となって並ぶ通りにあり、その店の前には主人公が豪快にバットを振っている像が立っている。この店のカステラは口に入れると卵の滋味がふんわりと広がって、思わず微笑んでしまう。祐介は新潟でいちばん好きな菓子だと言って、会いに来るたび東京に持ち帰っていた。

店はちょうどカステラが焼き上がったところで、甘い匂いに満ちていた。祐介に持たせるために箱入りをひとつと、滞在中に二人で食べるためにカステラのはしを切ったものを集めた袋を買った。それから東京に本店を持つデパートへ足を運ぶ。

時間を気にしながら、ブライダルリングのコーナーを見て回り、ランジェリー売り場に行って、思いきって純白の高級下着を買った。最後に地下街のメロンパン専門店でパンを買って職場に戻った。

机に戻れば仕事は山積みだが、歌でも歌いたい気分だ。

メロンパンを少しずつかじりながら、パソコンのキーボードを打っていた二十一時すぎ、祐介から電話が来た。

非常口から外に出て、階段の踊り場で祐介の声を聞く。

ごめん、といきなり祐介が言った。

風邪をひいたみたいで、熱があがってぞくぞくするのだという。

電話の向こうで祐介があやまっている。

「なんとか頑張ろうって思ったけど、ちょっと無理だわ。今、会社、出たトコだけど、今日明日は家で寝てようと思う」

「今日明日ってことは、日曜日に来るってこと？」

「日帰りする体力はないかもなあ」

「無理しなくても……また来週があるし」

来週はなあ、と言って、祐介が軽く咳《せ》きこんだ。

「ああ、のど、痛え……」

「食欲は？」

ない、と祐介が言った。

「だけど今からコンビニに寄って弁当でも買うよ。ああ、でも胃が受けつけないな。ムカムカする。梅干しでもなめて、じっとしてるか」

和歌山県出身の祐介の部屋の冷蔵庫には、いつも梅干しが入っていた。なつかしさと心配な気持ちがまざって、夜空を見上げた。

そばにいられたら、いいのに。

空、飛べたらいいのになあ。

「ユウちゃん、でも何か食べないと」

「つばを飲みこむのも痛くなってきた。ああ、食うなら柔らかいもの、食べたい」

「お豆腐とか？」

「カステラのはしっこ食いたい。あの銅像が立ってるトコの」

甘くて柔らかくって、と祐介がかすれた声で言った。

「あっためた牛乳にひたして食いたい……のどが腫れても、あれなら食えそう」

祐介が鼻をすすった。

「やばい、鼻も出てきた。コンビニ寄ったら、もう寝るわ。ごめん、有里」

話すのも辛いという様子で、電話は切られた。

通信の途絶えた携帯を制服のポケットに入れ、ロッカーのなかに入れた荷物のことを考えた。

カステラ、東京に送ろうか？

見下ろすと通りを行き交う車のなかに大きなバスが混じっていた。

暗い空の下で純白の車体の色が鮮やかで、夜空を渡っていく白鳥のようだ。

美越のバスだ。

遠ざかっていくバスを有里は目で追う。

ハクチョウさんだ。

海沿いの街の新潟市ではあまり見かけないが、美越から山に向かった地域では白鳥交通は地域の足だ。電車や地下鉄の交通網が薄く、一人が一台の車を持つのが基本の暮しのなかで、免許を持たない学生や、車の運転が難しくなった高齢者にとって、朝晩、ハクチョウさんが町々を行きかってくれるのはどれほど助けになっていることか。

自分も中学、高校の六年間、ハクチョウさんのバスで通学していた。

その白鳥交通が東京まで高速バスを出していると彩菜が言っていた。

カステラ、届けようか。

夜を、渡ろうか。

祐介のマンションには一度だけ行っている。そのときに部屋の鍵ももらった。東京の地理はよくわからないけれど、行けばなんとかなるはずだ。

気持ちさえ決めてしまえば、きっとどこにだって行ける。

親への口裏合わせを頼もうと彩菜に電話をかけると、目覚まし時計とまったく同じ声が電話から響いてきた。

なぜか笑ってしまったら、彩菜もつられて笑っていた。


昨夜二十三時に新潟市の万代バスセンターを出たバスは、朝の四時半すぎに東京の池袋駅前に着いた。

彩菜にお礼のメールを打とうとして、有里は手を止める。まだ寝ているだろう。

昨晩、彩菜に電話をしたら、出発までまだ時間があるから、家に来てお風呂に入っていけばいいと言ってくれた。

電話で教わった通りに歩いていって、どっぺり坂と呼ばれる高台へ続く長い階段を上がると、段の上で彩菜が座って待っていた。昼間の濃いメイクを落とした顔には小学生のときの面影がかすかに残っていて、まるで子どもに戻って遊びに来たような気分になった。

彩菜の家でシャワーを浴びたあとで、親に電話をして、飲み過ぎて気分が悪いので友だちの家に泊まると言った。

彩菜の二人の同居人は留守で、一人は警備のアルバイトに、一人はちょうど東京にいると言っていた。その子は出版社にマンガの持ち込みをしているらしい。話は通してあるから、もし困ったことがあったら電話しろと、携帯の番号を教えてくれた。

池袋駅に入ると、電車はすでに動いていた。そこから新宿に移動し、祐介が住む街へと急ぐ。まだ各駅停車しか走っていなかったが、祐介が通勤のときに毎朝目にしている風景だと思うと、一駅ひと駅、見ていて飽きない。

最寄りの駅に着くと以前に来たときの記憶と、携帯電話に表示された地図を見ながら早足で歩いた。

やがてコンビニが現れて、そこに祐介と来たのを思い出したら、記憶が一気に鮮明になった。立ち寄って、手早く牛乳や野菜ジュースを買い、そこから走り出した。

一呼吸、一足ごとに距離が縮まっていく。あともう少し走れば、伸ばした手の先に彼がいる。

ホットミルクにカステラをひたして食べてもらおう。それから……洗濯。熱で汗をかいているだろうから洗濯して……。

それからお粥だ。

お粥を作ろう。まんなかには種を抜いた梅干しをひとつ。彼のふるさとの梅干しを使おう。

梅。和歌山県には行ったことがないけれど、そのうち行くかもしれないな。

階段を駆け上がり、目指す部屋の扉の前に立つ。

呼吸を整えながら、祐介にメールを打った。返事はない。電話をかけようとしてやめた。

眠っているところを起こしたら可哀想だ。

そっと鍵を入れて、ドアノブを静かに回す。

祐介が驚く顔を想像したら、幸せで息が止まりそうだ。

大きく息を吸い、そっとドアを開ける。

扉を開けると靴だらけだった。革靴やスニーカーが乱雑に並んでいる。

優しい気持ちでそれを眺めた。しかし、隅にあるものを見て、息が止まった。

華奢な金色のミュールが一足ある。

ひっつかむようにして見ると、まだ新しい。裏には値札のシールがついたままだ。

サイズは自分と同じだった。

頭に血が上りかけたが、そっと有里は元に戻す。

あとで聞けばいい。ひょっとしたら、祐介が買っておいてくれたのかもしれない。

玄関から上がるとすぐに台所があり、そこを抜けると奥には八畳の部屋があった。遮光カーテンなのか、室内はとても暗い。

祐介、ユウちゃん、とささやきながら、台所を通り、八畳間に入る。

その途端、息が止まりそうになった。

目の前のベッドに祐介と女が眠っている。

ふらつきながら祐介の枕元に近づくと、女が薄目を開けた。

その途端、悲鳴があがった。その声に祐介が目を開け、飛び上がるようにして身を起こした。

「なんだ、有里？　有里か。なんで、なんで、ここにいるの？」

「なんでって……」

会いに来たのだ、夜を渡って。

「なんでって、ユウちゃん……」

「何で来た？　何に乗ってきた？」

「ハクチョウさん……」

白鳥？　とピンクのパジャマを着た女がおびえたような顔をした。

「何、それ……鳥？」

「鳥じゃない。夜行バス。ハクチョウさんの深夜バスで」

「ハクチョウ？　ああ、白鳥交通か」

そう言えよ、と祐介が声を荒らげた。

「うちのほうではみんなハクチョウさんって呼んでるんだよ」

「どうでもいいよ、そんなこと」

かすれた声で祐介が言うと、顔を押さえてベッドに倒れ込んだ。女とおそろいのデザインの水色のパジャマを着ている。

裸でいてくれたほうがずっとまし。

窓際に立って、有里は部屋を見渡す。

部屋は片付けられていて、ローテーブルの上にはおそろいの白いカップが二つと食べかけのカステラが置かれていた。フローリングの床にはベージュのラグが敷かれ、その色とコーディネートしたのか、焦げ茶色のハート型のクッションが二つ置かれている。

まるで新婚夫婦の寝室に乱入したみたいだ。

女が小刻みに震え、泣きだした。

「怖い……祐介。私、この人、怖い……」

祐介が女を抱き寄せた。

「怖いよ……」

「とりあえず、有里、出て行ってくれないか」

「どこへ？」

祐介が言葉に詰まった。

「ユウちゃんが合い鍵をくれたから、そっと入ってきただけ。怖いって言われても」

「電話……」

祐介が呟き込んだ。

「電話、してくれても、いいだろ」

「起こしちゃうと思ったから……」

祐介の腕のなかで、女が可愛らしく鼻をすすりあげている。

泣けば、抱いてくれたのだろうか。

自分の頭が狂っているような気がして、有里は床に目を落とす。

たった数分前まで、幸せな気持ちでいっぱいだったのに。

コンビニの袋をさげたまま、部屋を出た。そのままゴミ集積場に袋ごとコンビニで買った物を置いたら、数羽のカラスが袋をめがけて急降下していった。


その日の夜、池袋の停留所から再び有里は夜行バスに乗った。

祐介の家を出た後、行くあてがなく、立っているのも辛くて、彩菜にもらった電話番号に連絡をした。すぐに丁寧な口調の人が出て、彩菜から話は聞いていると言った。

どうしました、と心配そうに言われた途端に、涙が出た。

沙智子という名のその人は彩菜と中学の同級生だという。私立の女子校に進まず、地元の中学に進学していたらクラスメイトになっていたのかもしれない。

ことの顚末を話したら、憤慨した沙智子が新宿駅まで迎えに来てくれ、自分が泊まっているホテルに連れていってくれた。

それから外出する沙智子と入れ替わって、ベッドで眠った。目が覚めたのは午後二時過ぎで、携帯を見たら、話したいことがあると祐介からメールが来ていた。

『あやまりたい』のではなく『話したいこと』がある。

以前来たときとまるで違うインテリアのあの部屋を見たら、祐介はプロポーズに来ようとしたのではなく、関係を清算するつもりか、二人の女を天秤にかけようとしていたのだと悟った。

浮かれて、バカみたいだ。

それでも、あやまりたいというメールが来るような気がして、沙智子の部屋で待ち続けた。やがて沙智子がビールをさげて帰ってきて、二人で部屋飲みをしているうちに、帰る決心がついた。

沙智子は月曜日まで東京にいるという。

土曜の夜の深夜便は、東京と新潟のバス会社と美越の白鳥交通が、一台ずつバスを出していた。一番先頭は女性専用車で、新潟市のバス会社の車両だった。

バスの座席に座ると、酔っていたせいかすぐに眠ってしまい、目が覚めたら故郷に着いていた。終点の万代バスセンターに降りたが、自分の車を停めた駐車場まで行く気力が出ない。

荷物を持ち、構内のベンチに座る。すると同じく終点まで乗ってきた華奢な女性が、倒れるようにして一つ空けた隣に座りこんだ。

辛そうにうつむき、ハンカチで額や首筋を押さえている。

それを見ていたら、さらに疲れが押し寄せ、顔を手で覆ってうつむいた。

白鳥に乗って夜を渡ったけれど、うまくやれずに逃げ帰ってきた。

あのとき先に泣いたら、抱きしめてくれたのだろうか。

だけど怖くもないのに怖いと泣けない。

さよならというのは辛すぎて。だけどそれに代わる言葉も見つけられない。

電話が鳴った。彩菜からだった。

彩菜ちゃん、と言って電話に出たら、隣の女性が顔を上げた。そしてまたうつむいた。

着いた？　と彩菜の声がする。

着いた、と答えると、「予定よりちょっと早いね」と彩菜が言った。

「彩菜ちゃん、起きてたの？」

「起きてたよ、友だちと車をデコってた」

朝ご飯、食べる？　と彩菜が続けた。

「友達が作るって。絵里花ちゃんのフレンチトースト、すっごいやばいよ。うますぎて泣く」

「もう泣いてる」

もう泣いてる、と彩菜が繰り返した。

「じゃあ、トースト食ってまた泣けって。エリニャンがそう言ってる。うちで少し寝ていきなよ」

迎えに行くよ、と彩菜が言った。

「魔法の馬車で」

「マジで？　本当に来てくれるの？」

今日、休みだし、と彩菜が軽く笑った。

「大丈夫、車はちゃーんと走るよ。時間が過ぎてもかぼちゃに戻りません。ずうっと魔法の馬車でいる。次の車検までは」

大通りに出ているようにと彩菜が言った。少しだけ力がわいてきて、有里は顔を上げる。

すぐに行くからね、とささやくような声を残して電話は切れた。

彩菜ちゃん、地声はちょっと低いんだ……。

力を抜いた、素の声でささやかれたら、男の子に言われたようにときめいた。

気力を振り絞って立ち上がったが、足に力が入らずよろめいた。その拍子に椅子に置いた荷物が下に落ちた。目覚まし時計が入っていたことを思い出し、壊れていないかと箱を開ける。

祐介にはもう渡さないから、彩菜に返そうと思った。

アラームを鳴らしてみると、やさしい声がした。あらためて聞くと心地よく、もう一度鳴らしてみる。

眠気に対して『アリガト、アビヤント』と言ったあと、彩菜の伸びやかな声が響いた。

――朝が来たよ。

夜は明け、朱色に染まりだした景色のなかを、純白のバスが滑り込むように走ってきて静かに停まった。

ハクチョウさんだ。

背の高い運転士が手袋をはずしながら、ゆっくりとステップを降りてくる。

新潟駅でほとんど降りたのか、車内には一人しか客がいない。その客を見送ったあと、少し疲れた様子で自販機に手をつき、運転士が飲み物を買おうとした。

彩菜の時計を箱に入れて顔を上げたら、その人と目が合った。冷静そうな切れ長の目が優しくゆるんで、それを見たら少し照れてしまった。

運転士の視線が隣の女性に移った。つられて有里も横を見る。

ほっそりとしたうなじのその人は、ベンチの端をつかんでうつむいている。

束ねた髪の生え際にうっすらと汗がにじんで、何かに耐えているようだ。

大きな音をたて、自販機の品物が取り出し口に落ちた。

運転士がそれを取り、手にした缶を見つめている。しかしゆっくりと顔を上げると、こちらに近づいてきた。その姿に安心して、有里は立ち上がる。すれ違ったあとで振り返ると、背の高い運転士がうつむいている女性の前に立っていた。

第三章

新潟市の萬代橋《ばんだいばし》近くの駐車場に車を停め、利一はゆっくりと橋に向かって歩く。昼間は梅雨入り前の日差しが強く照りつけ、汗ばむほどだった。しかし午後五時を過ぎた今は光の勢いもやわらぎ、心なしか道行く人々の足取りが軽く見える。

萬代橋を渡り始めると、川面《かわも》を吹く風が心地よくほおに触れた。

信濃川の河口にかかる萬代橋は全長は三百メートルあまり、歩いて渡るのには少し時間がかかる。橋の上には四車線の車道と、レトロな街灯が並ぶ歩道が設置され、敷き詰められた白い花崗岩《かこうがん》のタイルが風景にやわらかな光を添える。

橋の中ほどで立ち止まって、利一は石造りの欄干に手を置く。

五時半にここで美雪と待ち合わせる約束をした。

一週間前に東京からの便の運行を終え、万代バスセンターで缶コーヒーを買おうとしたら、彩菜たちの目覚まし時計を手にした女性がベンチに座っていた。深夜バスで眠っているときに使っていたのか、時計を箱に入れているところで、若い女性にもファンがいるのだと微笑ましく思った。

そのベンチの足元にはルイ・ヴィトンのボストンバッグが置かれていた。若い女性のものにしては古びていて、何気なく一つおいた隣の席を見て、コーヒーを買う手が止まった。

座っていたのは美雪だった。具合が悪そうにうつむいている。

時計をバッグに入れながら、若い女性も心配そうに隣を見ている。

今にも倒れそうに見えたから、迷いながらも近づいた。すると美雪が顔を上げた。

目の下に薄くくまが浮かんでいて、顔がいっそう白く小さく見える。

どこか具合が悪いのかとたずねたら、うつむきながら大丈夫だと言った。

「水……飲みますか？」

水を買おうと再び自販機に向かったら、美雪が立ち上がった。

それほど暑くはないのに、額に汗がにじんでいて、ハンカチで口元を押さえている。

「誰か……他の職員を呼んできましょうか」

大丈夫です、と再び言って、美雪が歩き出した。しかし足元がふらついている。思わず「美雪」と声が出た。

美雪が振り返った。名前を呼び捨てにしたことに気付き、今度は敬称をつけて旧姓を呼ぶ。しかし続く言葉が見つからない。そのとき、手にさげていたバッグが目に入った。

「その……ヴィトンのカバン」

美雪がバッグに目を落とした。

「まだ、使ってるんだね」

「それが何か？」

「いや、何も」

怒りを含んだような声に、くだらないことを言ったと思った。

その夜、めったにかかってくることがない家の固定電話が鳴った。見知らぬ携帯電話の番号だったので、六回ほど鳴るのを聞いて、ためらいながら出た。かけてきたのは美雪で、明け方の言動は失礼だったと電話の向こうから声がした。

それから会話は進まず、美雪が切ろうとした寸前に真珠のイヤリングのことを聞いてみた。落としていたのかと美雪が答えた。探していたのだという。

遺失物として届けようと思いながら、手続きはまだしていなかった。係に問い合わせをするように伝えたあと、ほんの出来心で、急ぎで必要ならじかに渡そうかと言った。すると少しためらったのち、お願いできるかと美雪が答えた。

結婚十年目に夫からプレゼントされた大切な品だという。

川面から目を離し、利一はポケットに手を突っ込む。

薄紙ごしにイヤリングを眺めた。

真珠のイヤリングだと思っていたが、台座には小さなダイヤモンドがついていた。真珠よりも実はダイヤのほうが主役だったようだ。結婚十周年記念、いわゆるスイートテン・ダイヤモンドという贈り物なのだろう。

時計を見ると約束した五時半はすでに過ぎていた。橋の上は空が広くて、夕陽が町を包みこんでいくのがよく見える。

相変わらず時間にルーズだと思いながら、欄干にもたれて横を向く。

遠く、橋のたもとに美雪の姿が見えた。

紺色の服を着て、夕焼けのなかをゆっくりと歩いてくる。川面を渡る風が髪を揺らめかせると、ほんの少しうつむいて、顔にかからぬように指で押さえた。

目が惹きつけられる。だけどそれに抗《あらが》って、欄干に手を置き、再び川を眺めた。

何も言わずに美雪が隣に並んだ。

川に目を落としたまま、薄紙に包んだものを差し出す。

ありがとう、とつぶやいて受け取り、美雪が小さく笑った。

「なんて呼んだらいいか……迷ってしまった」

「高宮でいいだろう」

そうね、と美雪がうなずいた。

二人で並んで、夕暮れの信濃川を眺めた。立ち去りがたいが、交わす言葉が見つからない。

制服、と美雪の声がした。

「制服？」

「あのバスの制服……素敵ね。ミッドナイト・ブルーの」

「そんな洒落た名前の色かな」

「あの色、よく似合っていた。黒に近い紺……深夜バスに乗って空を見上げたら、ミッドナイト・ブルーの意味がよくわかった。夜空って黒に思うけど、月が出ていると深い紺色。あの色はスーツのときもよく似合っていたわ」

「それが何か？」

言い方がきつかった気がして言い添えた。

「十数年ぶりに声をかけた話がヴィトンかって怒ったくせに、自分は制服の話かよ」

美雪が笑った。慎ましやかだが、楽しげだ。

「何、笑ってるんだ」

「学生の時みたい。高宮先輩の口調だ」

今、わかった、とやさしい声がした。

「なんであのとき、唐突にバッグの話が出たのか。声をかけてくれて……ありがとう」

「あのバッグ、もう捨てたかと思った」

「今も大事に使ってる」

「捨てろよ」

美雪にあのバッグを贈ったのは彩菜が生まれたときのことだった。女性たちの間で当時もルイ・ヴィトンのバッグは人気があったが、大学卒業後に出産と育児に追われていた美雪には縁が無く、思いきって内緒で買って贈った。喜ぶかと思ったのに、カバンにこんなお金をかけるぐらいなら、他に買うべきものがいっぱいあったのだと美雪は怒っていた。

それでも子どものおむつやおもちゃを入れて、あのバッグはよく活躍していた。同じデザインのものを愛用しているのかと思ったが、この前の朝、近くで見たら怜司がシールを貼って、はがしたあとが残っていた。

丈夫なのよ、と美雪が小さく笑った。

「物持ちがよすぎるだろ」

「結婚生活より長く持ったものね」

皮肉を言われた気がして黙った。すると美雪がバッグからビーズ細工のポーチを出してきた。

煙草はやめたかと聞かれたので、やめたと答える。美雪が手にしたポーチを軽く振った。

「私は逆。最近、吸い出したの。どこも禁煙で困ってしまうわ。だから待ち合わせは橋の上」

「煙草を吸うのか」

美雪がポーチから煙草を出した。

「吸っていいですか」

「やめてほしい」

美雪がポーチをバッグに戻すのを見て、川に背を向けて車道を眺めた。路線バスにまじって、白鳥交通の高速バスが走っていく。

東京方面に行く便だ。

川を眺めたままで、「お変わりなく」と美雪が小声で言った。

「お元気そうね……」

「そちらも」

「私は駄目よ、老けてしまって」

「ネガティブだね」

そうね、と素直に美雪がうなずいた。

「そんなに老けては見えないが。ＯＢ会に行ったら、そこそこ綺麗な部類じゃないか?」

そこそこ綺麗、と声をたてずに美雪が笑い、老眼は来てるかとたずねた。

「多少は」

「人間ってうまくできているわね。自分の外見が変わってくる頃には目がかすんできて、悪いところが見えなくなるの」

「本当にネガティブだな」

「待ち合わせたの、後悔してる？」

「多少は」

じゃあ、と言ったきり、美雪が黙った。それからぽつりと、「さようなら」とつぶやいて橋を戻っていった。

その背に美雪、と声をかけた。

「子どもたちのことは聞かないのか」

美雪が足を止めた。

「彩菜が結婚するかもしれない。怜司は、ふらふらしてる。東京で就職したのにこっちに戻ってきたよ。何をするわけでもなく、毎日、家にいる。何も聞かないんだな。興味はないのか」

美雪がうつむいた。

「新しい家庭が幸せそうでなによりだ」

立ち止まったまま、美雪の背中が揺れた。腹立たしくなって近寄り、腕をつかむと泣いていた。

「聞きたくても……聞けません」

「なんで？」

「今さら、母親面なんて……できないわ」

うめくように言って、美雪が顔を押さえた。

「泣くことないだろ。言い過ぎたかもしれんけど」

駄目、と美雪がつぶやいた。

「最近、感情がおさえきれない。私、おかしいのよ」

道行く人が困ったような顔で見る。若い恋人同士ならともかく、中年の男女がもつれているさまは、たしかに見られたものではない。

「どこかに座るか。何か急ぎの用でもあるのか」

「病院……それから、家、マンションに」

「病院って？」

父が……、と美雪が肩をふるわせた。

「落ち着け。時間があるなら、どこかで座って茶でも飲もう。車で送るよ」

いい、と美雪が涙をぬぐった。

「泣くなよ、せっかく帰ってきて」

背中に手を回すと、暑くもないのにじっとりと湿っている。

「熱でもあるのか？」

見ないで、と美雪が腕を振り払った。

「恥ずかしいから」

「恥ずかしいって何が？」

美雪が目を閉じ、うなだれた。

「とにかく、どこかに座ろう」

めまいがする、とつぶやく声がした。

「おさまるまで、じっとしていたい。おさまったら帰れるから」

「帰るってどこに？」

「父のマンション。すぐそこ」

「引っ越したのか？」

うなずいて、美雪が欄干に顔を伏せた。

「車を取ってくるから。ここで待っていられるか？」

大丈夫、と美雪が小さな声で言った。

「本当にじっとしていればいいから、気にしないで。病気じゃないの。おさまったら一人で帰れます」

駐車場まで戻って車を橋に乗り入れると、美雪が橋を渡り終えたところだった。夕暮れの光のなかで、そこだけが暗くよどんで見える。

車を停めて、窓を開けた。ためらっている様子に、「早く」と強く言うと乗り込んで、大きく息を吐いた。

「大丈夫か？　病院に行くか？」

病気じゃないのよ、と苦しげに息を吐きながら美雪が言った。

「ただの更年期……。私、甘えているのかな……」

どこへ送ればいいかとたずねると、美雪の父のマンションは萬代橋に近い信濃川沿いにあった。まだ新しい建物で、高層階からは川や町に加えて、日本海の方まで眺めることができそうだ。

美雪の父はこのマンションに引っ越してきて、二週間もたたぬうちに歩道を猛スピードで走ってきた自転車に追突されて怪我を負ったらしい。自転車は若者の間で流行中のブレーキがないタイプのもので、普通の自転車では想像もつかないほどの速さが出るという。ぶつけられた衝撃と、路上に倒れたときの衝撃が重なって、数ヶ所で複雑な骨の折れ方をしてしまい、あまり身動きができないそうだ。

病院は完全看護でずっと付き添っていなくても大丈夫らしいのだが、それでも細々した用事が多々あって、この町と東京を月に数回往復していると、ぽつりぽつりと美雪が話した。

車はすぐにマンションに着き、美雪が車から降りた。その背に入院先はどこかとたずねた。

「これから行く予定だったんだろ? ついでだから乗っけていくよ」

美雪が言いよどむのを聞き出すと、ここから少し離れた総合病院だった。

父親に届けるものを取りにいった美雪を、マンションの駐車場で待った。しばらくすると紙袋を持った美雪が現れた。

ベージュの服に着替えている。細いベルトでウエストを締めた、シャツのような形のワンピースで、昔と変わらず品の良い服装をしていた。しかしそれゆえにさっき橋の上で取り乱したのが美雪らしからぬことに思えた。

心配したつもりが、かえって追いつめてしまったみたいだ。

紙袋を受け取って後部座席に置き、利一は車を出す。

美雪の父は長年住み慣れた家を手放して、このマンションに移ってきたという。思い出深い家だったが、美雪の母親が亡くなり、一人暮らしになってからは二階に上がったり、庭の手入れをするのが辛くなってきたそうだ。そのうえ雪はそれほど降らない土地柄なのに、ここ数年、雪が積もる日が続き、雪かきの大変さが身にしみたのだという。

幸いなことにすぐに家の買い手のあてがついたので、これまでの蓄えも投入して、終《つい》の棲家《すみか》として新築のマンションを購入したらしい。ところが家の買い手が直前にキャンセルをし、それからあとの購入希望者が見つからない。

貸家にすることを検討した、と美雪が言った。

「でも借り手がつかないの。古い家だから。更地にしたらどうかって言われたこともあるけど、何をするにもお金がね……」

「さっき、病院のほかに元の家にも行くって言ってたけど」

「雨戸を開けて風を通さないと、家がいたむの。庭も草をむしらなきゃ。人が住んでいないと家ってすぐに荒れるのね。貸すにも売るにも現状を維持しないといけないから、こっちに帰ってきたら昔の家の手入れをしてる」

「不動産屋に頼めないのか」

美雪がため息をついた。

「頼めばやってくれるけど……」

「何をするにも発生するものがあるわけだ」

美雪がかすかに笑った。

「高宮さんっていうより、サークルの高宮先輩の言い方だ。不思議ね、夫婦のときより、初めて会ったときのことを思い出す。逃避してるのかな」

「相変わらずの分析癖だね」

美雪が車の窓にもたれて笑った。なつかしい仕草だった。

仕事帰りの人々の車が増えてきたのか、道は少しだけ混みはじめた。ゆっくりと車を進ませ、繁華街のなかを行く。赤信号で止まったときに、漢方薬局の貼り紙が目に入った。

大きく更年期障害の相談と書かれている。男にはよくわからない世界だ。

「その……」

言葉に詰まったら、美雪がこちらを見た。その眼差しが彩菜と似ていて、目をそらす。

「更年期って、そんなに辛いの？」

「人によるわ。軽くすむ人も。私は……最近、ひどくなってきて戸惑ってる」

「疲れてるんじゃないか」

「そうかもしれない。でも駄目だなあって思うのよ、自分のこと」

何が駄目かと聞こうとしてやめた。膝の上に重ねた手があまりに細くて、そんな質問をしたら痛めつけてしまうようだ。

「ちゃんと食ってる？」

「子どもに食べさせなければいけないから、食事は作ってる。でも……そうね、最近、食欲がないかも」

「子どもがいるんだ。いくつ？」

十歳、と美雪が小さな声で言った。

「怜司と別れたのと同じぐらいの年よ。たまに……あの子を怜司って呼んでしまう。そのたびに夫が嫌な顔をする。でも言ってしまうの。怜司……どうしてる？　彩菜は？」

信号が青に変わって走り出すと、雨が降り出した。古町というゆかしい名前を持つ繁華街のあかりがにじんでみえる。

「その前に、ちゃんと食え、ちゃんと寝ろ。怜司も食欲があるから安心してるよ。睡眠はわからないけど」

「どこか悪いの？」

「東京から帰ってきたけど、どうして戻ってきたのか理由を言わない。せっかく勤めた会社を……結構、名の通った会社だよ。それをやめたみたいで。半年ぐらい、ぶらぶらしてたようだ。その間、何をしていたのかわからない。でも腰のあたりにひどい肌荒れをおこしていて」

「アレルギー？ ストレス？ あの子も彩菜も肌が弱かったから」

「原因はわからん。聞いてもはぐらかす。彩菜は……あいつが突然消えてしまうんじゃないかと心配してる」

「消える？ 消えるってどういう意味？」

彩菜が言ったのは、行方をくらますというよりも、自殺というような意味に聞こえた。しかしそれを伝えようとしてやめた。今の美雪には重い話だし、口にすると現実になってしまいそうだ。

「とにかく……あいつが飯をバクバク食ってるうちは大丈夫だ。逆に食わなくなったら、要注意って思ってる。睡眠は？」

バスに乗ってるとよく眠れる、と美雪が言った。

「気を使ってくれなくてもいいよ」

「でも本当なの。移動の時だけが自分一人の時間だから。池袋のバス停に行くでしょう。新潟の会社のバスを見るとほっとする。はるばる東京まで迎えに来てくれたんだって。子どものときから見慣れた色合いのバスよ。ドライバーもきっとこっちの人でしょう。美越の白鳥交通はあまり縁がなかったけど、風の噂であなたが……」

「どういう風だ」

そうね、と美雪が笑った。

っている

「風……父から聞いた。父は誰から聞いたんだろうな、あなたが白鳥交通で働いているって。でもまさか、高速バスで出会うとは思わなかった」

すれちがった路線バスを目で追い、「町のなかも走るの？」と美雪が聞いた。

「今は走らない。うちは高速バスの担当は専任だから。路線バスの経験を何年か積んだあと、選抜されて高速バスを担当するんだ」

「花形なのね。ドライバーも長距離路線も」

「どうだろう。ツアーバスにおされて、お客さんがガラガラのときもあるし」

「そういうときはどうなるの？　予約が一人や二人だったら欠便するの？」

「しない。うちみたいな路線バスが出してる高速バスは。高速道路に停留所がいっぱいあるだろう？　東京や新潟を出るときは二人や三人で空気を運んでるようなときでも、その先の停留所で待っている人がいるから、定時になると必ず出る。でも比較的、東京の路線は利用者が多いよ。ただ他社に比べて、うちは車両が少し古いから……運行には細心の注意を払っているけど、椅子は最新鋭の乗り心地ではないかもしれないな」

「でもよく眠れるわ」

「そのわりには降りてから気分が悪くなってたじゃないか」

バスのせいじゃない、と美雪が言った。

「動けなくなった。いつものこと」

「いつものこと？」

「最近、朝起きると、まず辛いなって思うの。動けない。だけど動かなきゃ。パートに出て、家事をして、子どもを夫の実家に預けて、東京と新潟を往復して……父の病院にも行かなきゃいけないし、新しい家も昔の家もなんとかしなければ。夫が単身赴任しているのは、かえって楽かもしれないな……いろんなことを考えながら寝るでしょ。で、朝が来る。動かなきゃって思う。でも動けない。たまに死にたくなるのよ。この間は」

バスから降りたら一歩も動けなくなった、と美雪がうつむいた。

「汗が噴き出て、めまいがひどくて。父より先に私が駄目になるかも。共倒れ……たまにそんなことを思う。でも私以上に父が悩んでいる。こんなことになって申し訳ない、情けないって。自分の身だって辛いのに、私の身体のことを気遣うのよ。無理するな、そんなに来なくていいって。でも今、無理しなくて、いつするの？ 今、頑張らないと一生後悔する。しっかりしなきゃ」

やっぱり、甘えてるのよ、と美雪がつぶやいた。

「最近、めまいやほてりがひどいのは、まるで……私、逃げようとしているみたい。昔みたいに」

ワイパーの向こうに病院の看板が見えてきた。エントランスに車を乗り入れると、美雪が頭を下げた。

「ごめんなさい、ひどく愚痴っちゃった。私ってたしかにネガティブだわ」

「何かできることがあったら」

「そういうつもりで言ったんじゃない。これは私の問題だから。だけど聞いてもらって少し楽になった」

後部座席から荷物を取ると、美雪が「ありがとう」と再び頭を下げた。

「ありがとう、高宮さん」

名字を呼ぶまでに少しの間があった。

大切そうに紙袋を両手で抱えて、美雪が歩いていく。バスでここまで来るつもりだったのかと思うと、その荷物の大きさが痛々しい。

振り返らずに前だけを見て、美雪は建物のなかに消えていった。

その翌日、休暇明けの勤務は関西行きの便だった。

新潟東京間は四社で共同運行して、昼夜あわせて往復十六便が出ている。しかし関西便は、関西のバス会社と美越の白鳥交通だけの共同運行で、夜に往復一便のみが出ている。

この便は二十一時に美越の営業所を出て、近郊の各停留所を回り、京都駅には午前六時、大阪駅には七時半に到着する。

長時間の乗務なので、二名の運転士が交代で担当し、運転をしていないときはバスの床下にあるベッドで仮眠を取る。

運転席にいるときは仕事に集中するけれど、パーキングエリアで交代して、床下で横になると、美雪のことを思った。

美雪は昔から、ことあるたびに心情を分析する癖があり、それをもとにいつも自分を叱咤激励していた。それは良いときもあるが、自分を責めることにもなりがちで、体調が悪いときはさらに心身を痛めつけて悪循環になる気がした。しかしそれを心配したところで何になるのだろう。

病院で別れて以来、互いに連絡は取っていない。

関西便の仕事を終えて美越の家に帰ると、廊下にまで彩菜たちの商品の箱が積まれていた。

まずは箱の中身と数量などのチェックをすれば、分類して空いている部屋に運べると怜司は言う。しかしその作業がまるで進まない。

彩菜は美越の家に現れず、怜司ばかりが働いているのを見て、男手が必要ならば、彼氏という男にも手伝わせたらどうだと彩菜に電話で強く言ってみた。

するとと来週の週末の午後、その男とともに美越に行くとメールで返事が戻ってきた。

珍しく休日と週末が重なっていたので、少し緊張しながらその日を迎えた。朝から怜司を手伝って、商品のチェックをしていると、十一時をすぎた頃に、さらに新たな段ボール箱を軽トラックに乗せて、絵里花がやってきた。

今度の商品はスナック菓子だという。春先にマンガの主人公たちの絵をあしらった菓子を出したら大好評で、第二弾だという。

うまくいったら、夏のイベントで大々的に売ってみたいと絵里花が笑っている。運んで来た菓子の袋にはイラストのほかに、彩娘《アヤニャン》の扮装をした彩菜の写真があしらわれていた。

試食用に渡された菓子の袋を開けながら、怜司が困惑した表情を浮かべた。

「俺さあ……実は下手なアイドルより、うちの妹のほうが可愛いかもしれんと、たまに……たまにだよ、思ったことはあるんだけど。なんつうか、これはなんだろう……なんでしょう」

「マジカルワンダー食品《フード》だよ」

「こんなモンまで作っちゃって。しかもそれがバカ売れしそうだなんて、どういう世の中だ」

箱のチェックを始めた絵里花が赤ペンを耳にさして腕を組んだ。

「そのわりにはボリボリ食ってるなあ、ニーニャン。わしらの貴重な飯の種なんだから、一口一口ありがたくかみしめて食え」

「それがさ、腹立つことに、すげえうまい」

「腹を立てんでもいいじゃろ」

絵里花が迷彩柄のナップザックから小さな袋を出して、怜司に投げた。

「それならこっちも食う？　ビールと合わせるとたまらん、魔法の種」

「柿の種じゃん」

「そうだよ。マジワン娘《ガールズ》の世界では魔法の種と呼ぶ。試作品だけど、夏のイベントでビールと合わせて売ったらいいだろうなあって」

「ビールも造るの？」

「知り合いの親戚がうまい地ビールを作ってるところに勤めていて、商品のラベルだけをサーニャンの描き下ろしで貼らしてもらえんかって案が出てる。でも子どもが飲めないからって、アヤニャンがちょっと考えこんでて。そんで、子ども用のドリンクも今、知り合いが交渉先を探しているとこ」

「知り合い、大変だな」

「立ってる者は親でも使えってのが、わしらの方針でね。あっ、すみません。お父さん」

絵里花が軽く目礼した。

「今のは言葉のあやなんですけど……でもサーニャンの実家の寺では今、本堂で連日、イベントの稽古中。お釈迦様の前で魔法使いが踊っとる」

「イベントというのは何をするんですか」

「今まではちょっとした舞台を作ってトークと歌、撮影会をやってたんですけど、春のイベントで、ダンスをやっているコに声をかけたら、なんちゅうか……オタクの友は皆オタクとおんなじで、ダンサーの友は皆ダンサー？」

なんだ、それ、と怜司が柿の種を食べ出した。

「いや、ニーニャンも見たら納得するよ。とにかく舞台映えする人たちでさ。最初はダンサー二人だけだったのが、その二人が友だちを引っ張ってきてくれたもんで、結構な人数になってな。リハーサルでちょこっと踊ってもらったら、すんげえ格好いいの、泣きそうに。そしたら、もっと映える衣装が欲しくなってな。すっかりメイクも出来上がったアヤニャンと一緒に、わし、前に一度ここに来たことあるんですよ、衣装と小道具を取りに」

ああ、と怜司が声を上げた。

「あのときの……」

「あれか」

すまんかったです、絵里花が軽く頭をかいた。

「お騒がせしたんですね。何があったかしらんが、車で待ってたら悲鳴を聞いたよ。あれはニーニャンだったのか」

「そのイベントというのには、結局間に合ったんですか」

間に合いました、と絵里花が段ボール箱の封を開けた。

「この近くの会場だったし。初めて入場料を取ったイベントだったから、遅らせるわけにはいかんし」

夏のイベントはさらに大きな会場でやると、絵里花が笑った。

「だから飲み物も欲しいな。親子で遊びにきてもらって、みんなでシュワシュワ、キラキラしたものを飲めたら楽しいやね？　ラムネとかレモネードとか。キュキューンってさせたいな」

「キュキューン……それでうちにまた段ボール箱が増えるのか。なあお父さん」

「これ以上は無理かもしれないな」

すみません、と絵里花が丁寧に一礼した。

「わしらの所も収納しきれんくて。それに男子禁制なんで、ニーニャンに手伝いに来てもらえんし。ここに置かせてもらえて本当に助かってます」

「男子禁制ってことはさ、彩菜の彼氏も行けないのか。見たことある？　どんなやつ？」

ああ、と絵里花が困った顔をした。

「あれか……どうなんだろ？」

「いや、俺に聞かれても。あれ呼ばわりなんだ」

どうなんでしょう、と絵里花が真剣な視線を向けてきた。

「私も怜司も会ったことがないんですよ。今日、来るんですが」

「今日、来る？」

絵里花が顔をしかめ、怜司がうなずいた。

「来るよ。商品のストックを置くのはいいけど、のらりくらりしてないで、そいつを一回、手伝いに連れてこいって、ガツンと父が言ったんだ。そうじゃないと商品を放り出すって」

ほお、と絵里花がうなって、迷彩柄のナップザックに手を伸ばした。

「今日はずっと手伝おうかと思ったけど、わし、そろそろ帰ろうかな。また来る、ニーニャン。そうだ……メールの件、考えておいてくれん？」

怜司が軽くうなずいた。

慌ただしく絵里花が去ってすぐに、玄関の呼び鈴が鳴った。軽く身支度を整えてから、利一は玄関の戸を開ける。

何が起きているのかわからず、戸惑った。

目の前にはスーツを着た男が二人立っていた。一人は年かさの男で、もの珍しそうに玄関の電灯の笠が欠けているのを見ている。その後ろには優美なグレーのワンピースを着た中年女性が一人、そしてその隣には、水色のワンピースを着た彩菜が、憮然とした顔で立っていた。

美越の駅近く、瀟洒《しょうしゃ》な一軒家のレストランで、彩菜の恋人らしき青年が笑顔で話している。この店はインターネットの評価では、美越で一番おいしいとされるフランス料理の店らしい。

だからと言って、勝手に予約をして招待されても困る。

そう言ってやりたいが、利一は黙る。目の前では青年の父親がグラスを回して、ワインのテイスティングをしており、母親はそれを頼もしそうに眺めている。

一時間前に玄関先に立っていたのは、彩菜の恋人だという青年とその家族だった。

彩菜によると、大島雅也というその青年と美越のカフェで待ち合わせをしたところ、そこへ彼は家族を伴って現れたらしい。そして今日はフレンチのレストランを予約してあるから、ぜひみんなで食事をしようと提案してきたそうだ。

ワインの話を始めた父親に相づちをうちながら、利一はさりげなく左右を見る。

雅也と彩菜は長方形のテーブルの短い辺の場所にそれぞれ座っていて、右を見れば彩菜が、左を見れば雅也が見える。その場所をお誕生日席だと彩菜は言い、ゴッドファーザーの席だと雅也は笑っていた。

職業は税理士だという雅也は彩菜より二歳年上の小柄な男で、丸っこい目をした愛嬌のある顔立ちをしている。どちらかといえば童顔で、そのせいか今日のように控えめな装いをしていると、彩菜のほうが年上に見えた。

父親のワインの話に続いて、雅也の母親がゴールデンウイークに家族で行ったという欧州旅行の話をしている。

微笑みを絶やさずに座っているが、彩菜はあまり話さない。しかしその表情はとても優しげで、吸い寄せられるようにして雅也とその父親が彩菜に目を走らせる。自分をどう見せれば綺麗に見えるかを分析しつくした表情だと利一は思う。

彩菜と目があった。軽く眉をひそめて、一瞬の笑顔をよこしてきた。

ごめんね、とも、よろしく、とも言っているように思える。

母親の欧州旅行の話は終わりが見えず、メインの料理を食べながら、家族旅行について利一はぼんやりと考える。怜司と彩菜が幼い頃はそれなりに出かけたけれど、思春期を迎えてからは、家族そろって泊まりがけでどこかに出かけたことはほとんどない。

母親の話が終わり、父親が自分の仕事の話を始めた。県庁に勤めているという。礼を失しない程度にうなずいていたら、雅也の母親が怜司の手の甲を凝視しているのに気が付いた。その様子を見て、かすかに不快な気分になる。梱包や商品のチェックで荒れたのか、怜司の指先はささくれ、左手の甲には傷がいくつかあった。

母親の視線に気付いたのか、怜司が服の袖でそっと傷を隠した。

話はいつの間にか大学の話になっていた。雅也の母親に聞かれて出身大学を答えると、学部は違うが父親と同じ大学だった。

途端に雅也の父親は打ち解けた表情を見せ、三本目のワインを注文した。OB同士なのを祝して、ちょっといいワインを選んだと言っている。

大学は同じだけど、彩菜ちゃんのお父さんの学部は学内で最難関だと父親が言っている。

「ぼくらのところなんて、およびもつかないよ。今も昔も偏差値的には、はるか上、上」

「昔はそれほどでも」

そんなことないね、と酔った父親が笑った。

「だって私、実はその学部も受験して落ちたんですもん。でもねえ、大学って出身学部じゃないよ、そのあとどれだけ頑張ったかで人生が変わってくるから」

「もちろんです」

「社会に出たら、ドコソコ学部っていちいち言わないし。マルマル大学を出ました、ハイ、終わり。なんであのとき、あんなに一喜一憂したのか。ぼくらは受験戦争とか言われてたハシリの世代だから」

「そうですね」

「今は少子化でラクチンだなあ、雅也。名前さえ書けば誰でも大学行けちゃうもんな」

そんなことないよ、と雅也が軽く笑った。

「今も昔も難しいところは難しい。ぼくは結構勉強したよ」

母親がグラスの水を優雅に飲んでから、彩菜を見た。

「彩菜ちゃんは高校を出たあと、すぐにお仕事してたんでしたっけ」

新潟市にある専門学校の名前を彩菜が言うと、「それはいい」と父親が膝を叩いた。

「女の子は東京の大学なんか行っちゃ駄目だ。悪い男にだまされたりしたら大変。こんなになっちゃったりしたら、もう……」

雅也の父親が腹が大きくなる仕草をした。

「うちの親戚にいるんですよ、そういう子が。地元が一番。悪さをしないし」

雅也がくすっと笑った。その笑い方に苛立ったとき、どうして運転手をしているのかと母親が聞いた。

どうしてと聞かれましても、と答えると、とりなすように父親が手を振った。

「いやいや、ごめんなさい、うちのやつの言い方がなんか変でした」

グラスのふちに残った口紅のあとを指で拭って、母親が隣の父親を見た。

「だって、政治とか経済とかお勉強していた人は、現場より管理？　そちらのほうが向いてそうじゃないかしら」

ねえ、と同意を求められ、そうでもないと答えた。

「人それぞれですから」

「それぞれ？　じゃあどういった理由でそちらのお仕事を？」

答えるのが面倒になって口元をナプキンで拭う。

会話の方向を変えようとしたのか、ほがらかな口調で青年が言った。

「ところでさ、彩菜ちゃんのパパとママってすごく若い年で結婚してるんですよね」

どうしていきなりそんな話を――。

苦々しい思いで青年を見ると、彩菜に笑顔を向けていた。彩菜は伏し目がちに皿の肉を切っていて、視線を合わさない。

「その彩菜ちゃんのママですけど、今もご交流はあるんですか？」

ありません、と彩菜が顔を上げ、艶やかに微笑んだ。

その場の空気が華やいだが、何に対して微笑んでいるのかわからない。

彩菜の母親に会いたいと、雅也の母親が言っている。たずねたいことがあるのだという。

「どういったご用向きでしょう？　私でわかる範囲のことであれば」

母親でないとわからないと、雅也の母親が微笑んだ。こちらもやはり微笑むべきところではない気がする。

「彩菜ちゃん、肌荒れをすることがあるって、雅也から聞いたんですけど。アレルギーを持っているんですか？」

「子どもの頃は少しありましたけど、大人になってからはないはずです。なあ、彩菜」

どうでしょうね、と母親が言った。

「女の子はパパに身体のことって相談できませんでしょ。おいくつぐらいまで、肌の調子が悪かったんですか？　お母様とはいつ頃までご一緒にお暮らしだったの？　やっぱり女親じゃないとわからないことってありますから」

「おっしゃる意味がよくわからないのですが」

率直に言うと、と母親がナプキンで口元を押さえた。

「雅也の子どもが将来、アレルギーに苦しむのを見るのは私……辛いなあって思うんです。知り合いのお子さんにもいるんですけど、本当に可哀想。もし彩菜ちゃんにそういう要素があるのだとしたら、うちの孫にも出るのかしら。雅也もそういう傾向がなきにしもあらずだったから、ちょっと心配で。あらかじめ知っておいたほうがいいかなあ……なんて思うんです」

彩菜の笑顔が消えて、怜司が食事の手を止めた。

母親がカトラリーを使う音がやけに響いてくる。父親がグラスのワインを一息に飲んだ。

怜司が低い声で笑い、再び手を動かし始めた。

「知っておいて、どうなさるんですか？」

どうなさるって？　と母親が怜司を見た。

「あらかじめ知っておいたら、何か対策が打てるんですか？　そういうものではないと思うんですけど」

軽く怜司の足を蹴ると、怜司が黙った。場の空気を少し変えようと、父親のグラスにワインを注いで、彩菜とどこで知り合ったのかと雅也に聞いてみた。

確定申告、と彩菜が低い声で言った。

「確定申告？」

「確定申告の無料相談に行って、いろいろ……教えてもらったの」

ナプキンで口を押さえた怜司がぼそりと言った。

「無料相談でナンパか」

「まさか、お兄さん。とんでもない。人聞き悪いこと言わないでくださいよ」

雅也が慌てた様子で手を振った。肉付きの良い、ふっくらとした手だ。

「第一、アヤニャン……彩菜ちゃん、無料相談に職場のあの格好で来たんですよ。あんな真っ黒けの怖い格好した女の子に声なんてかけられますか」

「昼の休憩のときに行ったから」

「その無料相談のあとに偶然、ぼくら、また会ったんですよ。ぼくの高校の先輩が彩菜ちゃんの職場が入っているビルにいて……ぼくら……実は趣味があうんです」

「コスプレ？」

まさか、と雅也が嫌そうな顔をして笑った。

「お兄さん、先ほどから冗談きついですね。お仕事は何をなさっているんですか」

「無職です」

「そんなに堂々と無職っていう人、初めて見ましたよ」

「いいもの見たね」

お兄さんもあれですか、と雅也が笑った。

「彩菜ちゃんと一緒で、ドSなんですね」

ドエス……と怜司が不愉快そうな声を上げた。

「面白い趣味を持ってるんだね。じゃあ、君は妹の奴隷か？」

「ドエスってなんのこと？　雅也」

雅也が言いよどむと、怜司がさらりと言った。

「サド。ＳＭ趣味における超サディストってことですよ。お父さん、俺の足を蹴るなよ。彩菜」

怜司がナプキンで口元をおさえた。

「俺の足を踏むな」

踏んでないよ、と言ったあと、彩菜が顔を両手で覆って笑った。

低い声がした。

「ああ……やっぱりなあ」

こうなるか、と彩菜がつぶやいた。

「やっぱりってどういうこと、アヤニャン」

彩菜の態度に不穏なものを感じ、利一はたしなめる。

「彩菜、テーブルにひじをつくな。見苦しい」

崩れるようにして、彩菜がテーブルに顔を伏せた。

それから元気よく顔を上げると、メニューを手にした。

「デザート頼みましょうよ」

今まで黙っていた反動のように、彩菜が明るい声を上げた。

「皆さん、何にしますか。もう、とっとと気まずい空気を終了させたいですよね。サクッと全員でアイスでも食べて解散しましょうよ」

コーヒーがいい、と雅也の父親が少し動揺した声で言った。

じゃあ、うちもコーヒー、と彩菜が勝手に決めた。

「いいでしょ、お父さん、お兄ちゃん。紅茶とか言わないで」

「私はケーキをいただきたいわ」

「お一人だけで？　お持ち帰りにしますか？」

「どうしたの、急に。気の強いお嬢さんね」

確認するけど、と彩菜が雅也を見た。

「そこが好きなんだよね、気が強いところ。今日は私に内緒で勝手に話を進めて、どういうこと？」

「結婚の話を……」

「相談しようって言ったじゃないの、今後のことは。親に恥をかかせるのもどうかと思って女神のスマイルで笑っていたけど。堀？　外堀？　なんでもいいけど、勝手に自分の都合で埋めようっていうのがいやだ」

「ごめん、ごめんね。アヤニャ、彩菜ちゃん」

「雅也、なんであやまるの。どうしてうちがあやまらなきゃいけないの？」

「痴話げんかなら親のいないところでやれよ」

「お兄ちゃんは黙ってて」

「彩菜、怜司。やめなさい」

お前ねえ、と怜司が立ち上がった。

「本気で結婚する気あるのか。遊びじゃないんだぞ。急にキビキビ仕切りだして。猫をかぶるなら、最後までかぶってろ。ケーキ、何にしますか」

怜司が母親にメニューを差し出すと、父親がそれをつかんで音高く閉じた。

「まあ、それなら今日のところはデザートはなしで」

お互い、帰りますか、と父親が言った。

「恵美子、ほら、帰ろう」

申し訳ありません、と立ち上がって頭を下げると、雅也の父親があきれた顔をした。

「まあ、どうも……息子から聞いていた話と少し違っている気がします。きちんと話が決まるまで、若い人たちにまかせましょうか」

申し訳ありません、と彩菜が雅也の父親に頭を下げた。

「ごめんなさい。私、いろいろ、やりたいことがあって。そのあたりが雅也さんとは全然話がつかなくて。いつも行き違って……今日も行き違った。お騒がせしてごめんなさい」

再び、「申し訳ありませんでした」ときっぱりと挨拶をしてバッグをつかむと、彩菜が店の外へと歩いていった。

「彩菜、ちょっと待て」

早足で歩いていく彩菜の腕をエントランスの手前でつかむと、思いきり振り払われた。

「彩菜……」

「お父さん、ごめん、ごめんね。だけど」

振り返った彩菜は泣いていた。

「だから、私、会わせたくなかったんだよ」

「どういう意味だ」

答えずに彩菜が走って、外へ出ていった。

それは雅也を父や兄に会わせたくなかったのか。それとも自分の家族を雅也の家族に会わせたくなかったのか。

建物から怜司が出てきて、隣に立った。彩菜が道を曲がって姿を消すと、自分の言動を悔いているかのように、軽くうつむいた。

その首筋に赤く、かきむしったような跡が浮いている。

それを見た途端、何も言えなくなってしまった。


雅也の一家と食事をしてから、しばらくたつが、あれから彩菜は何も言ってこない。メールを送っても返事はなく、電話をしてみようかと思ったが何を言ったらいいのかわからない。怜司もあれ以来、黙々と発送作業をするばかりで、あまり会話がない。

美越の家の自室で畳に横になり、利一は目を閉じる。

最近、疲れがなかなか抜けない。

そうなると少しでも多く眠って仕事に備えたくて、志穂の店に行っても泊まらずに帰ってきてしまう。不満げな顔をするなら口論にもなるが、身体の具合が悪いのではないかと、志穂が気を使ってくれるので申し訳なくなり、さらに疲れてくる。

朝、起きると、たまに死にたくなると美雪は言っていた。疲れがとれないでいると、たしかにそんな心境になってくるのかもしれない。

寝返りをうったら、ため息がこぼれた。

彩菜の涙が辛い。

それを思い出すと、美雪が泣いていたのも思い出す。

「会わせたくなかった、か」

ひとりごとを言って目を閉じる。

彩菜は東京の服飾関連の大学へ進学を希望していたが、高校三年の夏に美越から通える専門学校に進路を変えた。ちょうどそのときに、ずっと家事を引き受けていた母、彩菜にとっては祖母が倒れて、半身に軽い麻痺が残ったせいかもしれない。

家のことは心配しないでいいと言ったが、彩菜は何も言わずに笑っていた。

大学に行かなかったかわりに車を買ってやり、内装の改装費も出した。しかしそれが大学のかわりになったとは思えない。むしろ車に乗るたびに、選ばなかった道を思ったのかもしれない。

選ばなかった道。あるいは選べなかった道。

母親がいたら。親がしっかりしていたら、何の屈託も無く、自由に生きられたのだろうか。

雅也という男の伸びやかさと、傷だらけの怜司の背中を思う。

女親にしか、わかってやれないこと――。

立ち上がって車のキーをつかんだ。

出かけてくると、二階の怜司に声をかけて、車庫に向かう。

夜が更けて、車も人通りも少ない道をしばらく走っていくと、美雪の実家がある町に着いた。

美雪の家のすぐ近くには今は公園になっているが、かつては子どもたちの憧れだった大きな遊園地があった。そのせいか、住んだことはないのに、なつかしさを感じさせる場所だ。

美雪の実家の前を通ると、伸び放題の庭木がブロック塀の外から見えた。

近くのスーパーの駐車場に車を停めて、一息つく。

見上げると月が明るく、たしかに夜空は黒に近い紺色に見えた。それまではなんとも思わなかった夜空の色が、ミッドナイト・ブルーという言葉を知った途端に強く意識させられる。

知ってしまったら、見過ごすことはできない。

美雪の携帯に電話をかけてみた。

七つ目のコールで美雪が出た。

彩菜の結婚の話をして、アレルギーについて聞いた。

東京にいた頃は一時期、強く出ていたけれど、美越に移ってからはしだいにおさまっていったと美雪が言っている。そして相手はどんな人かとたずねた。

よくわからない、と答えた。

「つかみどころがないってこと？」

「相手もそうだが、何もかも、わからないことだらけだ。特に女性のこと。これが一番わからん」

どういうことかと美雪が聞いた。

「身体のことやら結婚のしきたりやら支度のことやら。父親ではどうにも相談にのってやれないことがあるみたいだ。思春期の頃の……身体が変わっていく頃のことは、おふくろが教えていたけれど、今は、誰もあいつの立場になって見てくれる女手がない。相手が今の男かどうかはわからんが、この先、結婚するときも、結婚してからも、必ず女親を必要とするときがくるよ」

今さら母親のようなことは……とためらいながら美雪が言った。

「してやる気がないのか。してやりたいけど、反発されるのが怖いのか？」

反発されるのが怖い、と美雪が答えた。

「だけど力になってやろうって思ってくれないか？　彩菜は反発するかもしれない。だけどいざとなったら、身内に相談できるっていうのは安心できるはずだ。ましてやそれが実の母親なら」

何かを言いかけて、美雪がやめた。

「俺も相談したいことがある。彩菜や怜司のことを。結婚って……支度に着物とかいるのか？　喪服とか持たせるのか？　片親だからって子どもらに肩身の狭い思いをさせるのはいやだ。同じように、あいつらのお祖父《じい》ちゃんと実の母親が困っているのを見るのもつらい。昔の家に風を通すぐらい、俺や怜司がやるよ。美雪が来たときは、怜司が車を出したっていいだろう」

「そんなつもりで言ったんじゃないの。哀れまないで」

「哀れんでない。車だったらちょっとの距離にいるのに、見て見ぬふりができるか？　彩菜や怜司にとっては、たった一人のお祖父ちゃんだよ。些細なことなら、東京から駆けつけることはない。俺に抵抗があるなら、怜司にやらせるよ。それぐらいの時間はあるだろう」

怜司には頼めない、と美雪が糸のような声で言った。

「あの子は……私のことを許してくれないわ」

「俺から頼む」

電話の向こうで、泣いている気配がした。

「美雪、何もかも自分で抱え込むな。この町では泣くなよ。ふるさとに帰ってきて泣くな」

俺も抱えこまない、と夜空を見上げた。

「どんな大きな橋もビルも一人では作れん。ましてや生きてる人間の人生だ。つらいときに助けを求めるのは、きっと恥ずかしいことじゃない」

聞いてるか、と言ったら、「聞いてる」と返事が戻ってきた。

「無理はしなくていい。お互い、できないことはできないと言えばいい。ほら、なんだ……綱渡りの下に網があるだろ？」

「セーフティネット？」

「そんな名前なのかな。あんな感じだ。彩菜や怜司が綱をわたるとき、俺がバランスを取る棒でいるよ。美雪は下で控えててくれればいい。お義父《とう》さんが美雪と渡る綱の下には、怜司や俺がセーフティネットでいる。要は地上に落ちなきゃいいんだ。なりふり構っていられない。お互いそうだろ？」

そうだけど……と美雪がささやいた。

そうだろう、と言うと、聞き取れないほど小さな声で美雪は礼を言った。

電話の向こうからかすかに音楽が聞こえてきた。

テレビをつける代わりに、部屋に音楽を流すのが美雪は好きだった。

「今も、テレビは見ないの？」

「あまり見ないわ。どうして？」

「音楽が聞こえる。昔みたいに」

笑ったような気配がして、携帯って便利ね、と感慨深げな声がした。

「昔だったらこんなふうに話せない。一緒に住んでる家族のことを気にして。一人が一台、電話を持つ時代が来たなんて」

「でも怜司に聞かれるのがいやで、俺は今、外に出てるけど」

今度ははっきりと美雪が笑った。初めて笑い声を聞いた気がした。

「今、どこにいるの？」

美雪の実家近く、と答えたとき、「ママ」と電話の向こうから子どもの声が聞こえてきた。声変わりをしていないその響きは、子どもの頃の怜司の声にどこか似ていた。

「そろそろ……切るよ。おやすみ」

おやすみなさい、と声がした。

携帯電話だからだろうか。耳元に唇を寄せて、ささやかれた気がした。

翌日、朝食を取りながら怜司に母方の祖父が入院していることを話した。

美雪が月に数回、新潟に来ていること、体調が悪い時があって思うように動けないことを話したが、何も言わずに箸を動かしていた。

「それで？」

「それでって……だから」

「俺に手伝えと？　おじいちゃんの世話を」

思った以上に強い口調に、思わず箸を置いた。

「世話ってほどじゃない。ただ……東京から人が来れないときに」

「つまりお母さんが来れないときは俺に行けと。それ、断っていい？」

「だめだって言ったら、行くのか？」

大きな音を立てて、怜司も箸を置いた。

「お父さん。いきなり俺が現れても、あっちも困ると思うよ。今までお互い知らぬふりをしておいて、こういうときに現れるのってどうなんだ？」

「別に病院に行かなくてもいい。せめてあの家に週に一度行って、風を通すぐらいは。今は空き家になっているから……」

財産目当て？　と怜司が抑えた声で言った。

「なんだ。今、なんて言った？」

「遺産が目当てか、と言ったんだ」

なんだよ、それは、と言ったら、怜司が横を向いた。

「お母さんの今の旦那はそう思うかもよ。おじいちゃんはあれで資産家なんだ。お金があるんだから、人を雇えばいいじゃないか。お父さん、なんでいきなり……この前はお母さんはどうしているって俺に聞いたくせに、なんで今はあっちの事情に詳しいんだ？」

「電話をした。彩菜の件で。子どものころのアレルギーの話とか」

食べかけの茶碗を流しに持っていき、怜司が乱暴に洗い始めた。

怜司、と呼んだが、怜司は振り返らない。

「他人の財布の事情なんて知らないし、興味も無い。お前がどう思っているのか知らないが、俺は俺なりにお前たちに不自由をさせたくないと思って働いてきた」

怜司、と再び言ったら、かすかに声が揺らいだ。

「困っている身内の世話をしたら、財産目当てと人に思われるような家なのか、うちは」

怜司が布巾を取り、いらいらした様子で手を拭いて投げた。

それから二階に上がったが、すぐに降りてきて、大股で玄関に向かっていった。

「どこに行くんだ、こんな朝っぱらから」

「バイト」

「何を始めたんだ、おい」

「勝手に決めるなよ」

怜司が玄関の戸に手をかけ、振り返った。

「お父さんのなかでは落としどころがついていても、俺らのなかでは何もついてない」

玄関の戸を乱暴に閉めると、怜司が走っていく足音がした。

あとを追って外に出ると、漆黒の軽自動車が車庫を出て行くところだった――。

＊＊＊

——漆黒の軽自動車がファミリーレストランの駐車場に入ってきた。

ランチセットのハンバーグ定食を食べていた江崎大輔は手を止め、その車を見た。

小さな車のなかからサングラスを掛けた大柄な若者が二人出てきた。

一人は黒っぽいシャツにジーンズ、もう一人は迷彩柄のパンツにナップザックを手にさげ、黒いパーカーを羽織っている。

長身の若者たちはほぼ同じ背丈で、足並みをそろえて歩いてくる姿は、ギャング映画のワンシーンのようだ。

二人が店に入ってきたので、江崎は手を上げる。

迷彩柄の若者がサングラスを取って近づいてきた。

「江崎さん。ご無沙汰しています」

「おお、コング。レディ・コング。元気そうで何より。今年も来たよ」

待ってました、と迷彩柄の若者がはにかんだように笑った。

「今日のライブも楽しみにしとります」

コングというあだ名のこの若者は植田絵里花という大柄な女性で、よく日焼けをした褐色の肌を持つ。新潟のカフェに演奏に来ると、そこのオーナーの知人の彼女が楽器の運搬などを手伝ってくれて、今年で七年目になる。初めて会った時は学生だったが、そのときから周囲を圧倒する背丈とがっちりとした体格を持ち、会うなり、自分のことをコングと呼んでくれと言った。

女の子にそんな呼び方をするのは抵抗があると言うと、ゴリラと陰口を叩かれるぐらいなら最初からコングと呼ばれていたいと言った。陰口なんて叩かないよと言ったら、嬉しそうな顔をしたが、慣れているからやっぱりコングでいいと言った。

そのコングこと絵里花の隣で、青年がサングラスを外した。切れ長の、涼やかな目をした男だ。

「そちらは？　レディの相棒だからキング？」

キング？　と青年がつぶやいた。少し不服そうな言い方だ。

「こちらは、わ……私のかわりに」

「どうした？　今年はなんか固いな。いつもみたいに『わし』でいいよ」

「そういうわけにはいかんです。今日はお願いごとをしにきたから」

緊張してきた、と絵里花がつぶやき、目を伏せた。

その姿を見たら、出会った頃のことを思い出した。七年前の絵里花は大柄な身体をもてあますようにして、いつもうつむき、自分の体格も性格も名前もすべてがいやだと言っていた。

それから毎年、会うたびに体つきがたくましくなっていき、今では男も圧倒するような鍛え上げた身体を持つ強面《こわもて》だが、ふとした拍子に昔の気弱な顔が出る。

顔を上げ、照れたように笑うと、絵里花が隣の青年を大きな手で指し示した。

「江崎さん、こちらは私が行けない、美越のライブのときにサポートをする高宮……高宮……」

レイジ、と言って、青年が頭を下げた。

「怜悧の怜に、司《つかさど》ると書きます」

へえ、と絵里花がつぶやいた。

「そういう名前だったのか……格好いいね」

向かいの席を勧めると、二人が座った。絵里花一人でも迫力があるのに、同じぐらいに大柄な男が並んで座ると、分厚い壁を見ているようだ。

ウェイトレスに二人のコーヒーを頼んだあと、絵里花が今朝、着いたのかとたずねた。

「そうだよ。昨日の夜、四人の生徒のボイトレを見て、それから夜行のバスで来た」

「ちゃんと先生もしてるんですね」

「してるさ。俺、真面目だもん」

昨晩、渋谷区にあるミュージックスクールで生徒にボイストレーニングを行ったあと、キャリーケースを転がして池袋へ行った。そこから高速深夜バスに乗って新潟市に出て、駅前のビジネスホテルに明け方に入った。シャワーを浴びた後に少し眠って十一時前に起き、信濃川の堤まで軽く走って発声練習をして、そのままこのレストランに来た。

「それにしても、君ら二人で並ぶと超ゴージャスだな。でっかい壁を見ているみたいだ」

壁ですか、と絵里花が笑った。

「いいですね。日よけ、風よけ、弾よけ。力仕事は万事、わしらにまかせてください」

弾よけは勘弁してほしい、と笑いもせずに怜司が言った。

「いやいや、キング……怜司君、昔と違って、もう弾は飛んでこないから大丈夫だ」

怜司が不審そうな目をした。その顔に向かって江崎は笑う。

「昔は紙テープとかぬいぐるみとか、プレゼントはアタシ、って女の子とか、いろいろ飛んできたけど、今はからっきし。ああ……最近、たまに湿布を差し入れされるな」

緊張が解けたのか、江崎さんはなあ、と絵里花がいつものようなのんびりとした口調で言った。

「昔、超人気バンドのボーカルでな……」

三十二年前に所属していたロックバンドの名前を絵里花が怜司に言っている。

なつかしい名前のそのバンドは一時期は爆発的な人気を誇っていたが、自分たちが作りたかった方向性のアルバムを打ち出していったら、そのたびにファンが激減していった。

当時の作品群を十年早かったと言ってくれる専門家もいる。しかし売れなければ、ふくれあがった組織は維持できない。結局バンドを解散してソロになり、テレビの連続ドラマに出演しながら主題歌を歌ったところ、再び人気に火が付いた。しかしそのあとアメリカで一年、充電期間を取って帰国したら、ブームはすでに去っていた。

気がつくと仕事はなく、事務所との契約も打ち切られ、一時はこの世界にいることをあきらめようとしたが、あきらめきれない。しがみつくようにして音楽の専門学校でボーカルと作曲の講師をしながら、全国のカフェやフリースペースでライブをするようになって十二年がたつ。

小さな空間で観客と膝をつき合わすようにして行うライブは機材がいらず、ギター一本でできるから、招かれたらどこにでも行く。そうしているうちに毎年、呼んでくれる人たちが増え、年間のスケジュールが決まってきた。今のこの時期は新潟地方と京阪神方面のツアーだ。

バンドの名前をつぶやき、名前は知っていると、怜司が言った。

「ほんと？　君らの世代でも？　嬉しいね。明日は美越にお邪魔するから、お父さんとお母さんにも来てって言ってよ。ひょっとしてママは昔、俺のファンだったりしないか？」

たぶん、違います、と小さな声で怜司が言った。

「とりあえず音楽は興味なくても、トークを聞きに来るって人もいるから、よかったら誘って」

「江崎さんのトークは最近、漫談の域に入ってきたからなあ」

「円熟味を増してきたって言ってよ」

絵里花が笑ったが、怜司という青年は目を伏せたままだった。

食べ終えた皿を片付けてもらってコーヒーを頼むと、絵里花が遠慮がちにナップザックからパソコンを取り出した。

「じゃあ……その……お願いごとの話なんだけど」

「お願いごとっていうより、仕事の話だろ。遠慮するな」

絵里花から仕事の依頼のメールをもらったのは二週間前。自分たちが運営しているウェブサイトのイベント用に音楽を作ってくれないかという頼みだった。

メールにアドレスが添えてあったからサイトを閲覧すると、それは魔力を秘めた衣装を探して獲得するたび、少しずつ強くなっていく女の子たちの冒険マンガだった。

登場人物たちにはどうやらモデルがいるようで、主人公の『彩奈』のモデルになった少女は実際にコスプレをしている姿の写真がサイトに何枚も上げられており、かなりの美形だ。

今、目の前にいるコングこと絵里花は、『絵里』というキャラクターに投影されているようだ。

恥ずかしがり屋でチビで太っちょの女の子の『絵里』は衣装を装着すると、縦長に伸びて長身の美女に変身する。変身後の姿は鋼《はがね》のような肉体を持ち、盾と矛を掲げる褐色のアマゾネスだ。しかし苦痛を伴うから、めったに変身することはできず、普段はチビで太っちょの姿でいる。

知っている人間がモデルかもしれないというのはどこか興味深く、そのうえ、誰かのために勇気をふるって変身するという『絵里』の物語にも感情移入してしまい、昨晩、東京からの深夜バスのなかで夢中になってタブレットで読んでしまった。

その絵里花がパソコンのモニターを見せながら、おずおずとイベントの概要の説明を始めた。

メールで言ってきたように、子どもたちが楽しく歌って踊れる曲が欲しいらしい。

弱った、と江崎はモニターを見る。

短くてインパクトがある曲は、実は長い作品以上に難しい。そのうえ子どもが覚えやすくて楽しくて、さらに踊れて美しい、となると少し悩んでしまう。

もう一つ悩むのは、最近、オリジナルの曲を作るのがおっくうになってきたことだ。何を作っても昔の曲に似てしまう。カフェで行うライブは前半は昔のヒット曲にジャズやブルースの名曲を交え、後半は客のリクエストに応えて数曲を歌うスタイルだから、あえて新曲を作る必要もない。しかしそうしているうちに作曲の技術を生徒に教えることはできても、ゼロからものを作る力は薄れてしまった気がする。

今さら、薄い中身の作品を世に出さなくてもいい。だから断ろうと、話をもらってすぐに絵里花に高額の制作料を提示した。それで引き下がるかと思ったら、数日後に依頼の方向で考えているというメールが戻ってきて驚いた。詳細は新潟でのライブの折に、説明したいとのことだった。

「なあ、レディ……。コングちゃんよ」

はい、と絵里花が背筋を伸ばして言った。

「結構な金額、かかるだろ。まがりなりにも俺はプロだから。下世話なことを言うけど、そんなにもうかってるの？」

そういうわけではないが、と絵里花が口ごもり、あるゲームの名前をあげた。

「あのゲームのテーマ曲とか全部……江崎さんが作ったんでしょ」

えっ、と怜司が隣で声を上げた。

眠っているかのように押し黙っていたので、その反応に驚いた。

「マジですか。俺、あれ、すごい好きでした」

わしら、と言いかけて、私たちも、と絵里花が言い直した。

「すごく好きで。子どものとき、あのテーマ曲を聴いたら、本当に元気がわいたんです。江崎さんって、いつもわしに気軽に接してくれるけど、実はあれを作った人なんだって思うと」

ふう、と絵里花が大きく息を吐いた。

「やっぱ、違う世界の人だって、すごく緊張する」

絵里花の隣で、怜司が感慨深げにうなずいた。

「あれ、エンディングの曲もよかったなあ。妹がよく歌ってました」

「ありがと」

語尾を短く切り上げて、コーヒーを飲む。

あのゲームは前評判は高かったが、それほど売れなかった。そのせいか金に目がくらんで、魂を売り渡した気がしていた作品だ。

絵里花がテーブルの上で手を組み合わせ、言葉を探すような目をした。

「私ら、このコンテンツに真剣に取り組んでて……作っているのは、みんな地元の専門学校で映像とか服飾とかイベントとか……そういう勉強してきた子なんだけど、東京のプロから見たら、きっと学生に毛が生えたようなもんで。江崎さんに即、断られるかと思っていたから、こうして相手にしてくれてほんと、うれしかった。制作料……正直、びっくりしたけど……これがプロなんだなあって」

コーヒーを飲みながら、江崎はパソコンのモニターを眺める。

絵里花は謙遜しているが、ウェブサイトの完成度は高く、送ってくれたイベントの企画書もかなり練り上げられている。

おそらく今、この企画に必要なものは、歌って踊れる曲だけではない。恐縮して言い出せないでいるが、本当はこの作品の世界観を表すテーマ曲のようなものも欲しいに違いない。

実は……と絵里花に提示した金額を思い出しながら、江崎はコーヒーを飲む。

あれ、もう二、三曲作ってもいいほどの額なんだけど……。

交渉事に長《た》けた人間なら、相場をある程度つかんでいて、この予算で三曲を作れとか、もう少し上乗せをするから五曲を作れとか、要求を出せたのかもしれない。面白いものを作ってはいても、そこがおそらく地方の『学生に毛が生えた集団』の弱さで、相場がわからないから素直に言い値を受け入れてしまう。

昔のように曲を作る自信が無いし、今さら金額も下げられない。スケジュールを理由にして断ろうと決め、もう少し考えさせてくれるように頼んだ。

よろしくお願いします、と絵里花が立ち上がって、頭を下げる。怜司も立ち上がって、絵里花に続いて頭を下げた。

「キングもコングと一緒にこの仕事を？」

いいえ、と即座に怜司が首を振った。

でも手伝ってもらってる、と絵里花が言った。

「みんな頼りにしてるよ。本当は今夜、ライブの前に江崎さんに紹介するつもりだったんだけど、メールしたら朝早くから市内にいたもんで、先に紹介しとこって思って。今日はわしら二人で楽器を運んだり、物販をするよ」

「ゴージャスだな。なんだかボディガード付きのセレブみたいだ」

セレブだもん、と絵里花が言って、ナップザックを肩にかけた。

「じゃあライブの二時間前にホテルにお迎えに行くけど、その前に何か必要なことがあったら、遠慮無く電話をください。わしら、あちこちに行ってますけど、近くにいますから……おっと、忘れるところだった」

絵里花があわてて、ナップザックからピンク色の封筒を出した。

「これ、わしらのサイトで売ってる商品です」

封筒のなかから白い小箱が三つ出てきた。二つは大人用と子ども用のピンクのパワーストーンのブレスレットで、もう一つは同じ色の石をはめこんだ金色の鍵をあしらったストラップだった。

マンガのなかで登場しているアイテムだと絵里花が言い、鍵のストラップを手にした。

「これは男の子用。来月、マンガに登場する予定のアイテムで『夢の鍵』って名前がついとります。ママと女の子のおそろいばっかじゃ寂しいから、パパと男の子も使えるものを作ってみたよ」

差し上げます、と絵里花が封筒に品物を納めた。

「お孫さんにどうぞ」

孫？　と怜司が驚いた顔を向けた。

「お孫さんがいるんですか？」

「でかい声で言うなよ、若作りがばれるじゃないか。子どもができたのが早かったんでね。そんなにびっくりしないでよ」

絵里花が笑い、食事中に来たことをわびると、二人は店を出ていった。

二杯目のコーヒーを追加して、江崎は小箱が入った封筒を見る。丈夫そうな封筒で、切手や伝票を貼ればそのまま誰かに送れそうだった。

男の子用だというストラップだけを出して、二箱を封筒に入れて立ち上がる。

レストランを出て、ホテルに戻る途中でコンビニに立ち寄り、宅配便の伝票を書いた。電話番号に続いて送り主の名前を書こうとして手を止めた。

しばらく伝票を見つめて江崎は考えこむ。それから精一杯可愛い文字で『マジカルワンダー娘』と書いて品物を送った。


新潟の夜のライブは滞りなく終わった。

翌日の十三時、同じカフェで昔のヒット曲を中心にした一時間ほどのミニライブを行った後、江崎は怜司の軽自動車で美越市に移動する。

怜司の車は外観も内装も真っ黒で、艶のある黒い布を内張りしたなかに、銀色の十字架や黒薔薇が飾られている。

すごいね、と言ったきり、続く言葉を見つけられず、助手席で江崎は黙り込む。

耽美というのか、ゴシックというのか、美しい内装ではあった。しかし吸血鬼の棺桶を連想してしまってどうにも落ち着かない。

高速道路を降りて、車は美越の町に入った。年に一度しか来ないとはいえ、毎年来ていると馴染みがある風景で、今年も招かれたことがとてもうれしい。

美越のライブの会場はキッチン・カフェといい、古いアパートの一階を改造したスペースだった。『ママ』と呼ばれる池上明江は明るい栗色の髪をした女で、デビュー当時からのファンの一人だ。ソロになってからも、活動をしばらく休止していたときも、私設のファンクラブを維持して変わらずに応援してくれていた。甲信越地方でライブに招いてくれるカフェが増えたのは、彼女の尽力が大きい。

バンドの変遷と同じく、彼女の人生もいろいろあったようだ。二十代の半ばに東京から故郷の新潟市に戻ってすぐに結婚したようだが、知らないうちに離婚をし、今は一人で美越で暮らしている。

カフェに着くと、準備中の札がさがっていた。明江は女性スタッフと一緒にテーブルや椅子の配置を換えて、設営をしていたところだったので、怜司と一緒にそれを手伝った。

明江が床に軽くモップをかけながら、今年もバスで来たのかと聞いた。

「そうだよ」

「で、また今年もここから関西へ?」

「そう。関西ツアーが終わったら東京に戻って、再び先生稼業」

専門学校の講師をまだ続けているのかと、明江が驚いた顔をした。

「やってる、やってる。過去の栄光にすがってるな、とか、ここまでしてこの業界にしがみつきたくないな、なんて、生徒からの哀れみの視線をビンビン感じながら」

煙草に火を付けて、明江が笑った。

「やってみろって言ってやんなさいよ。バスで全国回って歌を歌いにいってみろって。ヒットチャートに出る音楽ばっかが音楽じゃないぜって」

「やあ、乗れるもんならヒットチャートに乗ってみたいな。みんなの力で乗せてくれ」

窓を開けて、明江が愉快そうに煙草の煙を吐いた。

「見てみたいな。そうしたら私、昔みたいに法被《はっぴ》作って鉢巻き巻いて、ライブで踊っちゃうよ」

「俺もママのそんな勇姿を見てみたい」

小さなカフェの設営はたいして時間がかからず、それが終わると怜司は明江に頼まれ、玄関の電球を換えに行った。

明江に伴われて、アパートの隣の小さな家に行く。明江はそこに住んでいて、毎回来るたびに客間を楽屋代わりに提供してくれる。

暑くはなかったが、梅雨前のせいか湿度は高い。

明江の好意に甘えてシャワーで汗を流し、軽く身なりを整えた。浴室から出てきたら明江が怜司にも汗を流すように勧めていた。

怜司は断っていたが、焦げ茶色のシャツの背中に汗がにじんでいる。明江にそれを指摘されて、すぐに乾くと言い返していたが、食品を扱っているし、物販で客の前に立つのだから、きれいにするようにと言われて、しぶしぶ浴室に入っていった。

怜司が使うシャワーの水音を聞きながら、カフェに届いたリクエストハガキを読んだ。

毎回、ライブの日時と会場を自分の公式サイトに掲載し、メールでリクエストを受け付けている。それと同時にカフェでもリクエストハガキを募集しているのだが、回を重ねるごとにメールよりハガキのほうが増えてきた。

自分たちの世代は深夜放送にリクエストハガキを送っていた人が多いから、ハガキを書くのがなつかしいのではないかというのが明江の分析だ。ハガキには手書きで日々の暮らしや曲への思い出などがつづられており、それを見るたびに自分だけではなく、観客も一緒に年を重ねていることを強く感じる。

毎回ライブの最後はそうした文面を読んで、リクエストされた曲を歌う。開催時期が近づくと、カフェに立ち寄ってハガキを書いていく人も多いので、多少は店の集客にも貢献しているようだ。

毎年、リクエストをくれる常連のハガキを見て、江崎は微笑む。昨年は入院していたようだが、今年のライブには来られるらしい。隅には江崎の似顔絵が描かれており、それを眺めていたら、明江がポットに入れたお湯とカップ、衣類を持って客間に入ってきた。

衣類はTシャツと水色のダンガリーシャツで怜司へ渡してほしいという。

背の高さを見込んで、怜司に自宅の電球の取りかえも頼んだら、ほこりまみれになってしまったという。シャワーを浴びるように怜司に言ったときは有無を言わせぬ口調だったが、今は申し訳なさそうで、持ってきた衣類を着替えに使ってほしいといった。

服の生地は少し色褪せていたが、まだタグがついている新品だ。

はさみでタグを切りながら、あやまっといて、と明江が言った。

「あの子が戻ってきたら……。四十肩で手が上がらなくてさ。電球が一つぐらい切れていても問題はないんだけど、ずうっと気になっていたから助かった」

「お互いもう四十肩じゃないでしょ。五十？　六十？」

「ああ聞こえねぇて、聞こえねぇ。なんのこと？」

明江が笑いながら首を振った。

「この服、あの子にあげるって言っといて。趣味が合わないかもしれないけど」

服をソファに置くと、明江は店に戻っていった。

リクエストハガキをテーブルに置き、服を持って江崎は風呂場に向かう。怜司がシャワーを浴びに行ってから、ずいぶん時間がたっていた。

脱衣場の前で声をかけるが、返事がない。そのかわり水を流す音だけが聞こえてくる。

「おおい、キング。どうした？　ちょっと開けるよ。これに着替えなよ」

扉を開けかけ、江崎は手を止める。

怜司の背中が見えた。トランクス一枚で洗面所で何かを洗っているのだが、腰のあたりから背中にかけて、肌が赤くただれて、血がにじんでいる。

怜司が振り返った。手にはバスタオルを持っていた。

「すみません、汚してしまって」

「すぐに水で流したんだけど、しみが……取れなくて。処分してって俺が言うよ」

「気をつけて拭いたんだけど」

「いいよ、絞って畳んでどこかに置いときな。処分してって俺が言うよ」

そこまでひどく汚れているようには見えないが、怜司は申し訳なさそうにしている。シャワーを使うのをためらったのは、こうなるのを予測していたからのようで、少し気の毒になった。

処分するなら弁償しますと、怜司がバスタオルを絞った。

「明江ちゃんはたぶん、弁償するぐらいなら、ちょくちょくうちの店に来てっていうと思うよ。地元だし、これからもひいきにしてやって。俺が汚したって言うから気にするなよ。それより早く服着なよ。風邪引くぜ」

服を置いて客間に戻り、ギターを調弦した。練習も兼ねて今夜の一曲目を軽く歌ってみる。

明江が持ってきた服に着替えた怜司が現れた。テーブルに置かれたカップの白湯《さゆ》が残り少ないのを見て、新しく注ぎ、静かに隅の椅子に座った。

この青年は口数が少ないが、気の利いた動きをする。飲み物が欲しいと思うとすっと差し出されるし、新潟からの移動の際も、雨が降り出しそうなのを見て、荷物が雨に濡れない位置に車を停めていた。

明江がその服をくれると言っていたことを伝えると、怜司がためらった。

「これ、すごく……高いですよ。有名なブランドのものだし」

「明江ちゃんがそう言うなら、いただいておけば？　サイズは？」

「ぴったりです」

明江がタグを切っていた姿を思った。たしか彼女には息子がいたはずだ。

「断るより、着て見せてやったほうが喜ぶと思うよ」

「どうしてですか？」

「まあ、いろいろあるわさ、大人はね。君もそうだろ」

白湯でよければ飲むように言うと、怜司がカップに湯を入れ、隅の席に戻っていった。

軽く背を丸めて湯を飲む姿を、江崎は見る。

さっき見た、腰のあたりの肌の荒れ方が目に焼き付いている。

あれほどかきむしってあれば痛みがないはずがなく、しかし目の前の青年はとても静かでそれを気取《けど》らせない。その姿を見ていたら、苦い記憶がよみがえった。

どうして白湯なのかと怜司が聞いている。

「歌う前は刺激物をとらないようにしてる。コーヒーや紅茶を飲んだからって、どうってことはないけど、なんとなくだよ」

なんとなく、と怜司が言った。

「うん、なんとなく」

そう答えたものの、気が付いたら言葉を継いでいた。

「俺は凝り性みたいなところもあって、ひとつのものが気に入ると、溺れたり、すがったりするんだよ。凝り性、じゃないのかな。ハートが弱いのかもしれない。ひょっとして君もそんな感じ？　何かに溺れてる？」

溺れる？　と怜司が聞いた。

「いろいろあるじゃない。酒とか女とか博打とか薬物とか」

怜司が湯を一口飲み、どうして溺れていると思ったのかを聞いた。

「君の腰のあたり、ひどくかきむしった跡があったよね。実は俺も似たような経験をした。そのときは溺れてた」

「何に？」

「セックス、ドラッグ、ロックンロール、と言いたいけど、俺の場合は酒。昔、芸能ニュースになったこともあるよ。知らない？」

知りません、と怜司が言った。

「まだ小さかったのかな。あの人気バンドの元ボーカルが激太り、酒びたりの日々。ネタとしては面白いけど、家族はたまらないよね。娘は学校でいじめられるし。嫁さんとも、もめて……」

子どもには手を上げなかった。だけど酒を取り上げようとする妻を突き飛ばしたのを、呆然と娘が見ていたのを覚えている。

「溺れてるときってさ、それを止めようとする人はみんな敵なんだな。それでもこれじゃだめだと思って、酒から離れようとしたけど……。代わりに身体をかきむしったり……結局、病院に入ったよ」

そのときすでに妻は子どもを連れて別居しており、助けてくれたのは最後にマネジメントをしてくれていた女性だった。

その元マネジャーだった女性が公私を共にして支え続けてくれ、なんとか健康を取り戻せた。カフェでのライブのアイディアを考えて、多くの人々に声をかけて営業に回ってくれたのも彼女で、現在に至る道筋をすべて付けてくれた。

窓の外を見ると、美越の空も曇りはじめていた。今にも雨が降り出しそうだ。

客足に影響しないことを願いつつ、ギターを軽く鳴らしてみる。

「俺の話、ちょっと極端だったかもしれないね。ごめん、なんか失礼なことを言って。忘れて」

怜司が暗くなっていく窓の外を見た。

小さな声がした。さっき歌っていた曲は何かと聞いている。

「『カモン・イン・マイ・キッチン』。ロバート・ジョンソンという、伝説の男が作った歌だよ」

どういう伝説かと怜司がたずねた。

「いっぱいあるよ。ありすぎて……。クロスロードとか」

怜司が首をかしげた。何か別のことを連想している気がする。

「この曲に関しては、彼がすごくゆっくりと、ライブでこれを歌ったら、居合わせた客がみんなすすり泣いたって話」

「雨が降りそうだから、台所に入ってきたほうがいい、って歌ってましたよね」

そうだよ、と答えると、どうしてそれでみんなが泣いたのかと怜司が聞いた。

「つまり……女がいるんだよ。厄介事を背負った女が。その女に男が言うわけさ。『雨が降りそうだから、俺んちの台所で雨宿りをしていけよ。俺も昔は馬鹿なことをしたもんさ、だから遠慮しなくていいぜ……』。そんな感じで男が女に語る歌」

前奏の部分を弾きだし、軽くハミングしてみる。

「キッチン……台所。あったかくて食い物があって、雨がしのげる。お前の厄介事を一緒に背負ってはやれないけれど、ちょっとの間なら、あっためてやれるよって歌」

はあ……と怜司が気のない返事をした。

「なんだ、腑に落ちん顔をして。すぅ――ばらしい曲なのに、なんだ、その反応は」

す、の部分を強調して、素晴らしいと言ったが、怜司は首をかしげていた。

「その、二番か三番？　袋から最後のニッケルを取ったから、彼女は帰ってこないってのはどういう意味ですか」

さらりと歌ったのに、きちんと歌詞を聴き取っていたことに少し驚いた。

「君、英語が得意なんだね」

「聞き取った気でいたんですけど、意味不明」

それはね、と話しながら、ギターでリズムを取る。教室で生徒に講義をしているような気分だ。

「いいですか。彼女がお守り袋みたいなのに入れていた、もしものときのコインを、そいつが盗んで、酒でも買ったのかな……そんな感じ。俺たちだって緊急用にどこかに千円札を入れてたりするじゃない。靴の中敷きの下とか、お守り袋のなかだとか。そういう彼女の緊急用の大事なお金を盗ったってことかな」

つまり、と怜司がうなずいた。

「せこい盗みをしたから、あきれて帰ってこないと……小銭泥棒の歌ですか」

「いや、言葉通りに取れば、そうなんだけど」

心酔している名曲が小銭泥棒の歌にされそうで、あわてて言葉を重ねた。

「比喩だよ、比喩」

不審そうに怜司が目を向けた。

「俺はいつも歌うときこう思ってる。『あの子のたったひとつの小さな希望を、俺のせいで消してしまった。だからあの子はもう帰ってこないだろう……』」

その箇所をゆっくりと歌って聞かせる。怜司がほんの少し身を乗り出した。

日本各地のカフェでのライブという道を開いてくれた女性とは六年前に別れた。三十代だった彼女は結婚して子どもを持つことを望んだ。

だけど五十代に近づき、孫も生まれたばかりの身で、自分の子どものことはもう考えられなかった。そう言ったら彼女は出て行った。それから他の男と結婚して、今では二児のママだ。

ずっと支え続けてくれたあの子の、たったひとつの希望を――。

軽く歌うつもりが、気持ちを乗せて演奏していた。

怜悧な目をした青年の前で、自分の世界に入ってしまったことが恥ずかしくなり、場違いに朗らかな声を出した。

「ここのママは、特に三番の歌詞が好きでさ。キッチン・カフェっていう、この店の名前はそこから取ってる。だから美越のライブの一番最初は、まず彼女のためにこの曲を歌うんだ」

怜司に歌い聞かせるように、続きを歌った。

女が厄介事を背負い込むと、みんなが知らぬ顔をする。友だちだと思っていた人々も姿を消してしまう。それが三番の歌詞だ。だから男は孤独な女に歌う。それなら俺のところで雨をしのいでいけと――。

女に限らず男もそうだと江崎は思う。家族、友人、仕事仲間。たくさんの人に囲まれていたが、落ちぶれた途端に、潮が引くように皆が姿を消していった。

引き潮のように。

そう思いながら歌い終えたとき、カフェのスタッフが客間に顔をのぞかせた。客は順調に集まり始めており、予定通りあと三十分後に開演したいという。

軽く身体をほぐしているうちに開演時間が近づき、明江が楽屋に迎えに来た。

鴨居にかけておいたステージ用のジャケットを怜司が取り、後ろから着せかけてくれた。服の袖に腕を通しながら江崎は目を閉じる。

引き潮のように人々は去っていった。

それでも見守り続けてくれた人がいる。あらたにめぐり会えた人もいる。

振り返ると、明江と怜司が立っていた。二人に笑いかけて、軽く手を打ち鳴らした。

「さあ、始めようか」

あなたにとって〝ライブ〟とはまさに〝生きる〟ことだと、あの子は言っていた。

少し落とした照明のなかで歌声が響く。歌が熱を帯びると、客席の人々の身体がかすかに揺らめきだす。リズムに乗っているようでもあり、魂が揺れているようにも見える。

機材を通さぬ生の声は、聞き手の心に直接入り込んでいける。

そんなふうに思うのは、うぬぼれだろうか？

夢中で演奏しているうちにライブは終盤に入っていった。リクエストのハガキを読み、観客を巻き込みながらトークをしたあと、歌を歌う。ハガキの書き手はたいてい匿名で、この場所にいる誰なのかわからない。書かれた文字の雰囲気と内容に合わせて、その一人のために心をこめて歌いかける。

八時を過ぎたあたりで予定通りにライブは終わり、客が帰りはじめた。出口のところで挨拶をしていると、最後に出て行こうとした客が新しいCDを作らないのかと聞いた。

「俺、毎年来てるから、江崎さんのCD、全部持ってるよ」

新しく作ったときはよろしくね、と言ってみたが、その予定はない。

客を見送って室内に戻ると、怜司があたりを片付けていた。楽器を運ぼうとしていたから、とどめた。

「ここに置いていっていいよ。明日、機材車が来るから」

「やっぱりそういうのがあるんですか」

もちろんあるよ、と言うと、怜司が感心したような顔をした。

「俺の機材車には横っ腹にシャノアールの絵が入ってるんだ」

シャノアール？　と聞き返されたのに答えず、明江に声をかけた。

「ママ、クロネコさんの伝票ちょうだい」

「四枚でいい？」

「ええっとね、服も送っちゃう。五枚ください」

「宅配便で楽器を送るんですか」

そうだよ、と答えると、怜司があきれた顔をした。

「だって三本もギターを運べないよ。ハードケースに入れて、ちゃんと手当をしておけば、今のところたいして問題もない。念のため、時間や日にちは少しずらすけど」

「一本にして自分で運べば……送料を考えたら、新幹線で移動できそうじゃないですか」

「でも最低、二本は持っていきたいもの。そりゃあ全部自分で運ぶのがベストだけど、そうもいかないだろ。マネジャーがいたときは二人で車に積んで移動していたけど」

今はいないしね、と明江が言った。

「ギター一本って軽く言うけど、大きな荷物を運んで歩くのは辛いよ。若く作ってるけど、俺たち結構、年がいってでさ、ねえ、ママ」

「ああ、聞こえねぇて。聞こえねぇ」

明江が軽く耳をふさいだ。

「おら、三十歳から年、とらねーことにしたんだて。二十年前から」

「ずうずうしいこと言ってるよ。それなら俺は永遠に夢見る十六歳だ」

「ぼくより年下じゃないですか」

「そういうことにしておいて」

明江と女性スタッフが笑った。しかし怜司は笑わなかった。

美越でのライブを終え、怜司の車で新潟市へと戻ると雨が降り出した。ホテルのフロントに預けておいた荷物を受け取って、江崎は高速バスの停留所に向かう。ホテルについた時に礼を言って別れを告げたが、見送りたいと言って、怜司が荷物を持ってくれた。

新潟駅前の停留所には深夜バスを待つ人々が、大勢立っていた。

関西行きのバスが来るまで、まだ少し時間があったから、近くのビルの軒先で雨をしのぐ。飲み物はいらないかと聞かれたので、ミネラルウォーターを頼むと、怜司が走っていった。その姿を見ていたら、ポケットのなかで携帯電話が鳴った。

娘からのメールで『マジカルワンダー娘・宮島さま』とあった。

ブレスレットの礼とともに、写真が添付されていた。六歳になる孫の美希と娘がおそろいのブレスレットをして笑っている。

美希はあの作品のファンで、絵里花たちがウェブで販売しているコミックを持っているという。女の子たちの間ではグッズを集めるのがはやっており、あのブレスレットは『超、超レアなアイテム』だそうだ。

思わず微笑んだら、飲み物を買ってきた怜司と目が合った。携帯電話を見せると、怜司が写真に見入った。

「あのブレスレット、人気があるんだね」

「限定品だったし、ローズクォーツはマンガのなかでも一番人気の石ですから」

メールのタイトルを見た怜司が、「宮島さま？」とつぶやいた。

「それ、俺の本名。宮島さんって呼ばれてんの、娘から。孫からは宮島のおじちゃんって」

どうして、と怜司が聞いた。

「別れた奥さんが再婚して、そいつがすごくいい奴だからさ。遠慮してるのかもしれない」

違う。

雨音を聞きながら、江崎は目を閉じる。

父と呼んでもらえぬほど、ひどい姿を見せたのだ。

目を開けると、怜司が携帯電話を返してきた。

「孫にさ、昔、七五三のお祝いを贈ったんだよ。なにか、お祖父ちゃんらしいことをしてやりたくて。そしたら『ありがとう、宮島のおじちゃん』って書かれた絵をもらったよ。考えてみたら、あの子にはお祖父ちゃんはもう二人いるんだな。別れた奥さんの再婚相手と娘の旦那の親父さん。そこに今さら俺が割り込んで、お祖父ちゃんって呼ばれるわけにはいかないよ」

出しゃばってはいけないんだけど、とつぶやいて携帯の写真を眺めた。

「あのピンクのブレスレットがあまりに綺麗なんで、つい送ってしまった。でも、まさかファンとは思わなかったな。見てよ、このうれしそうな顔」

怜司が再び携帯を見て、つぶやいた。

「こんなに喜んでもらえるんですね」

「子どもが笑ってる顔っていいもんだ」

雨のなかを白いボディのバスが近づいてきた。『京都・大阪』と電光表示が上がっている。

「ハクチョウさんだ、幸先いいな」

幸先？　と怜司が聞いた。

「俺、験担《げんかつ》ぎをするほうなんだけど、白鳥交通に乗ると、いつもいいことがある」

がっかりする人もなかにはいる、と怜司がつぶやいた。

「ハクチョウさんのバスは古いって文句を言う人も」

バスの扉が開き、傘を開いて長身の運転士が降りてきた。黒っぽい制服がよく似合う男だ。

「そうかな？　俺、好きだな。あの制服とか白鳥のマークとか。飛行機に乗るみたいじゃない？」

バスを見ていた怜司が急に身体の向きを変えた。

「どうしたの？」

「いや、ちょっと」

バス会社のスタッフと運転士が手分けをしてチケットの確認を始めた。

路上に散らばっていた人々が集まり、二本の長い列ができた。チェックを終えた客は一人ひとり、車内に入っていく。ところが突然、その流れが止まった。

男がチケットを持った手を振り上げ、声を荒らげている。顔が真っ赤で、足もとがふらついている。ひどく酔っているようだ。

運転士が頭を下げ、男が怒鳴りつけた。バス会社のスタッフが手を止め、二人の間に入っていく。高速深夜バスは他の客に迷惑をかけそうな泥酔者の乗車を断ることがある。それはチケットを購入する際に注意事項としてあげられており、客も知っているはずだ。泥酔者に理はないはずなのに、運転士は乗車させられないことを、ひたすらわびている。いたたまれないような様子で、怜司が騒ぎに背を向けた。

「気分でも悪いの？」

「大丈夫です、すみません」

ここでいいよ、と言って、キャリーケースに手を伸ばしたら、怜司が顔を上げた。

「ちゃんと、最後まで……見送ります」

「でも、そろそろ俺も列に並ばないと」

もうちょっとだけ待ってほしいと怜司が言って、キャリーケースの持ち手を握った。

真面目な子だ。

怜司君、とその背に声をかけたら、血がにじんだ肌が心に浮かんだ。

「君、真面目な人だな。真面目すぎて、何かが許せなくて……自分を痛めつけているみたいだ。人に言えないことなのかな？　でも誰かに言ったら、気持ちが軽くなるってこともあるんだよ」

雨脚が強くなり、怒鳴っている男の声が途切れ途切れに聞こえてきた。

「俺、来年も来るよ。匿名でリクエストのハガキ書いてよ。そうしたら俺、君のために歌うよ」

怜司の肩がかすかに震えた。まるで泣いているみたいだ。

江崎さん、と大きな声がして、迷彩柄の傘をさした絵里花が走ってきた。

「よかった、間に合った。あれ？　どうした？」

絵里花が心配そうに怜司を見た。

「キングは俺とサヨナラするのを悲しんでいる最中。来年は一族郎党を引き連れてライブに来ることが決定したよ」

絵里花がバスのほうを見て、客と運転士を見た。それからナップザックのなかから黒い帽子を引き出すと、怜司の頭に乗せた。

「行こう、江崎さん。わしが荷物を持つ」

絵里花が荷物を持って歩いていった。泥酔者はスタッフに手を引かれて行き、運転士が再び並んでいる人々のチケットをチェックしている。

絵里花と一緒に列の最後尾に並んだ。

「彼、怜司君はどうしちゃったんだろう」

繊細な人なんだよ、と絵里花が言った。

「目が良くて。すべてが見え過ぎちゃって、疲れちゃうんだ、たぶん」

それがわかるこの子も、おそらく同類だ。

絵里花がバスのトランクにキャリーケースを入れた。取っ手に付けたストラップの石が淡い光を放っている。

娘と孫とおそろいのグッズだ。

夢の鍵。たしか絵里花は、あのストラップをそう呼んでいた。

絵里花が滞在中、ずっとサポートできなかったことをわびた。夏のイベントの打ち合わせに遠方に出かけていたのだという。

その話を聞いたら、ピンク色に輝くブレスレットを着けて、笑っている孫の顔が浮かんだ。

歌を作ったら、あの子は歌ってくれるだろうか。

親子で、踊ってくれるだろうか？

「この前の話だけど……」

絵里花が軽く姿勢を正した。

「あの件、引き受けるよ。詞も曲も書く。クレジット……。作詞のほうを本名にしてもらえないか。宮島治雄って言うんだ。漢字はそのうちメールで送る」

作ってくれるの？　と絵里花が言い、「作ってくれるんですか」と言い直した。

「作るよ。だけどさ、一曲だけでいいのかい？　本当は歌って踊れる曲だけじゃなくて、もっといろいろ欲しいんじゃないのか。本当は……それを聴いたら、一人ぼっちでも勇気をふるい起こせるような……大人になってもずっと気持ちを支えてくれるような、そんなテーマ曲が欲しいんじゃないのか」

絵里花が答えようとして、うつむいた。

「人を楽しませる商売はダメもと承知で大風呂敷を広げてみると、案外通るもんだ。面白いことはみんな好きだし、それをきわめりゃ、人も金も寄って来るからね」

雨が絵里花の肩に当たっている。鋼のような筋肉をまとったのに、うつむいていると繊細な心が透けて見えてくる。

「相手に言ってもらうのを待ってちゃ駄目だ。本気でやるなら、どういう立場の相手でも遠慮しないで要望をぶつけなければ」

絵里花のたくましい腕を軽く叩いた。

「何曲欲しいのか、メールをくれよ」

うつむいたまま絵里花がうなずいた。

「なんだよ、みんな、そんなに俺と別れるのが辛いのか。泣かなくっても俺は来年また来るぜ」

待ってる、と絵里花が、顔を拭った。

「私たち、待ってるよ、江崎さん」

シートに座ったら、バスはすぐに動き始めた。絵里花が手を振り、ビルの軒下から怜司が頭を下げている。

長身の二人の姿がゆっくりと後ろに流れていき、バスは町のなかを走り出した。

ミッドナイト・ブルーのシートに身を預けて、江崎は目を閉じる。この町で出会った人々のことを思い出していたら、早くも眠気が押し寄せてきた。

眠ろうか、と靴を脱いで、持参のスリッパに履き替える。

眠っているうちに、バスは次の舞台へこの身を運んでくれる。あと数時間したら、京都での出会いが待っている。

高速道路に入ったらしく、車両がスピードを上げた。何気なくカーテンをめくると、黒猫《シャノアール》の絵が入った貨物トラックが隣を走っていた。

微笑みながらカーテンを閉め、江崎は再び目を閉じる。

専用車で移動していた若き日は遠く、しかし観客との距離はいっそう近く。

出会いと別れを繰り返して『ライブ』の喜びは日々力強く増していく。

第四章

梅雨明け宣言が出た日の早朝、利一は美雪の実家の雨戸を開けた。

家中の窓を開け放して室内に風を通すと、頭にタオルを巻いた怜司が脚立《きゃたつ》を庭に運んできた。伸び放題になっている庭の木を刈り込むと言う。

先月のある朝、頻繁にこの街に来られない美雪を助けて、古家の管理を手伝ってほしいと伝えると、怜司は激しい調子で断った。しかしその数日後、深夜バスの仕事を終えて家に帰ると、朝飯を作って待っており、具体的に何をしたらいいのかとぶっきらぼうに聞いてきた。

何が気持ちを動かしたのかわからない。しかしそれから怜司は週に一度、家から車で三十分ほどの距離にある古家の様子を見に行き、たまに祖父の見舞いもしているようだ。

その怜司が三日前に一緒に古家に行って欲しいと言った。梅雨の間に庭の草木が活気づき、枝や雑草が繁って手に負えないという。自分が庭を整理するから、室内の掃除をしてほしいと言われて、午後の仕事の前に立ち寄った。

掃除機を持って、利一は階段を上がる。美雪の実家は二階建ての木造建築で、階段の踊り場の窓にはしゃれたステンドグラスがはめこまれていた。和風なのだが、欧州の山荘のようにも見えて、英文学を教えていた美雪の父、敬三の趣味が随所に見られる作りだった。

すべての部屋を軽く掃除してから庭を見ると、怜司は大きな枇杷《びわ》の木の枝を切っていた。

家から持ってきた水筒を出し、「一服しよう」と利一は怜司の背に声を掛ける。きりがついてから、と振り返らずに怜司が答えた。

「じゃあ、先に飲んでるぞ」

縁側で冷えた麦茶を飲みかけて、手を止めた。怜司の肌の具合はわからないが、夏の日差しはきつく、汗をかくのはあまり良くない気がした。

「おい、ほどほどにしておけよ。また来るから」

そうだね、と頭のタオルをほどいて、怜司が汗を拭いた。それからまた頭に巻くと、軽くうつむいて高枝バサミを見た。

この間、あいつに会ったよ、と声がした。

「あいつって誰だ？」

「彩菜の彼氏、のような奴。彩菜たちの商品を置いてくれる店に納品に行ったら、あいつが仕事で来てた。眼鏡をかけて帳簿を持ってたら、別人みたいにしっかりして見えたよ。あれも一種のコスプレだな」

「何か言ってたか」

「お父さんによろしくって、まだ続いているのか」

あいつはあきらめないよ、と怜司が枝を切り落とした。

「気が強い女に引っ張られるのが好きなタイプさ。これまでは何もかもママに仕切ってもらってきたんだろ。でもそろそろママの仕切りが辛くなってきて、代わりに若くて可愛いママが欲しくなったのさ」

「お前、ひどいことを言うなあ」

「でもわかるよ。何もかも段取りしてもらえれば楽だ。飯は何を食うとか、どこに行こうとか、将来の設計とかいちいち考えるの面倒くさい。彩菜は好みがはっきりしているから、言うとおりにしておけば何も考えなくていいよ」

「結婚したら、あちらさんの家族と親子の付き合いをするんだぞ」

切り落とした枝を手にして、怜司が葉の付き具合を見た。

はっきり言いなよ、と怜司が笑った。

「お父さんが心配してるのは嫁姑の仲ってやつか？　彩菜ならあのママに負けないよ。仲良くしたいと思ったらうまくやるだろうし、嫌なことを言われたら黙ってないだろ。俺はあの手の家族は苦手だけどね」

怜司が脚立を降りて、切り落とした枝を集めた。それから数本の枝をよりわけて縁側まで持ってくると、今度は剪定バサミで葉を切り出した。

何をしてるのかと聞くと、祖父に持っていくのだという。

「この葉っぱで湿布をすると痛みが引くんだって。おじいちゃんはいつもそうしてたみたいだ。看護師さんはどう言うかわからないけど、欲しがっていたから一応持っていくよ」

「すまんな、いろいろ面倒かけて」

枇杷の葉に手を伸ばすと、固かった。冬も枯れない常緑樹の葉は、強い生命力を持っているのかもしれない。

「お祖父さん、何か言ってたか」

「お父さんに挨拶したいって」

そうか、とうなずいて葉を眺めた。

今さら会って何を話したらいいのだろう。

会いにいったほうがいい、と、怜司が言葉を選ぶようにして言った。

「できるだけ早く。なんか、そんな気がする」

「縁起でも無いことを言うなよ」

「縁起とかそういう問題じゃなくて。彩菜にも、そのうち一回、見舞いに行けって言ったんだ」

「そうか、ありがとう」

怜司は子どもの頃から頭の回転が速く、おつかいにせよ、家の用事にせよ、ひとたび何かを引き受けると、手早くこなして無駄がない。学校の成績も常に良く、彩菜にくらべてまったく手がかからない子どもだった。

お父さん、それからさ……と怜司が言いかけ、少しためらった。

何かと聞くと、今月はガソリン代がかさんだので、金を貸してくれないかと言った。

「彩菜たちの仕事で使った分はあとで精算してくれるっていうんだけど……」

「いくらだ？」

「いくらぐらい、貸してもらえそう？」

「何に使うんだ」

「だから、ガソリン代とかいろいろ……。俺ね、今、まったく余裕がないんだ。もう少し金があるうちに帰ってくればよかったんだけど、踏ん切りがつかなくて」

ごめん、と怜司が小声で言った。

堂々と必要な額を請求してくれれば、何に使うのかと聞き出すことも、自分の懐具合も考えて交渉できる。それが遠慮がちに言われると、いくら渡せばいいのか困る。

そして最近、怜司からこの手の相談が増えてきた。

貸して返ってくるのか。

無理ならすぐに返さなくてもいい。しかしこの状態はいつまで続くのだろうか。

財布を開けて一万円を渡す。それから思いついて、ガソリンスタンドで使っているカードを出した。

「これ、使え。家からちょっと遠いけど」

「ありがとう、助かるよ」

怜司が両手でカードを受け取り、深く頭を下げた。それから再び枇杷の葉を切り始めた。

貸す方も辛いが、借金の申し出をする方も辛いのかもしれない。

しかし働く気はあるのか。どこで働くつもりか。故郷か東京か。そもそも一体、何をしたいのか。問いつめる言葉が次々と浮かんでくる。

怜司、と呼びかけたら、再び手を止めてこちらを見た。

その顔を見たら何も言えなくなった。親が今、何を考えているのかを十分承知している表情だ。

「なんだ、お父さん。黙り込んじゃって」

「いや……そんなに湿布に使うのか」

「別のことを言いたいんじゃないの」

「本当に、そう思ったんだよ」

怜司が手にした葉を見た。

「これは家に持ち帰ろうかと。枇杷の葉茶ってヤツも飲みたがってるんだけど。でも作り方はおばあちゃんしか知らなかったみたいだ。ネットを見ればわかるかな」

志穂に聞けば、教えてくれるような気がした。

「じゃあ、その葉はもらっていこう。知り合いに聞いてみる」

そうか、と怜司が微笑み、切った葉をビニール袋に詰め始めた。

「お前、マメだな。この前は遺産目当てかと言ったくせに」

「遺産目当てかと思うのは、俺じゃなくて、お母さんの今の旦那さんだ」

「会ったことあるような言いぶりだ」

あるよ、と答えて怜司が腕時計を見た。

「俺、もう行くけど。そのあたりも、お母さんとちゃんと話してよ。深入りしていやな思いをするのはお父さんだよ」

「なんだよ、それは。おい」

怜司が葉を入れたビニール袋を軽く放り投げた。

「お茶、よろしく。ひょっとして知人って志穂さんのこと？　だったら、いつもおかずをありがとうって言っておいてよ」

「気に入ったメニューを伝えると、とても喜ぶ」

「茄子の肉味噌……というか、いちいちそんなの覚えてないよ。お父さん、その気遣い、もっと身内に向けたら良かったのにな」

「向けてるだろ、今、それなりに」

怜司が立ち上がると、笑った。

笑っているのに、なぜか泣いているようにも見えた。

東京行きの仕事の前に、枇杷の葉茶について知っているかと志穂にメールを送ると、昔、よく作っていたと返事が戻ってきた。

これから生葉を持っていったら作ってもらえるかと続けて打ち込むと、「喜んで」と返答が来た。可愛らしい絵文字が文末に揺れていて、照れくさいが微笑んでしまった。

今日の到着の予定時刻は十八時二十分。今夜は東京に一泊した後、翌朝八時発の便を運行して新潟市に戻ってくる。

万代のバスセンターを出たときは曇っていたが、関越トンネルを越えると晴れていた。

群馬と新潟県境にある谷川岳を貫通する関越トンネルは全長約十一キロ。長く続く暗がりのなかを走って行くと、日本海側と太平洋側の天候の違いを強く感じるときがある。特に寒い季節は日本海側で雪が降っているときも、トンネルを越えて太平洋側に抜けた途端に晴れあがり、わかっていても時折その日差しの違いに戸惑う。

前だけを見ているドライバーにとって高速道路の風景はあまり変化はない。しかしこの場所を通過すると関東に入った、あるいは新潟に戻ったという実感がわく。

高速道路は順調に流れており、今日も定刻通りに東京に着いた。事務的な手続きをしたあと身体を休め、夕食をとりがてら志穂の店に行く。

定食屋にしては艶っぽい朱色のドアを開けると、最近、よく見かける志穂と同年代の男がいた。食事は終わっている様子なのに、茶を飲みながら志穂と話しこんでいる。

冬瓜《とうがん》のそぼろ煮の定食を頼んで、枇杷の葉を入れた袋を足元に置くと、男がサンダルを履いているのが見えた。健康サンダルのような形だが、黒革に銀の紋章のような飾りがはめ込まれて、とても洒落ている。

志穂が出してくれた定食を食べていると、男の話し声が聞こえてきた。

男は休日になると、夜明け前から千葉や神奈川に出かけてサーフィンをしているらしい。その仲間達と近々、パーティをするので志穂にケータリングを頼みたいと言っている。

どんな年代の人が多くて、どんな料理が好まれそうかと志穂が嬉しそうにたずねている。話が進むうちに、何度も幸せそうなえくぼが浮かんで、そのたびに男が好ましく思っている気配が伝わってくる。

みんな昔からの付き合いで、音楽や出版関係の仕事をしている人が多いと男が言った。そしてもし良かったら、志穂もマリンスポーツをやってみないかと誘った。

やんわりと志穂が断ると、男が立ち上がった。そして思い出したように、ポケットから小箱を出してカウンターの上に置いた。

「そうだ、忘れてた。これ、この間の。よかったらどうぞ」

志穂が再びえくぼを浮かべて礼を言った。軽く手を上げ、男が店を出ていく。よく鍛えられた、たくましい腕をしていた。

志穂が小箱をカウンターの内側に入れると、準備中の札を持って外に行った。戻ってくると、今度は二階に上がって、風呂敷包みを持ってきた。何かと聞くと、お重だという。

「お重？　正月のあれ？」

「そう、あれ」

志穂が風呂敷包みを解いて、重箱を出した。それは松竹梅が描かれた蒔絵《まきえ》の豪華な重箱で、志穂が母親から譲り受けてたいそう大切にしているものだった。

「どうした、急にそんなの出してきて」

「もっと使おうと思って。明日、ケータリングのお仕事をもらったから、そのときにね」

「ケータリングってなんだ？　出前みたいなもの？」

そう、出前、と志穂が答えた。

「趣味のお友だちが集まって、軽くお酒を飲むんだって。あたたかいものはお台所で作らせてもらうけど、家から持っていくオードブル類はここに入れようかと」

「そんな仕事もしてたんだ」

初仕事だと志穂が笑った。

「何か、新しいことをしなきゃって思って。居古井の新サービスよ」

「なんでまた」

笑っていた志穂が真面目な顔になり、駅の近くにあるチェーン店を知っているかと聞いた。

「そんなのあったっけ?」

「半年前にね、できたんだけど。定食が安くておいしいの。そうしたら人の流れが一気に変わってね。あの道……」

志穂が駅の方向を指差した。

「駅からうちに来るとき、大きな道を渡らなきゃいけないでしょ。お客さんたちがあの道を越えてきてくれない。その手前で、みんなあのお店の通りに吸い寄せられちゃう」

「そういうもんか?」

「うちは有機野菜、無添加食品の、身体に優しいご飯というのが特長だから関係ないかと思ったけど、これまで週に二度来てくれたお客様が一度になったって感じ。不景気っていやね」

その店に行ってみたの、と志穂が寂しげに重箱を洗い出した。

「おいしかったの。活気があって明るくて、それでびっくりするぐらいお得な値段。ああ、これじゃ仕方がないかなって思う自分がいた。そうしたら照明や水回りが壊れ始めたり、冷蔵庫の買い換えが必要になってきたり。考えてみたらね、母の跡を継いでずっとやってきて……何度か改装のことを考えたけど、できずにいたの」

「費用の面で?」

「それもあるけど、うちみたいに細々やっているところが改装でお店を閉めたら、お客さんが離れちゃう。ただでさえ離れてるのに」

最近、ランチの味付けを少し変えてみた、と志穂が言った。

「ハーブとか薬膳とかスパイスとか、今まで勉強してきたことを、もっと前に押し出すことにした。そうしたらね、さらにお客さんが減った……みんな母の味付けが好きで、新しいものは駄目みたい」

「俺も怜司も、毎回おいしく食べてるけど」

ありがとう、と志穂が重箱を手にして、布で拭きだした。

「でも、ほとんどあれは母の味。だってリイチさん、バジルや八角、苦手じゃない」

まあね、と言ったら、志穂がため息をついた。

「たった一軒、力がある店ができただけで、こんなにお客さんの流れが変わるなんて。この先、ここで同じ事をやってて二十年もつとは思えない。私、あと少しで四十でしょ。六十まで働くとしたら、今、流れを変えなきゃ。新しいことを始めたい。だけど全部裏目、裏目に出てる」

迷走中よ、と志穂が重箱をカウンターに置いた。

「最近ね、あるご高齢のお客さまがいらっしゃらなくなったから、その方のブログをのぞいてみたの。そうしたらたぶん……あれ、うちのことだと思う。近所の定食屋が急に薬膳とかハーブとかハヤリに乗りだして、迷走中って書いてあった」

「前からこつこつ勉強してるのにな」

「ありがと、リイチさん」

やだ、と志穂が軽く鼻をすすった。

「不景気な話をしちゃった。せっかくリイチさんが来てんのに。もう一杯、お茶いかが？」

志穂が茶を淹れだすと、鍋から湯気が立ちだした。立ちのぼる湯気の向こうで、志穂がにこやかに手を動かしている。

新しいことを始めたい――。

新しい暮らしを始めないかと、あの日、志穂に言うつもりだった。そう心に決めて、志穂が好きそうな茶碗や湯飲みを買い調え、庭を片付けて花壇を作り、美越に来る日を待ちわびた。

すぐに一緒に暮らすのが難しいとしても、志穂さえよかったら……もしよかったら結婚を考えてみないかと言うつもりだった。

志穂、と呼んだら、「うん？」と微笑んでこちらを見た。

「あまり、無理するなよ」

「無理なんてしてない」

「志穂」

うん、と今度は優しく相づちの声がした。

言いたい言葉がある。だけど軽々しく口にはできない。

ひきこもっていた怜司は外出するようになったが、この先どうなるかわからない。金が尽きたということは本当にもう、美越の家以外どこにも行くところがなかったのだろう。その最後の居場所を追い出したら、彩菜の言うとおり永遠にどこかへ消えてしまいそうだ。

あっ、と志穂が軽く声を上げた。

「そろそろお風呂がたまる。リイチさん、よかったら先に入って。私、枇杷茶の下ごしらえしてから上がる」

「枇杷茶は時間があるときでいいよ」

「でも新鮮なうちにやっておきたいことがあるの。いいから、入ってて」

せきたてられるようにして二階に向かう。

階段を登っていると、自分も志穂も今、互いに語り合うべきことから目をそらせようとしている気がした。

志穂の部屋の浴室は小さいが湯船は大きくて心地よい。洗面器や椅子は木製で、こまめに手入れをしているのか、いつ見ても木目が清々しい。

ぬるめの湯に入って両腕を縮めたり伸ばしたりしてほぐすと、さきほど見た男のたくましい腕を思い出した。

手首につけていたのが高級時計メーカーのダイバーズウォッチで、ちらりと見た瞬間にその価格の推定がついたとき、つくづく自分がバブルの時代を通過した世代だと感じた。もっとも自分たちの世代は車と時計に重きを置いたが、怜司を見ていると、今の若者はどちらも興味はないようだ。そう思うとあの男は若く見えても自分と同じ中年なのだと思う。

自分と同じ、と考えて、そうなのだろうか、と思い直した。

この先、自分はあと何年、今の仕事が出来るだろうか。

湯船のなかで、腕を伸ばしてみる。

六十歳で退職するとしたらあと十一年。六十五歳ならあと十六年。

あと十一年……と数えたとき、脱衣場の戸がゆっくりと開く音がした。

リイチさん、と声がする。

「なんだい」

「ねえ、リイチさん。下で枇杷の葉を洗ってたら、寂しくなってきた。ここの洗面所で洗ってもいい？」

のぞくなよ、と笑ったら「のぞかない」と志穂も笑った。

「上に行ってって言ったくせに、いなくなったら寂しくなっちゃった。恋しい。リイチさんが恋しい。猫みたいにまとわりついてたい」

「踏みそうだ」

「踏まないでよ」

洗面所から静かに水音が響いてきて、志穂の存在を強く感じた。それはとても安らかであたたかく、湯船のふちに身を預けて目を閉じる。

ゆったりとした気持ちで、マリンスポーツをするのかと聞いてみた。

しません、と志穂が答えた。

「波に乗るより、バスに乗ってる人が好き」

「何をうまいこと言ってるんだか。座布団はないぞ」

志穂が笑い、水を流す音がした。それを聞いていたら、今度はカウンターに置かれた小箱のことが気になった。

「ところで……さっきの彼が置いていった物はなんだ?」

「ひょっとして妬《や》いてくれてるの?」

まあね、と答えると、「レーズン」と声がした。

「レーズン? レーズンって干しぶどう?」

「そう、オーガニックの。アメリカでは一ダース単位でレーズンの小箱が売られているんだって。宇佐美さんはスポーツジムにいるとき、お腹がすいたら、それで栄養補給をするって言ってた。どんな感じの物かと思ってたら、さっきくれたの」

「レーズンだけ?」

そうよ、と志穂が答えた。

「箱の底にお洒落な仕掛けとかしてそうだ」

やだ、古い、と志穂が笑った。

「小判とか？　おまんじゅうの箱の下に小判が入ってる感じ？」

「それ、全然お洒落じゃないだろう」

「ほっほっほ、越後屋よ、おぬしも悪じゃのうって？　越後……越後って新潟？　なんでいつも越後屋なんだろうね」

「知らんよ。米問屋だからじゃないのか」

「新潟の人は怒らないのかな」

怒るか、それぐらいで、と顔を湯で洗うと、「ねえ、越後屋さん」と声がした。

「なんだよ」

ひょっとして、身近に病人がいるのかと志穂が聞いた。

「どうして？」

「枇杷の葉を使ったもの、母が闘病中によく作ってたの。たくさん葉があるから、エキスも作ろうか。効くかどうかは人によるけど。……どなたがご病気なの？」

別れた妻の父とは言いにくく、子どもが世話になった人だと答えた。

水音にまじって、何かをこする音がした。何の音かと聞くと、葉の裏の毛を歯ブラシでこすっているのだという。

「ずいぶん手間がかかるんだな。ごめん、面倒なことを」

「そんなのいいの。こういうもの作るの好きだから。それにね、うれしいの」

「うれしい？」

「うれしい。リイチさんの知り合いのお役に立てて。リイチさんは決して踏み込まないの。一緒にいてほしいって言ったら、いてくれるし、優しくしてと言ったら、優しくしてくれる。だけど決してそこから先に来てくれない。自分の内側にも踏み込ませない。きっと私が誰かのことを好きになったって言ったら『そうか』って笑って、二度とここに来ない気がしてた」

そんなことないよ、と答えたら、「そうかな」と志穂が答えた。

「淡々と去っていく。いつもそんな気がしてた。だからうれしかったんだ、美越においでって言われて。初めて内側に私を入れてくれた気がして。今日だって……妬いてくれて」

水音にまじって、志穂が笑った気配がした。

「裸になっても裸じゃないの。私の知らないリイチさんがいて、そっちの顔のほうが本当のリイチさん。私の知らない場所で暮らして、何日かに一回、山を越えて会いにきてくれる。束縛しあわなくていいけど……今の暮らしも好きだけど、それでもやっぱり、少しずつ内側に入れてくれるのはうれしい」

志穂、と言ったまま黙った。

春が来たときは、もっと近づきたいと願った。親を看取って子どもの手が離れたから、今度は自分のために生きてみたいと思った。

内側に入れようとしなかったのではない。ためらっていただけだ。年の差、家族の問題、そうした条件の悪さに。

ごめんね、と志穂があわてたような声を出した。

「のんびりしてるところに、あれこれしゃべっちゃって。もう終わった。もう行くね」

志穂、と呼びかけると、磨りガラスの向こうにほっそりとした姿が浮かんだ。何かを大事そうに抱えた姿がにじんで見えて、まるで泣いているかのようだ。

おいで、と言ったら、ガラス戸の向こうでシルエットが揺れた。

「おいで、志穂」

手を伸ばすと、ガラス戸に浮かんだ姿が消えた。

柄にもないことを言った気がして苦い笑いがこみあげた。すると浴室の照明が消えた。

東京の夜は明るくて、あかりを消しても街の光が窓から入り込んでくる。

ガラス戸の向こうからひそやかに、衣擦《きぬず》れの音が聞こえてきた。


東京へ二往復するとその翌日は休暇で、週末に重なっていた。ちょうどその時期に美雪が東京から新潟に来るという。病院へ父親を見舞いに行く前に、実家の様子を見たいと言っていたので、土曜の午後、萬代橋近くのマンションに車を走らせる。

エントランスのところにいるとメールを送ると、しゃれた麦わら帽子を手にして、美雪が降りてきた。膝下まである紺のワンピースに白いカーディガンを羽織っていて、手には大きな紙袋を持っている。

美雪がゆっくりと頭を下げ、助手席に座った。

夏の日差しは明るく、空には雲ひとつない。萬代橋の上にさしかかると、日傘を差した女たちが川面の風を楽しむように歩いていた。

挨拶の後で天気の話をしたら、会話はそこで止まった。今までもメールや電話でやりとりをしているのに、顔を合わせると話が進まない。押し黙ったまま市街から郊外に抜けて美雪の実家に着いた。

ガレージに車を停めて、実家の門を開けると美雪が驚いた顔をした。伸び放題だった草や木は怜司の手できっちりと刈り込まれ、玄関へと続く小道にはマツバボタンの鉢植えまで置いてある。

建物に入って雨戸を開けると、みちがえるよう、と美雪がつぶやいた。

「あいつはきれい好きだからな」

「きれい好きというレベルじゃない気がするわ。こんなにきれいな窓を見たことがない」

美雪が窓ガラスに触れた。たしかにその窓は一点の曇りもなく磨き込まれ、ガラスが入っていないかのようだ。

「心配になってきたわ。怜司、大丈夫なの？」

わからん、と答えたら、美雪がバッグからポーチを出した。

「おい、煙草は外で吸えよ」

美雪が縁側に行って腰掛けた。細い肩を少しすぼめて煙草に火を付けている。

部屋の奥の柱にもたれて、煙が空に溶けていくのを見た。

家具を運び出した室内は広く、人も物も煙のように消えてしまったかのようだ。

美雪が煙草で枇杷の木を差し示した。

「この前……父が喜んでた。あの葉を怜司が持ってきてくれたって」

「枇杷の葉茶も作りたいって言ったから、そっちは俺が引き継いだ。ひょっとして作り方を知ってたか？」

知らない、と美雪がうつむいた。

「何も知らないのよ。梅干しの漬け方、枇杷の葉の使い方。母は自分でいろいろ工夫していたけど、何も引き継がなかった」

馬鹿にしてたの、と声がして、煙草の煙が細く立ちのぼった。

「くだらないことだって。梅干しの漬け方より、国際法や政治学の勉強のほうが高等だって思ってた。馬鹿ね。知識に高等も下等もなかったのに」

肩をすくめて、美雪が笑った。

「政治学の勉強したって、家庭内の政治力学にはまったく役に立たなかったわ」

今も？　と聞いたら、携帯灰皿を出して煙草を消した。ゆっくりと立ち上がり、縁側のサンダルを履いて庭に歩いていく。

「枇杷の葉ね……気がつかなかった。たしかに母はいつも湿布に使っていたわ。男同士だと話しやすいのかしら。父は怜司が来ると話がはずむみたい。看護師さんがそう言ってた」

「怜司には連絡したことないのか?」

「私? 私はまだ……」

「携帯の番号を教えただろ。俺がいないときは、電話すればたぶん手伝ってくれるよ」

木の幹に手を伸ばして、美雪が「怖い」とつぶやいた。

「怖いって?」

「怜司と話すのが怖い」

枇杷の葉影が白いカーディガンに落ちて、模様のように見える。怖いという感覚がわからず、美雪を見つめた。

「あの子は冷静すぎて」

私の手、冷たかったでしょう、と美雪が自分の手を握った。

「怜司が小さい頃、手を握ろうとすると、いつも私の手をこすってから握るの。冷たいのが嫌だったんでしょうね、手を伸ばしても、なかなか握らない。彩菜は冷たかろうが、なんだろうが、へいちゃら。私の手を握りたがって離さない」

その昔、幼い子どもたちが美雪の手を握って歩いていた姿を思い出した。

広い青空の下、水をたたえた緑の田んぼのあぜ道を、三人はつないだ手を軽く振りながら歩いていた。それはとても幸せそうな光景で、故郷に帰ってきて良かったと思った一瞬だった。

一瞬、と利一は目を閉じる。それは本当に一瞬の幸せだった。

「昔、お義母《かあ》さんと言い争っているとき、怜司はずっと私たちを見てた。あなたそっくりのまなざしで。私が美越の家を出たときも……一緒に連れて行こうとしたら、ぼくは行かないと言った。寝ている彩菜の枕元で、ぼくが彩菜を見てるから、一人で行けよって言ったわ」

離婚を決めたとき、美雪は二人の子どもを引き取りたいと言った。しかし、母は子どもを置いて家を飛び出していった嫁を非難して、話し合いの場は荒れた。

もし、あのとき怜司と彩菜を連れて家を出ていたら、情況は少し変わっていたのかもしれない。

「大学に入った年に怜司が会いに来てくれたの」

「そうらしいな。この間、初めて聞いたけど」

「夏なのにわざわざ手袋を持ってきて、私にプレゼントしてくれた。冷たい母親と言われているような気がして……動揺して……うまく対応、できなかった」

美雪がうなだれた。痩せた肩が痛々しくて目をそらせる。

麦わら帽子を取って立ち上がり、美雪に放り投げた。

「まだ外にいるなら帽子をかぶれよ。あまり日に当たるのも身体に毒だ。体調が悪いなら、もう少し気を遣えよ」

麦わら帽子を受け取り、美雪が縁側に戻ってきた。

「うじうじするな。近いうちにみんなで飯でも食おう。ちゃんと、するから」

うじうじ？　と美雪が形のいい眉をひそめた。

「あまり考え込むなよ。分析ばっかりして。それをいいほうに持って行くならいいが、責めるばっかじゃ壊れるぞ。あまり追い込むな。家はもう見たろ？　行くぞ、ほら病院に。帽子をかぶれ」

「子どもじゃないのよ」

「子どもより手がかかるよ。お菓子じゃ機嫌がなおらんし」

「いいお父さん、してたのね」

「おかげさまで」

美雪が軽く横を向き、帽子を手にしたまま部屋に戻ってきた。足元がふらついていたので、帽子を受け取り、部屋の隅に置いたバッグを手にして玄関に向かう。

優しいのね、とつぶやく声がした。

「俺には何も無いからな。親の心配も子どもも……まあ一段落ついたし」

「でも満たされてるでしょう」

白いサンダルに足を入れてストラップを留め、美雪が顔を上げた。

「恋人がいる。若い人ね」

「なんだよ、いきなり」

ほっそりとした指が首筋に伸びてきた。

「跡が残ってる、唇の。ここにも……。あなたの身体って大きくて暖かいけど、肌が薄いから跡が残るのよ」

首筋に手をやると、「嘘」と美雪が笑った。

「冗談よ。何も付いてないわ」

おい、と言うと、帽子をかぶって歩きだした。

「的中しちゃったのね、当てずっぽうで言ってみたけど。若い彼女というのも大正解なのね」

美雪、というと、「何？」と声がした。

「お前なあ……」

美雪が外に出ていき、マツバボタンの花で縁取られた小道で振り返ると笑った。

重ねた歳月は麦わら帽子の影に隠れて見えず、遠い昔と変わらぬ微笑だった。

美雪の実家から病院に向かうと、駐車場に漆黒の軽自動車が停めてあった。

怜司の車だ、と指さすと、病室に怜司がいるのかと美雪がつぶやいた。

「いるだろう。電話してみるか？　でもなんて言えばいいんだ？」

美雪がハンカチを出して、額をおさえた。

「電話はいいわ。行ってきます。怜司にはお礼を言わなければ」

一緒に行こうと言いかけて、ためらった。敬三には子どもたちの入学や卒業などの節目に連絡をしていたが、社会人になってからは話をしたことがない。

駐車場に車を停め、美雪の荷物を下ろした。大きな袋だったのでそのまま手にさげ、美雪とともに病院の玄関に向かう。せめて病室の前までこの包みを持って行こうかと思ったとき、なかから車椅子が出てきた。

椅子を押しているのは怜司だった。

数年ぶりに見た敬三の姿に足が止まった。敬三はツイードのジャケットとウイスキーを好む英国風の紳士で、白髪をいつもきれいに整えていた。しかし玄関から出てきた敬三にその面影は薄く、まばらになった白髪は黄ばんでいる。

奥から白い服を着た人影が走ってきた。看護師かと思ったら、彩菜だった。

手にした日傘を広げて祖父にさしかけている。

隣で美雪が息を呑んだ。その瞬間、彩菜がこちらを見た。今日は化粧が薄くて、白い服がよく似合っている。

彩菜が不審そうな顔をして、それから目を見開いた。

お父さん、とよく通る声がした。

「お父さん、何、くっついてるの。何を持ってるの？　いつの間にその人と仲良くしてるの？」

彩菜、と怜司が顔をしかめた。

「この前、言っただろう、俺がおじいちゃんの家の管理をしているって」

聞いてる、と彩菜が言った。

「けど、これは聞いてない。なんなの？　なんでお父さん、その人と仲良く歩いてんの？」

知っていたのかと彩菜が怜司をにらみ、日傘を押しつけた。

「お兄ちゃんは知ってたの？　何、みんな……。私一人だけ、知らないでいたわけ？」

彩菜、と美雪が弱々しく言った。

「違うの、私が……」

「なれなれしく呼ばないでよ。産み捨てていったくせに。自分だけ好き放題、勝手放題に東京で暮らして、今さら都合が悪くなったら田舎の人間に泣きつくの？」

やめなさい、と低い声がした。敬三だった。

「母親にそんなことを言うものじゃない。お母さんは君のことを思っていつも泣いてたぞ」

敬三が彩菜の腕に軽く触れた。

「落ち着きなさい、美雪」

「彩菜だよ」

彩菜、と敬三がうなずいた。

「それは失礼した。彩菜ちゃん……失礼しました」

おじいちゃん、と怜司が声をかけると、すがるように敬三が言った。

「じゃあ美雪はどこだね。あの子はどこに行ってしまったんだね、利一君」

おじいちゃん、と怜司の語尾がわずかに震えた。

「ぼくは怜司だ」

「怜司。怜司君はまだちっちゃいだろう」

「おじいちゃん、落ち着いて。美雪と利一はあっちだ」

怜司が車椅子の向きを横に振った。

敬三の視線が一瞬泳ぎ、見知らぬ者のように美雪を見た。それからゆっくりと目を閉じた。

すまない、と小さな声が聞こえた。

「暑くて……暑くて、ぼんやりした……」

怜司が車椅子の向きを変え、建物へ戻っていった。美雪が小走りであとを追う。

彩菜がそれを見て、病院の門へと向かっていった。

こぼした水が飛び散るような勢いで、皆がそれぞれの方向に消えていった。

エレベータホールで怜司たちに追いつくと、敬三が小声で挨拶をした。そして彩菜が美雪にあまりに似ていて驚いたと弱々しく笑った。

病室まで荷物を運び、下で待っていると美雪に言った。

喫茶コーナーでコーヒーを飲んでいると、怜司が降りてきた。何か飲むか、と聞くと、コーラが飲みたいというので買って渡した。

二人で長椅子に座ると、怜司がため息をついた。

「なんて間が悪いんだ、お父さん」

返す言葉がなく、黙ってコーヒーを飲む。

彩菜たちはこの近くの公園でイベントをする予定で、その下見もかねて病院に寄ったらしい。一人で行くのは寂しいと、怜司は呼び出されたようだ。

コーラを一口飲んで、お母さんはどこかが悪いのかと怜司が聞いた。

「病気ってわけじゃないが、あまり具合がよくないみたいだ」

なんか、小さくなった、と怜司がつぶやいた。

「前に会ったときより、きれいにしてるけど。なんというか……すさんでる?」

すさんでいるという言葉に、煙草を吸っている後ろ姿が浮かんだ。

捨て鉢っていうのかな、と怜司が考えこみながら言った。

「どこかに消えてしまいそうだ」

同じ事を彩菜が怜司について言ったのを思い出した。

隣を見ると怜司と目が合った。

目をそらせて、何か言っていたかと怜司が聞いた。

「枇杷の葉のことと、手袋の話をしていた」

手袋？ と怜司が聞き返した。

「ああ、あれか」

「なんだって夏に手袋を持っていったんだ？」

綺麗だったから、と答えたあと、怜司がきまりわるそうに続けた。

「大学入試のときに見かけたんだ、渋谷の店で。ショウウインドウに飾ってあってさ。雪みたいな白い手袋で。なんて綺麗なんだって」

コーラを飲んで、小さく怜司が笑った。

「大学に入って、アルバイトをして、買える頃には夏になってた。倉庫から取り寄せてもらって、それ持ってお母さんに会いに行ったよ」

季節外れのプレゼント、と怜司がつぶやいた。

「会って手袋を渡したら、お母さんはごめんなさいって、ぼくにあやまって泣いた。冷たい母親でごめんなさいって。そんなつもりじゃなかったのに」

怜司が軽く背を丸めた。

「ぼくはいつも人を傷つけてしまう。言葉が足りなくて。うまく気持ちを伝えられなくて。その気はないのに、気がついたら一番大事な人をひどく痛めつけてる……」

怜司が立ち上がり、紙コップをゴミ箱に捨てた。

「お母さんによろしく言っておいて」

「自分で言え、怜司。言葉が足りないってわかっているなら、足せばいいじゃないか。自分でそう言え」

人が怖い、と怜司が言った。

「深く関わるのが怖い」

「どういうことだ？」

答えずに怜司が歩いていった。

コーヒーを飲み終え、二杯目の飲み物を買おうとしたとき、美雪が降りてきた。今日はもう眠ると敬三が言ったらしい。

黙っている美雪を車に乗せ、市内へと向かった。

車が街なかに入ると、食事をしないかと美雪が聞いた。

「父が……ぜひって。みんなで食事をしろって。お金を」

美雪が口元を一瞬押さえたあと、かすかに笑った。

「お金を持たされた。これで足りるか？　足りないよな、怜司君は大きくなったからって言って二万円。みんなで帰りに食事しろって」

「取っておけよ、俺はいいよ」

そうね、と美雪が窓の外を見た。

「誘ってみたけど、食欲ないわ」

街なかに入ると、敬三のマンションへすぐに着いた。美雪が礼を言い、エントランスに入っていく。車を切り返そうと後ろを見ると、後部座席に美雪の帽子が置いてあった。そこに置いたのが自分だったのを思い出し、すぐに車を降りて追いかけた。すると美雪がエントランスのホールの隅で、かがんでいるのが見えた。

ガラスのドアはオートロックになっており、入ることはできない。そっとドアを叩いてみると、美雪がこちらを見た。帽子を振って見せると、外に置いておいてくれ、という仕草をした。

言われたとおりに置こうとして、ためらった。

大丈夫かと軽く声をかけると、美雪がゆっくりと歩いてきてドアを開けた。

帽子を受け取ると、すぐに背を向け、エレベータまで歩いていった。しかし足もとがおぼつかない。オートロックのドアが閉まりかけた瞬間、なかに入って腕をつかむと、驚いた顔で美雪が見た。

何？　と聞かれて、困った。

「何って……大丈夫か。ふらついてるぞ。めまいなら、おさまるまでじっとしてろよ」

「そのつもりでいたのよ」

苛立たしげに言われて、無神経なことをしている気がした。

美雪が下を向き、エレベータのボタンを押した。

「そんなに変？　そんなにふらついてる？」

「まあ、たいしたことないなら行くけど。どうした？」

エレベータに乗ってるみたい、と美雪が小声で言った。

「平らなところにいるのに、ふわふわする。いつもと違う。おさまるまで、とても歩く気になれなくて」

「おぶっていこうか？」

十二階まで？　と薄く笑って、美雪が柱にもたれると、エレベータのドアが開いた。

身体を支えるよりも背負ったほうが楽そうで、美雪の前で軽くかがんだ。

「やめてよ、みっともない」

「誰も見てない。そんな靴でふらついたら、足、くじくぞ」

華奢《きやしや》なサンダルを指さすと、美雪が靴を脱ごうとしてふらついた。

閉まりかかった扉を再び開けて、ほら、というと、背中に乗った。

身体が触れたら、花の香りを感じた。昔、付けていたものと同じ、白い花の香りだ。

エレベータが上昇を始めると、首にまわされた手に力がこもった。

もう、いやだ、とかすかな声がした。

「歩けないなんて……」

「すぐにおさまるよ」

「情けない。何もかも情けない」

エレベータはすぐに十二階に着き、部屋の前までなるべく揺らさないように歩く。

細い腕にこめられた力から、不安が伝わってくる。

病院での彩菜の言葉もきつかったが、それ以上に孫を自分たちと取り違えた敬三のことも衝撃が大きかったに違いない。

ドアの前で下ろすと、バッグのなかをさぐるようにして美雪が鍵を出し、ぎこちない足取りでなかに入った。

照明が付くと、玄関口には段ボールが二つ積まれ、廊下に沿って「本」と書かれた段ボール箱が積んであるのが見えた。

「あまり見ないで」

サンダルを脱ぎながら、小声で美雪が言った。

「父の荷物、手をつけにくくて。よかったら、なかにどうぞ。お茶でも出したいけれど、落ち着かないわね」

「それはいいけど」

引っ越ししてすぐに事故にあったから、片付いていないのだと美雪が箱に目をやった。

「最初のうちは少しずつ……本だけでも棚に並べようと思ったんだけど」

「出した方がいい。お父さんが帰ってきたとき、これじゃ困るだろ」

玄関の脇の壁に背を預け、崩れ落ちるようにして美雪が座った。

「父はもう、ここには帰ってこない気がする」

「縁起悪いことを言うな」

「亡くなるとか、そういう意味じゃなくて……単純に、ここでは暮らせない気がする」

壁にもたれたまま美雪が目を閉じると、涙が落ちていった。

「聞いたでしょ、父の言葉。時々……最近、ああなのよ」

「暑いし、入院生活も長けりゃ、錯乱することだってあるさ」

廊下の段ボール箱には、ほこりが積もっていた。部屋の奥にはカーテンもなく、段ボール箱の間に薄い布団が一枚、畳んで置いてある。

「本だけでも棚に入れれば、少しは見栄えがよくなるだろ。お前がそんな弱音吐いてちゃ」

吐いてない、と美雪が目を開けた。

「東京では頑張ってる、家事も育児も精一杯。弱音なんて絶対吐かない。だけどこの部屋に来ると力が抜けてしまう。片付けなきゃって思うんだけど、横になってしまう」

「ご主人はなんて言ってるんだ」

「言えない。言いたくない」

どうして、と聞いたら、美雪が口をつぐんだ。

「父も……荷物を開けるなっていうのよ」

そうか、と言って、向かいに腰掛けたら切なくなった。

狭い玄関で顔をつきあわせていると、まるで子ども同士で内緒話をしているようだ。

「でも廊下を片付けるぐらいなら、お父さんだっていやと言わないだろ。手伝ったら、やれそうか?」

もういい、と美雪が首を振った。

「あなたにも怜司にもこれ以上は。彩菜」

愛しげに名前を呼ぶと、涙がまた落ちた。

「……大きくなって。怜司、すっかり大人になって。昔のあなたみたい。父が錯乱するのも無理ないわ。似てるもの、別れた頃の私たちに。昔の自分みたいな彩菜を見てたら、過去の自分になじられてる気がした。『好き勝手に東京で暮らしてきて、今になって田舎の身内を頼るのか』。本当にその通りだわ」

「具合が悪いときに、そういうことを考えるな」

捨て鉢になるなよ、と言い足すと、美雪がハンカチで目をぬぐった。

「怜司も心配してたぞ。どこか悪いのかって」

怜司が? と顔を伏せて美雪が聞いた。

「そんなことを言ったの?」

「言ってた」

おそらく似たもの同士の親子なのだと、美雪を見る。これまであまり意識しなかったが、怜司の考えすぎるところは、美雪の分析癖と似ている。そして泣いている姿は彩菜そっくりだ。

泣くなよ、と言ったら、「やさしくしないで」と声がした。

「甘えてしまうから」

泣いている美雪にそっと手を伸ばすと、明け方に見る夢を思い出した。

夢ならいつも、ここで目が覚める。

指が頬に触れたら、その手を両手で押さえて美雪が泣いた。

なつかしい花の香りがする。

細い肩が震えているのを見たら、思わず抱き寄せていた――。

＊＊＊

――花の香りが夜風に乗ってきて、木村沙智子は微笑む。

明るい月の下、海沿いの高台から繁華街へ下りる階段の上に、高宮彩菜が腰掛けている。

暑くて長い昼は終わり、日暮れとともにやわらかな風が吹いてきた。

彩菜の髪がその風になびくと、かすかに甘い香りがした。それは「希望の香り」と名付けたアロマオイルで、先日、ウェブショップで発売したばかりのものだ。

清楚なその香りは物語のなかの『彩奈』にも、モデルにした「彩菜」にも、よく似合っている。

彩菜がこちらを見て、軽く笑った。

「どうしたの、沙智子ちゃん」

「なんとなく彩菜ちゃんがここにいるような気がしまして。お祖父様のお加減はいかがでした?」

久しぶりに会ったから、と言って彩菜が口ごもった。そして話題を変えるように、そろそろ出かける時間かと聞いた。

立ち上がった彩菜を手で制し、隣に腰掛ける。

「まだまだ時間はあります。ただ……彩菜ちゃん、気合いをいれるときは、いつもここにいらっしゃるでしょう」

うん、と彩菜が少し恥ずかしそうに言って、座り直した。

「私たち、というか、コミックの原点みたいな所だからね」

「明日の東京行きにそなえて、私も気合いを入れにきましたの」

「サーニャンは無理しなくても、そのまんまでいいんだよ」

普段は沙智子ちゃんと呼ぶのに、たまに彩菜は物語の登場人物『早智子』の愛称で呼ぶ。そう呼ばれると少しくすぐったくなって、沙智子はいつも微笑む。

あごがしゃくれ気味なのと、沙智子という名前から、あだ名はいつも「シャチコ」。その嫌な記憶をサーニャンという愛称は優しく塗り替えてくれる。

東京か……と星を見上げて、彩菜がつぶやいた。

東京ですね、と相づちをうち、坂の下に広がる街を眺める。

この坂はどっぺり坂と呼ばれ、五十九段の階段でできている。風変わりな名前はドイツ語のドッペル、英語ではダブルという言葉が由来で、高台に旧制高校があった時代、この坂を下りて街に遊びにいくと落第するという戒めから来ているそうだ。

しかし自分たちの物語のなかでは、この坂は現実の世界と異世界をつなぐ場所だ。

現代に生きる主人公はこの階段を駆け上がりながら、魔法の呪文を使って異世界への扉を開く。呪文を唱えて全力で階段を上りきると、振り返ったときには眼下に異世界が広がっている。

たびたび物語に登場するこのアイディアを考えたのは彩菜で、そのシーンを描いたコミックを元にショートムービーを作って学内の賞を取ったのが、当時、専門学校の映画科にいた絵里花だ。

そこから今のウェブコミックとショップの試みが始まって、その集大成にこの夏、大きな読者イベントを開く。

今夜はこれから東京に行き、彩菜は歌のレッスンを、自分は絵里花と合流してイベントの売りこみに行く。

絵里花は先に上京しており、マスコミに就職している同郷の人々のもとへ、メディアで取り上げてくれないかと、たずね歩いているところだ。

風が吹いてきて、彩菜の髪が揺れた。「希望の香り」がかすかに漂ってくる。

「彩菜ちゃんの髪、いい香りがします」

精製した椿油にアロマオイルを落として、髪のトリートメントをしたのだと彩菜が言った。ただ、今日、よく似た香りの人と会ったのが気に掛かっているという。

「このお品を買ってくださったのでしょうか」

「たぶん違う。オイルじゃなくて、香水だと思うし」

「それなら気にしなくても良いのでは？　どのような方でした？」

「親ぐらいの年の人」

「こういう系統の香りを好まれる方って、きっと優しい方なんでしょうね」

どうかな、と素っ気なく彩菜が言った。

「あまり考えたくない。そろそろ行こっか」

少し疲れた声で彩菜が立ち上がった。それから荷物をまとめて二人で万代バスセンターに向かい、構内のベンチに座った。

二十三時のバスセンターには東京への高速深夜バスを待つ人々が集まっていた。何かイベントでもあるのか、普段より人が多くて、にぎわっている。

自分たちと同様、みんな、東京に夢を見にいくんだろうか。

そう思っていたら、彩菜が申し訳なさそうに言った。

「ごめん、沙智子ちゃん。私、明日の予習していい？」

「もちろんですとも。どうぞお気になさらず」

彩菜がヘッドフォンを耳につけ、軽く目を閉じた。

真剣な横顔を見ていたら、数時間前に会った、彩菜の兄の怜司のことを思い出した。

今日の夕方、実家の寺の本堂でイベント用の看板を描いていたら、絵里花に頼まれたと言って、画材を怜司が運んできた。そしてあたりを見回し、彩菜は来ていないかとたずねた。

「ご一緒じゃなかったのですか？　二人でお祖父様のお見舞いに行くっておっしゃっていましたけど」

彩菜とは昼に別れたきりで、それから電話をしてもまったく出ないと怜司が答えた。

心なしか困った様子だったので、彩菜は新潟でボイストレーニングを受けているはずだと伝えた。すると怜司が怪訝《けげん》な顔をした。歌のレッスンなら、今回、曲を作ってくれたミュージシャン、江崎大輔がつけてくれるのではないかと言う。

「あいつ、今夜から東京に行くんだろ？　江崎さんが昨日、俺のところにメールをくれたよ。先生やってる学校の教室を押さえて待ってるって」

「江崎先生はいわばお家元ですから。その前にある程度、修業を積んでいかないと」

お家元、と怜司が笑った。

「そうです。お寺で言ったら総本山です。ところでお兄様は先生が作ってくださった曲をお聴きになりまして？」

みんなで歌って踊れる曲は聴いたと怜司が答えた。

「おかげでサビの部分がずっと頭のなかで鳴ってる」

「では、さらにインパクトが強いものを投下しましょう」

iPodの音量を上げ、届いたばかりのテーマ曲を聞かせる。

おお、と怜司が声をもらした。

「まじか。こんなの書いてくれたの？」

テンション上がるわ、と怜司がつぶやき、続いて流れてきた江崎の歌声に驚いていた。

「ちょっ……これを彩菜が歌うの？　このままで良くない？　俺、むしろ江崎さんの声で聴きたいかも」

「彩菜ちゃんの声もいいですよ。でも同じことを彩菜ちゃんご自身も言っていて。だから必死で練習してるんです」

そうか……と、怜司が口元に手を当てた。

「なんかいろいろナーバスになってるときに」

「あの、お急ぎでご連絡したいことって、何か困った事でも？」

たいしたことじゃないんだけど、と怜司が口ごもった。

「ちょっと家族でもめてて」

「お父様と？」

「いや、母親と」

えっ、と声が出た。この兄妹の母親は亡くなっていると思っていた。

怜司が冷めた声で笑った。

「ひょっとしてあいつ、母親は死んでるとか言ってた？」

「そういうわけではないのですが……」

そう感じたのは彩菜というより、むしろ怜司の姿からだった。

怜司はこの寺に何度か物を運んできてくれたが、前に一度、裏手にある観音像の前にいるのを見たことがある。それは優しい母を思わせる像で、静かに手を合わせている姿に声をかけそびれてしまった。

「私、このあと彩菜ちゃんと合流しますから、お電話するように伝えましょうか」

いいです、と怜司が言った。

「また電話します。俺が気にしてるだけで、たいしたことじゃないかもしれないし」

お邪魔しました、と礼儀正しく言い、怜司は去っていった。

背の高い後ろ姿を思い浮かべながら、隣で音楽を聴いている彩菜を見る。

アロマオイルの香りはいくつか候補があったが、最終的にはイメージキャラクターの彩菜に判断をゆだねて今の香りに決まった。

よく似た香水をつけていたというのは、彩菜の母だったのだろうか。

そうだとしたら、親子の好みは似るのかもしれない。

バスセンターの構内にエンジン音が響き、東京行きの便が何台も入って来た。東京の会社のバスに続いて、新潟の会社の車両が走ってくる。

最後に一台だけ、ゆっくりと白いバスが入って来て、目の前に停まった。

腕まくりしたシャツの袖を下ろしながら、背の高い運転士が降りてくる。それを見た彩菜がヘッドフォンをはずした。

「沙智子ちゃん、今日って何号車？」

チケットを見ると、目の前のバスだった。

「ハクチョウさんですよ、我らが美越の。嬉しいですね」

あんまり嬉しくないかも、と彩菜が言うと、袖のボタンを留め終えた運転士がこちらを見た。

最悪……と彩菜がつぶやいた。

濃紺の制服がよく似合うその人は、彩菜の父だった。

東京行きの深夜便は通常、一席のシートが三列に並ぶ独立シートだが、今回の白鳥交通の便は二人がけの席だった。

彩菜と並んで座ると修学旅行を思い出し、気分が浮き立った。しかし通路側の席に座った彩菜は沈んだ顔をしている。

バスに乗るとき、彩菜と父親が短い会話を交わしていた。

彩菜の父は今日は休みだったのだが、何かの事情で急に担当することになったようだ。

しかし二人の言葉は互いに冷たくて、聞いているこちらが辛くなった。

怜司は母と問題があったと言っていたが、父ともうまくいっていないようだ。

バスは新潟市内を抜け、高速道路に入った。美越が近づいてきたので、彩菜のほうを見ると、眠っているのか目を閉じていた。

遮光カーテンをくぐって、窓の外を見る。真っ暗ななかにぽつり、ぽつりと家々のあかりが見えていた。高速道路からは見えないけれど、その先には自分たちの家や通っていた学校があるはずだ。

今、このバスを運転している彩菜の父は、中学時代に見かけたことがある。

中学に入学したとき、隣のクラスにいた彩菜はとても目立っていた。

もの言いたげな大きな瞳も目を引くが、それ以上に制服が身体の線にぴったりと合っていて、他の子の服と明らかに違っていた。野暮ったい制服がとても洗練されて見えたが、人によっては身体の線を強調しすぎだと言い、すぐに学校で問題になった。

制服の改造を教師にとがめられて、「だってこっちのほうがラインがきれいだから」と彩菜は言ったそうだ。続けて、太っている場合は制服の身幅を出すのが許されるのに、痩せている場合にウエストを詰めたらいけないというのはおかしいと言いだし、身体をきれいに見せない服なんて、服じゃないと堂々と発言したらしい。

すぐに父親が学校に呼び出され、放課後に彩菜と一緒にいる姿を見かけた。

降り出した雨に背の高い父親が娘に傘をさしかけると、その傘を奪い取って何かを言い、彩菜は一人で走っていった。残された父親は雨に打たれながら、暗い顔で駐車場に向かっていった。

それから彩菜は制服を買い直されて、服装は他の子となじんだが、教室ではずっと孤立していた。それは二年生になって同じクラスになっても続いたが、本人は気にしている様子はなく、休み時間はいつも布を手にして何かを縫っている。

何を作っているのだろうとある日、見てみると、レースのヘッドドレスだった。あまりに綺麗だったので、それをかぶった彩菜の姿を授業中にノートに描いてみた。その姿が魔法使いのようにも見えたので、箒《ほうき》にのせてみたがあまり可愛くない。

窓の外を見たら、シベリアから飛来してきた白鳥が田んぼを歩いていた。そこで彩菜をモデルにした女の子を白鳥に乗せてみた。その途端、さまざまなイメージが浮かんで、いろいろな角度から見た絵を描いてみる。

教室で孤立しているのは自分も同じで、「話し方がキモい」と言われて、昔から友だちはいない。しかし彩菜のように顔立ちのきれいな女の子が群れずにいるのは、自分と違って飛び抜けて格好良く見えた。

それから退屈な授業の合間、ななめ前に座っている彩菜をモデルにして、ノートにイラストを描いた。さまざまなポーズをとらせて、似合いそうな衣装を着せてみる。ひそやかな楽しみだった。ところがある日、掃除の時間に草むしりを終えて教室に戻ると、そのノートが破られ、一枚の絵が黒板に貼り付けられていた。

それは一番、肌の露出が多い絵で、彩菜をモデルにしたのがわかる分、たいそういやらしい。

あわててその紙を外してカバンに突っ込み、そのまま家に帰った。教室を出るとき、誰かが「エロシャチ」と笑ったのが耳にいつまでも残っている。

その翌日から学校に行くのが怖くなった。

これまでどんないたずらをされようと、学校を休んだことはない。自分は優雅で高貴な存在でありたいと思っていたから、いやがらせに屈したら、彼らと同列になってしまう。

しかし勝手に自分の持ち物を見られたのが怖い。それ以上にクラスメイトを裸同然の姿で描き、それを大勢の目にさらされたとは高貴にも優雅にも程遠い。

自分も恥ずかしいが、それ以上にあの子にとてつもなく悪いことをした。そう思ったら、いよいよ学校に行けない。

ところがその三日目に、学校からことづかったプリントを持って、彩菜本人が寺にやってきた。渡されたプリントはわざわざ届けるほどのものではなく、応対に出た母によると、もしよかったら会いたいと冷たい口調で言って、玄関で待っているらしい。どうやら怒っているようだ。

そこで部屋に来てもらい、黒板に貼られたイラストを見せ、手をついてあやまった。黙っているのでおそるおそる顔を上げると彩菜がイラストを見て、首をかしげている。

「全然エロくない……というか、可愛くない？」

他にも見せろと言われて、一番、気に入っているイラストを見せる。それは白鳥に乗っている姿で、軽く色をつけていた。

うわ、何？ と彩菜が声を上げた。

「これ、むちゃくちゃ綺麗！ これ、ほんとに私がモデル？ 嘘ぉ」

もっと見せてと言われて、他の角度からの絵を出してみる。どうして白鳥に乗っているのかと聞かれて魔法使いという設定だというと、マンガを見せろと言われた。

「マンガは描いていないのです。イラストだけです」

もったいない、と彩菜が言った。

「マンガにしちゃえばいいのに」

「絵は描けますけど、お話が浮かばない。この絵は、リアルな世界、私たちが今いる世界に生きてる主人公が、ある日、突然、異世界に行きまして……」

イセカイ？ と彩菜が戸惑った声を出した。

変なこと言ってるって思われてる？ おじけづいたが言葉を続ける。

「ま、魔法の王国です。魔法の島と大陸がありまして……そこでこれから彼女が冒険をしようという場面です」

「話、できてるじゃん」

座布団にひろがったスカートのひだを整えながら彩菜が笑った。

「その島がまったく想像つかなくて。どういう形で、何があるのか。そういうところが……」

「島？　佐渡みたいな？」

えっ、と聞きかえしたら、彩菜がノートのはしに佐渡島の形を描いた。

「いいじゃん、佐渡島で。形、格好いいし。魔法の島の地図？　駅へ行って観光案内もらってくればOK。実在の場所をモデルにしたら面白くない？」

「魔法の大陸は……」

「じゃあ新潟？　坂とかビルとかタワーとかあるし。リアルな世界のレインボータワーが、魔法の世界では『虹色の塔』って場所になるとか。塔というと二つ欲しいなあ」

「二つの塔。指輪物語みたいに？」

「指輪物語、好き？」

「大好きです」

私も、と彩菜が身を乗り出したとき、家の鳩時計が鳴った。

そろそろ帰ると彩菜が壁にかかった時計を見た。服の袖詰めや幅出しの内職をしている祖母の手伝いがあるのだという。

「おばあちゃん、最近、細かい仕事ができないんで、私がいないと困るの」

じゃあ、また明日、と彩菜が立ち上がった。

「明日？」

「さよならとかバイバイって言うの、きらい。寂しいから。明日、学校に来る？」

勝手に首がうなずいていた。この話の続きをしたい、聞きたい。

なによりも、この子に寂しいと言われたのが嬉しい。

彩菜を見送るために外に出ると、白鳥交通の路線バスが走っていった。

白鳥に乗る魔法使い、と彩菜が笑った。

「その白鳥、リアルな世界ではバスになってたりして……」

「オオハクチョウでしたら、バスになるのもアリかもしれません」

「マンガができたら東京に売り込み？　持ち込み？　しなよ。ハクチョウさんに乗って」

ねぐらに帰る白鳥が群れをなして飛んでいく。空を見上げて、彩菜が笑った。

十代の自分たちを思い出して微笑むと、高速バスは美越の停留所を過ぎていった。

隣を見ると、リクライニングさせたシートにもたれ、あのときと同じ、空を見上げるようにして、彩菜が眠っている。

微笑んでいるような寝顔を見たら、お礼を言いたい気持ちでいっぱいになった。

バスは新潟県内で一度、埼玉県に入ってもう一度の休憩を取って、走り続けた。

彩菜は二度目の休憩で目を覚まし、外の空気を吸いにいったが、すぐに戻ってきて眠った。

東京に近づくにつれて空が明るくなってきた。何度も見てきた風景を沙智子は眺める。

高速バスはずいぶん昔から利用している。

高校時代は美術大学への進学を夢見て、東京の美大専門の予備校に一時期、バスで通った。美大への進学を断念して、新潟市の専門学校に通うようになってからは、月に一度、上京して、美術展や映画を見るようにしてきた。そして今は描き上げたマンガを出版社に持ち込みにいくとき、バスを利用している。

しかし作品を出版社に持ち込むと、いつも言われる。絵は良いが、ストーリーが弱いと。その縁でたまにイラストの仕事をもらえるが、本当に描きたいのは、その人物が泣いたり笑ったりして成長する姿だ。しかし、今のところ一人ではデビューにこぎつけることはできない。

ウェブで発表しているフルカラーのマンガ、自分たちはウェブコミックと呼んでいる作品が評判を得たのは、ストーリー作りに彩菜と絵里花が参加しているからだ。

ずっとこうして作品を作っていきたい。最近、それをよく願う。

しかし彩菜には恋人ができ、結婚を考えているようだ。映画の製作を目指していた絵里花は、ウェブ関連の会社を立ち上げないかと知人に誘われている。

二十代半ばに入り、それぞれが自分の道を見つけ始めている。

この夏の読者イベントが大がかりになったのは、これを最後に、趣味としては大きくなり過ぎたこの活動を締めくくろうとする意味合いもあるのかもしれない。

バスが東京に入り、車内にあかりがついた。隣で彩菜が目を覚まし、小さく伸びをしている。

「ああ……むちゃくちゃ寝た気がする。沙智子ちゃんはどう?」

「よく眠れました」

よかった、と言って、化粧道具を抱えた彩菜が車内のトイレに向かった。

バッグから色つきのリップクリームを出し、沙智子は簡単に身だしなみを整える。

よく眠れたと彩菜には言ったけれど、毎回、深夜バスでは眠れない。

いつも何かを望んで東京行きのバスに乗る。今の自分ではない、もっと素敵な自分になれることを目指して。行きの車内では期待に心が昂ぶり、帰りは自分の力不足に打ちのめされて、一睡もできずにいる。

朝焼けに染まった町並みを見ながら思う。

一体、何年、これを繰り返してきたのだろう。

バスが池袋に着くと、絵里花が停留所で待っていた。運転士が彩菜の父だったことに驚いていたが、幸先が良いと笑っていた。

バスのトランクから荷物を出し、絵里花の車へと運ぶ。彩菜の荷物を運ぼうと戻ると、きっちりと化粧した彩菜を見上げて、小さな女の子が〝アヤニャン〟かと聞いていた。

手にしたスナック菓子には、自分が描いたイラストと彩菜の写真が入っている。

彩菜が唇に指を当て、「質問は、許可しません」というポーズをとってみせると、少女と母親が楽しそうに笑った。

つられるようにして彩菜と絵里花が笑い、彩菜の父の表情もわずかに緩んだ気がした。

中学時代、彩菜が冗談のように言った物語の設定は、あのあと二人で練り上げ、今では主人公たちが生きるリアルな世界として、実際の新潟市の風景を描き込んでいる。魔法の世界ではそれを大きくアレンジした絵を展開しており、夏のイベントでは、モデルになった場所の地図を配布して、スタンプラリーをする予定だ。

黒板に貼られたノートの切れ端から始まって、少しずつ世界は広がっていった。しかしその夢の世界もそろそろクライマックスを迎えようとしている。

彩菜の父が運転席に戻り、バスが動き始めた。それを見送りながら、ぼんやりと思う。

美大生にはなれなかった。漫画家にもなれずにいる。願っていることはあるけれど、それを友に言い出す勇気もない。

何度、バスに乗ったら、望んだ自分になれるだろう?

「行こう、サーニャン」

朝日のなかで最高にきれいな彩菜が誘う。その隣で迷彩服を着た絵里花が立っている。眼鏡をはずして見れば、それは物語の登場人物が目の前に降り立ったようだ。

「サーニャン、こら、目ぇ開けたまま寝るな。わしらの大将は朝が弱くていかんよ」

「起きてますよぅ……たぶん」

目をこすって眼鏡をかけたら、二人が笑っていた。

夢の世界はいつか終わる。

わかっているけど、今は手をとりあって駆け抜けたい。

リアルな世界で『旅の仲間』ができるなんて、遠い昔は想像もしていなかった。

第五章

　木曜の夕方、萬代橋近くのパーキングから車を出して、利一は新潟市内の繁華街、古町へと向かう。目指す店に近いパーキングは空いておらず、少し離れた所に車を停めて歩き始めた。

　昔は大きな買い物があるとこの町に出ていたが、最近はインターネットで注文したり、自宅近くのショッピングモールに行くことが多く、商店街を歩くのは久しぶりだ。

　〝水の都〟と別名を持つ新潟市は碁盤目状に区画されており、信濃川と並行して〝通り〟と呼ばれる数本の大きな道と、その道を横につなぐ〝小路〟と呼ばれる大小の道が設けられている。

　これらの道は昔、すべて深い堀で、北前船の寄港地でもあった新潟港に運びこまれた荷物は、〝通り〟や〝小路〟の水路を通って陸揚げされていたという。

　現在、すべての水路は埋め立てられて道になっているが、その呼び名は道の名として今も残っており、町のいたるところに小路の名前や由来が書かれた案内板を見ることができる。

本町市場がある通りを白山神社に向かって歩き、小原小路を越えて新津屋小路へ——。新鮮な野菜や果物が並ぶ露店を見ながら、人情横丁と呼ばれる本町中央市場へ出ると、鮮魚店の店先で旬の魚を串焼きして売る香ばしい匂いが漂ってきた。

その一角を越えると、美雪の家族が好きだったタレカツ丼の店が近いはずだった。

久しぶりに歩いたので自信がなく、注意しながら店を見ていくと、洒落たカフェの扉に彩菜たちのイベントの可愛らしいポスターが貼ってあった。三人が作っているウェブコミックの登場人物たちと並んで、主人公の扮装をした彩菜が唇に指を当てて、笑っている。

「質問は、許可しません」というそのポーズとコスプレをした彩菜は思った以上に子どもたちの間に浸透しているらしい。

先月、臨時で東京への深夜便を担当したとき、彩菜と沙智子が客として乗りこんできた。彩菜はごく普通の服装をしていたが、池袋に着いたとき、乗客の小さな女の子が彩菜を見上げて、ひょっとして〝アヤニャン〟かと聞いていた。

優しく微笑むと、彩菜はポスターのような仕草をして、唇の前で軽く指を振ってみせた。すると女の子は嬉しそうに笑い、秘密を守ろうとするかのようにうなずいていた。

彩菜の写真の下に書かれたものを読むと、イベントは今週末で会場はかなり大きい。趣味の延長かと思っていたが、こちらも想像以上に本格的なものになっているようだ。

ポスターから目を離して足を速めると、タレカツの店はすぐに見つかった。二人分の持ち帰りを頼み、出来上がる間、カウンターに座って待つことにする。

お盆を過ぎて現れた美雪はまた痩せて、血の気が薄くなっていた。この年代の体調不全は通常は太るらしく、病気が潜んでいるのではないかと診察を受けたらしいのだが、目立った問題はなかったらしい。

それ以上言わないところを見ると、理由は怜司の肌と同じく、たぶんストレスなのだろう。

カウンターに出された水を飲みながら、先月のことを思い出す。

彩菜と怜司に病院で鉢合わせしたあと、敬三のマンションに美雪を送った。荒れ果てた部屋で崩れ落ちるようにして泣いた美雪を見ていたら、抱き寄せていた。

それは一瞬のことで、互いにすぐに身を離した。そのまましばらく黙ったままでいて、めまいがおさまったという言葉を機にマンションを出た。

あの抱擁《ほうよう》を美雪がどう思ったのか、わからない。ただ、自分のなかでは泣いている子どもをあやした感覚に近い。その翌日にメールが来て、昨日の礼が書いてあった。

それからしばらく連絡がなかった。ところが八月に入ってから、暑中伺いの言葉とともに古家が売れそうだというメールが来た。追伸に、マンションを片付ける件、ご好意に甘えていいだろうかという言葉があり、八月の下旬に新潟に行く予定だと書いていた。

東京と関西を行き来する仕事を二度繰り返すと、八月も終わりに近づき、その日が来た。怜司と一緒に作業に当たるつもりが、怜司は彩菜のイベントの手伝いがあるという。仕方なく一人で午後から美雪の父、敬三のマンションに行き、美雪とともに部屋を片付けた。本を棚に入れてから、敬三の書斎でやりかけになっていた高級オーディオの配線をする。それを終えてリビングに向かうと、美雪がソファにもたれて眠っていた。

部屋の隅には薄い布団が畳んであった。しかしそれに触れるのはためらわれ、部屋にいるのも気まずいと思ったとき、古町にあるとんかつ屋のことが頭に浮かんだ。

敬三は昔、その店のカツをテイクアウトしてパンに挟み、夜食にするのが好きだと言っていた。そこで散歩がてら夕飯に買いにいこうと思い、久しぶりに繁華街を歩いてここまで来た。

持ち帰りの包みができあがったと店員に声をかけられた。

精算を終えて外に出ると、美雪から電話が来た。申し訳なさそうに、うたた寝したことを詫びている。夕飯を買っていくと言ったら少し驚き、小さな声で礼を言った。

タレカツ丼の包みをぶらさげ、来た道を再び帰る。若いカップルとすれ違ったとき、学生時代にアルバイト代が出ると、持ち帰りの海苔弁当を二人分買って、美雪と食べたのを思い出した。

それで……とソファテーブルの前に正座をした美雪がカップラーメンを見た。

「ラーメンも作ってくれたの？」

まあ、そんなところだ、と座ると、調理時間の三分が来た。

「そろそろ蓋を開けていいぞ。学生時代、海苔弁と一緒によく食ったよなあ。味噌汁がわりに」

食べたけど、と苦笑いをしながら美雪がカップ麵の蓋をはがした。

「二十歳の頃の話よ。それにカツ丼とラーメンって、食べ盛りの高校生みたい」

「これにカレーがあったら三大メタボ食だな。でも、お」

お前、と言いかけて、途中でやめた。

「……もうちょっと太ったほうが体力がつくんじゃないか？」

美雪が微笑み、箸を動かした。買い物に行っている間に化粧を直したのか、唇が桃色に染まっている。その色ひとつで、血の気が薄い肌が白く瑞々《みずみず》しく見えるのが不思議だ。

カツを一口食べて、恥ずかしそうに美雪が言った。

「食欲がなかったんだけど、すいすいと入ってしまう。なつかしい味ね」

カツ丼、あるいはタレカツ丼と呼ばれるこの丼は、薄いカツを甘辛いタレにくぐらせたものが飯に数枚載っているもので、玉子でとじていない分、揚げた肉のうまみがじかに伝わってくる。

こんなにおいしいのに東京では見かけない、と言ったあと美雪が小さく笑った。

「そんなこと、知ってるわね。仕事で毎週、往復しているんだもの」

「往復してるだけだよ」

「東京に来た時は、何を食べてるの？」

いろいろ、と答えて、タレがしみて、ばらついた飯粒を箸で集めた。

「美雪こそ東京で今、何をしてるんだ？　パートをしてるって言ってたけど」

仕事？　と言って、美雪も丁寧に飯粒を集めた。

スチロールの器の隅に箸が当たって、こそばゆい音がする。

「いろいろやってて。メインは医療事務。昔は別のところでフルタイムで働いていたけど、今は週に三日、近くのクリニックで……。夫は製薬会社に勤めていて」

少しためらった後、年下なのだと美雪が言った。いくつ下だと聞くと、四歳だと答えた。

「年下って言ったって、三、四歳なら、たいして差はないじゃないか」

そうでもないわ、と美雪が目を伏せた。

「それにその手の仕事をしてるなら、自分のこともお父さんのことも相談しやすそうだ」

「医療関係というだけで、診察できるわけでもないし。事例を知っていても、それが私や父にあてはまるかどうかは、わからない。でもそれは私も同じ。だから不安になる。特に父のこと」

食べる手を休め、美雪がペットボトルの茶を二つのグラスに満たした。

「最近、父が時々物忘れをするの。取り違えも、たまに」

「この前みたいなこと？」

「もっと些細でくだらないこと。すぐに思い出すし、父は隠そうとしているから、見て見ぬふりをしてる。だからアルツハイマーとか、そういうわけではない……気がするんだけど」

グラスの茶を飲んで、美雪は膝に手をおいた。

「でもそうやって不安になるたびに思うの。最近、私、また体調が悪くなってきて……めまい以外にも、文字が見づらくて辛い。活字が好きなのに……読書が趣味なのに。最近何も読まなくなった。今までずっと普通にやれていたことが、だんだん出来なくなってくるのって怖い。父は」

美雪が言葉を詰まらせた。グラスに茶を注いでやると、軽く頭を下げた。

「父は……身体の自由がきかなくなって。それまで当たり前だったことが一気にできなくなったんだって思うと、取り乱さないほうが不思議よね。そう考えると、些細な物忘れで、いちいち動揺する自分がひどい娘に思えてくる」

どう答えたらいいかわからず、ラーメンをすすった。美雪が箸を置き、ティッシュで口元を軽く押さえた。

まず、と言ったら、美雪が顔を上げた。

「視力に合った眼鏡を買え。そうしたら趣味が復活だ。ぼやいてないで、まず眼鏡屋だ」

美雪がかすかに笑って、箸を取った。

「ラーメンも食えよ」

柔らかそうな髪を耳に掛けて、美雪がラーメンに箸をつけた。

「でも無理して食うな」

どっちなの、と美雪が箸を止め、「いやな人」と笑った。

「いやな人ってなんだよ」

「冷たくてぶっきらぼうなくせに、ひとたび気を許すと、とことん甘やかしてくる。いやな人ね、昔から」

どうして最後まで甘やかしてくれなかった、と美雪が早口でささやいた。

「夫婦ってのは、どちらかが甘やかすだけではうまくいかないよ」

そうね、と美雪が椀に目を落とした。

「本当に、そうだわ」

それから会話はとぎれ、食事を終えると七時を過ぎていた。

思った以上に長居をしたことに気付いて立ち上がる。明日は仕事なので、病院の送迎を怜司に頼むというと、美雪が首を振った。

「大丈夫よ。バスもタクシーもあるから。今日だけでも十分なほど助けてもらった」

「一応言ってみるよ。もし送迎できそうなら、あいつから連絡させる」

美雪が浮かない顔をした。その表情にかぶせるように「親子なんだから」と言った。

「いろいろあったけど、病院であんな会い方をして、そのまんま放っておくのはよくない。今、歩み寄らなければ、いつまでも溝は埋まらんよ」

玄関に行って靴を履こうとすると、美雪が靴べらを差し出した。

それを受け取ったとき、東京にいた頃、毎朝こうして靴べらを渡してくれたのを思い出した。きっと今も、夫が出勤するときこうしているのだろう。

今の彼女はどんな人だと美雪が聞いた。

「よく笑う？　明るい？　やさしい人？」

「美雪の亭主はどんな男だ？」

「あまり言いたくない」

「なら、俺にも聞くなよ」

靴べらを返すと、美雪がまっすぐに視線を向けてきた。物怖じをしないこの眼差しに惹かれて、結婚後にやがてそれが辛くなってきたのを思い出した。

じゃあな、と言ったら、眼差しは静かに足もとへ落ちていった。

その翌日は午後からの東京行きの担当で、日が暮れる頃には池袋に到着した。いつものように休憩室で身体を休めてから、閉店間際の志穂の店に向かう。

前回の東京便のときは、志穂は地方で開催された薬膳の勉強会に行っていたので、十日以上会っていない。

朱色のドアを開けると、志穂がえくぼを深くへこませて「いらっしゃいませ」と言った。

見るからに嬉しそうな笑顔を向けられ、ほんの少し照れくさい。

カウンターには年配の女性が一人で食事をしていた。そこから離れた一番端の席に座って、焼き魚の定食を頼む。鮭の西京漬けを食べ終え、デザートの青梅のゼリーにスプーンを入れると、女性客が会計をして店を出た。

ちらりと時計を見た志穂が「準備中」の札を取った。

「ちょっと早いけど、今日は閉めちゃお」

「ちゃんと稼いだ方がよくないか」

いいの、と言って志穂が札を外にかけて戻ってくると、いきなり背中に抱きついてきた。

「来た～、リイチ！　久しぶり。私、今日は朝からすごく会いたくて。お店を休んで夕方、営業所まで迎えにいっちゃおうかと思ったほど」

笑ってゼリーを食べていると、「冗談」と志穂が軽く言った。

「そんな重いことしないけどね。だけど、今日はちょっとだけこうしてていい？」

首に腕をまわして、志穂が背中にもたれてきた。

「重い。飯が食えない」

「もうデザートじゃない。ゼリーなんて一気に飲んじゃって」

「無茶言うな」

そう答えた瞬間、ドアノブが回る音がした。

あわてて志穂が身を離すと、ドアから男の顔がのぞいた。陽に焼けた精悍な顔立ちの男で、この間、志穂にレーズンを持ってきた男だった。

「いらっしゃい、宇佐美さん」

「今日はもう終わり？　早いね」

ほんの数分前、ここを通ったのだ、と朗らかな声がした。

「コンビニに行って戻ってきたら、もう準備中になってて。ダメモトでちょっとのぞいてみたんだけど」

「発芽玄米が終わってしまって。あとはメインのおかずも」

タッチの差か、と残念そうな声がした。

「ものすごく腹をすかせてきたのに」

志穂が心配そうな顔をして、カウンターに入ると、いくつかの密閉容器を開けた。

「メインはないけど副菜の小鉢で良かったら。おひたしや煮物ばっかりになるけど」

全然かまわないよ、と宇佐美が入ってきて、カウンターに座った。

「むしろそっちのほうがいいかも。時間がないから」

「お持ち帰りになさる？」

「小鉢でちょっと飲んで、すぐ帰る。これ、渡そうと思って」

宇佐美が冊子のようなものを志穂に渡した。

この間の写真？　と志穂がうれしそうに冊子を手にした。

「凝ってるね、ありがとう。でも画像だけ送ってくれてもよかったのに」

そんなこと言わないでよ、と宇佐美が笑い、志穂がカウンターに小鉢を三つ置いた。

「この間の志穂さんの料理、ほんと大好評で。別件でまたケータリングを頼みたいって人がいるんだけど、連絡先を教えていい？」

志穂がうなずき、店の名刺を渡そうとすると、「持っているからいい」と宇佐美が断り、小鉢を食べ出した。

浅くえくぼを浮かばせて志穂が宇佐美からもらった冊子に見入っている。それを見ながら宇佐美が誰かの名前を数名あげた。

「また来てくれって。今度は仕事じゃなくて、純粋に遊ぼうよ。先輩のところの末っ子、ほら、ユーリが一緒に海に入ろうって言ってた」

礼を言ったが行くとは言わず、志穂が冊子を指さした。

「ユーリくん、可愛く写ってるね」

可愛いよね、と宇佐美がうなずいて、その写真を見た。

「俺も自分の子にサーフィンを教えてやりたいな。その前にまず相手を探せってか。四十前には決めたいなあ」

「男の人はいくつになってもお子さんが出来るから」

そうだけどさ、と宇佐美が茄子の煮物を口にはこんだ。

「あまり年とってから作ると、おじいちゃんですかって父兄参観で子どもが言われそうじゃない。今ならギリでなんとかなりそうだけど」

顔を上げると、宇佐美がこちらを見ていた。志穂は冊子を見て微笑んでいる。

「親子でサーファーっていいね」

だろ？　と宇佐美がビールを飲んだ。

「俺と作ろうか」

「出来なかったら、どうするの？」

別に、と宇佐美が肩をすくめた。

「そしたら二人で仲良く年取ろう。仲の良いおじいちゃんとおばあちゃんになるのさ」

宇佐美さん、と志穂が呼びかけ、冊子をカウンターに置いて洗い物を始めた。

「うちは飲み屋さんじゃないから、そういう冗談はやめて」

「冗談じゃない」

宇佐美が手にしたグラスを置いた。

「俺は一度も結婚したことがない。軽い気持ちでそういうことをしたくないからさ。こういう所で言うなっていうなら、ちゃんとそういう場を設けて言うよ。でも志穂さん、誘っても乗ってくれないし。さっきだってうまくかわされたし。そろそろ遠回しに断られてるのに気付けってことか？　決まった人がいるの？」

お茶ください、と志穂に声をかけると、「はい」と志穂が布巾で手を拭いた。

「デザートも」

「はい……珍しいね」

「もうひとつ食いたくなった」

お茶を淹れながら、「宇佐美さん」と志穂が優しく言った。

「ケータリングのご用命は私、喜んでうかがいますけど、お休みの日は食材のこととか、いろいろ勉強したいことがあるの。それにね、宇佐美さんはこの間、納豆の匂いをかぐだけでも死にそうになるって言ってたけど、私、毎朝納豆を食べるから困ると思う」

納豆か、と宇佐美が苦笑した。

「朝からあの匂いはきついわ」

「じゃあ、無理ね」

宇佐美が笑って立ち上がり、残った料理をテイクアウトにしてくれるように頼んだ。

「うちの若いのと、今の話をつまみに酒飲んで泣くよ」

「仕事ができなくなっちゃうね」

志穂が包んだテイクアウトの袋をさげ、宇佐美が出ていった。

追加したゼリーを食べ終えると、先にくつろいでいてくれと志穂が言った。

すすめに従い、二階に上がってテレビを見ていたら、志穂がトレイを持って階段を上がってきた。トレイの上にはさきほどの冊子と薄茶色の飲み物が入ったグラスが載っている。

枇杷の葉茶ができあがったのだという。

飲んでみると甘みがある麦茶のような味わいだった。天日で乾燥させたものを軽く炒《い》りつけて香ばしさを出したのだと、少し得意げに志穂が言っている。そして戸棚を開けると、枇杷茶の入ったファスナー付きの袋を三つ、差し出した。

その袋を受け取り、かわりに来月の運行の予定表を見せる。嬉しそうに予定表を見ながら、志穂がカレンダーに東京行きを担当する日を書き込み始めた。

あれ、と志穂が首をかしげた。

「深夜便っていつも新潟に帰るバスばっかなのに、来月は東京に出てくる便があるんだ」

「一回だけな」

本当は先月も臨時で一度だけ東京行きの便を運行していたが、そのときはここに来ないで、ずっと営業所にいた。

「じゃあ、その日は何時頃、うちに来れそう？　朝ご飯を一緒に食べようよ」

「そのときは悪いけど、ずっと営業所にいるよ。通常の運行とは少し事情が違うから」

ふうん、と志穂がつまらなさそうな顔をした。

「そのうち、これが定着したら来るけど……」

ふうん、と再び声がして、今度はツンとあごが上がった。

「最近、リイチさんってなんだか……」

なんだよ、と言って志穂を見ると、なぜか照れたように笑った。

「まあ、いいや。ねえリイチさん」

うん、と、テレビのバラエティ番組に顔を向けると、志穂がテレビを消した。

いきなり消されたのに驚いて志穂を見ると、真剣な顔をしていた。

「リイチさん、あのね、さっき、いやだった？」

「なんのこと？」

「宇佐美さんのこと。ごめんね、断らなくて。怒ってる？」

「怒ってないよ」

「だって、デザートをおかわりしてたじゃない」

うまかったからさ、と答えたが、あのあと宇佐美が小鉢を持ち帰りにして去った姿が妙に鮮やかに記憶に残っている。

「ひょっとして、常連客を減らしたかな」

志穂が首を横に振った。

「さっき、納豆が憎いって、メールが来て、明日の日替わり定食を予約していった。こういうのって関西風の冗談なのかな。ちょっとドキドキするね」

「メールのやりとりをしてるんだ」

「してるよ、お客さん用の携帯で。アドレスを教えてくれた人に毎日、明日のメニューを送信してるの。人気のおかずはたまに売り切れることがあるから、予約もね。リイチさんは大丈夫だよ、東京に来る日はどれも一食分、取り置きしてるから。ねえ、それより、これ見て」

志穂が冊子を広げた。宇佐美のサーファー仲間のパーティにケータリングをしたときの様子だという。

写真は洒落たレイアウトで配置され、気の利いたタイトルやコメントが添えられていた。まるで雑誌みたいだというと、宇佐美はウェブや印刷物のデザインの仕事をしているとのことだった。

志穂が料理の写真を見せて、嬉しそうに説明を始めた。写っているものは店で出すものとは違い、エスニック風の大皿料理が多く、盛りつけも手で食べられるように様々な工夫がされている。

こんな洒落た料理も作るのか、と感心しながらも、どちらかというとそれ以外のもののほうに目がいった。

パーティの会場は仲間の一人のセカンドハウスで、アメリカの西海岸をイメージして建てられたという、中庭があるコテージだった。写っている人間の年代は様々だが、肩の力が抜けた洒脱な雰囲気の男女が多い。

ページをめくると、水着姿の男たちと志穂が笑っていた。若者も年配者もいるが、みんな鍛えているのか身体に緩みがなく、笑顔がまぶしい。

その写真の隣には志穂と宇佐美が小さな男の子と一緒に並んでいた。三人で生春巻きを持って屈託なく笑っている。

家族写真のようなその一枚を見つめた。

子どもを作ろうかと、あの男は志穂に言っていた。

軽々と言い放ったその言葉に、あの時、ひるんだ。自分が志穂との間に子どもを作ったら、成人するときには七十歳。美雪の父親と同じ年代だ。

志穂の話はスイーツの話から飲み物の話へ移り、再び枇杷茶に戻った。枇杷の葉のエキスも作ったが、それはもう少し熟成させたほうが良いと言っている。

「ねえねえ、リイチさん、聞いてる？」

「枇杷エキスの話だろう？　ちゃんと聞いてるよ」

「今日のリイチさん、なんか変。ぼうっとしてる」

そうかな、と答えて横になると「そうだよ」と志穂がうなずいた。

「志穂だって、今日はやけにしゃべるじゃないか」

「なんだか突っかかる言い方だね」

志穂が冊子を閉じた。

「私はいつもこれぐらい、おしゃべりしてるよ。リイチさんだっていつもなら、ちゃんと聞いてくれるのに。ひょっとして、あれって私に合わせていつも無理してるの？」

「そういうわけじゃないけど」

横になったらため息のような長い息がもれた。その息を吐ききったとき、自分が思った以上に疲れていることに気付いた。

「……ちょっと疲れたのかな」

夏ばて？　と志穂が心配そうに言った。

「そうかもしれない。いろいろあって」

顔に手を当てたら、また深い息がもれた。

「本当にいろいろあってさ……」

「大変だ、明日も仕事なのに」

志穂が座卓からうちわを取り、あおいできた。

「がんばれ、リイチ」

「がんばってるよ」

「そっか……力抜け、リイチ」

「今、抜いてるところ」

「大丈夫かな、魂まで抜けていきそう」

顔から手を離して薄目を開けると、志穂が上からのぞきこんできて、人差し指で額の中央をさすった。

「魂って、そんな所から抜けるのか？」

「うぅん、なんとなく……顔、凝ってるね」

下から見る志穂の顔は上から見るより柔らかい。他愛のない仕草に気持ちがゆるんで、思わず笑っていた。

「リイチさんが気持ちよさそうにしてるのを見ると、うれしくなっちゃうな」

「今日は大歓迎されてるな」

いつも大歓迎してるよ、と言いながら、志穂が笑った。

「でもね、久しぶりなんだもん。犬だったら、すっごい勢いで尻尾を振ってると思う。人だから、おとなしくしてるけどね」

してないよ、と笑ったら、志穂も笑って立ち上がり、グラスをトレイに載せた。

「枇杷エキスができたら、リイチさんも毎日飲んでね。おいしく作るから」

階段を下りていく小さな足音を聞きながら、宇佐美が作った冊子を再び眺める。

最後のページを見ると、日暮れ時の浜辺で志穂が幼い子どもと一緒にシャボン玉を吹いていた。

カメラを意識していないその笑顔は、遠くから見守り続けた人間だけが撮れる一瞬の表情だった。撮影者の優しい眼差しを感じた途端、軽い言葉の奥に隠した男の真情が心に迫ってきた。

東京へ二往復する仕事を終えると、暦は九月に入っていた。

志穂の枇杷茶と怜司から託された包みを持ち、利一は敬三の病室へと向かう。

包みに入っているのは英語の書物で、怜司が敬三のために取り寄せたものだった。

元々は怜司が持って行く予定だったのが、今朝、東京からの仕事を終えて家に帰ると、台所のテーブルに食べかけのレトルト粥が置かれたままになっていた。

きれい好きの怜司にしては珍しく、不審に思って二階の部屋に声をかけると、「やばい」と返事が戻ってきた。

何がやばいのかとふすまを開けると、クーラーをきかせた部屋で、タオルケットにくるまった怜司が身を丸めている。

「風邪引いた。身体のあちこちが痛い」

いつからだ、と聞いたら、昨日の昼からだという。病院に行ったか、とたずねると、「もう少し治ってから行く」と答えた。

「治ったら行かなくてもいいだろ。朝一番で乗せてってやろうか」

動きたくない、とくぐもった声がした。語尾がかすれている。

「せめてクーラーを切ったほうがよくないか」

「切ったら、今度は汗で肌がかゆくて眠れない」

「何をやって、そんな風邪をひいたんだ?」

先月から彩菜の仲間うちではやっていた、と怜司が言った。

「イベント前に次々、みんなが風邪ひいて。うつるごとに重くなっていってさ。で、一昨日、イベントの片付けが終わったら、俺がひいた。なんか一番最後にババをひいた感じ」

「あとで病院に連れてってやるよ」

車のなかでうつしそうだと怜司がつぶやいた。

「連鎖は俺が食い止めるから。飯は部屋の前に置いておいて。お父さん、それから」

怜司が机の上の袋を指さした。

「それを持っていってよ……あとでメールするわ」

「今、言え」

のどが痛くなってきた、と怜司が弱々しく言った。

「あんまり、しゃべらせないでよ。それ、おじいちゃんに届けてきて」

包みを開けると、英語の小説と何かの文献だった。

「お前が治ってから、持っていってくれ」

「俺、この間、病院までお母さんを送ってったよ。今度はお父さんが頼まれてよ」

お父さん、と、怜司が咳き込んだ。

「この風邪、ホントにやばい。あの絵里花ちゃんでさえ、ぶっ倒れたんだから。ババをひきたくなかったら、それ持って下に行ってよ」

「持っていくのは決定なのか？」

そうだよ、と怜司がまた咳き込んだ。

「会うのがいやなら、ナースステーションに預けたら。でもね、俺はお母さんをちゃんと送迎したからね」

どこか勝ち誇るように言われると断りにくく、仕方なく昼過ぎまで眠ったあと、病院に来た。

平日のせいか、入院病棟は来訪者も少なくて静かだった。ナースステーションに預けようと思ったが、それも不人情な気がして、山辺敬三と書かれた札の部屋をのぞく。すると二人部屋のベッドの上で敬三が本を読んでいた。

ためらいながら声をかけ、怜司の代わりに来たと言って本と枇杷茶を差し出す。

怜司君はどうした、と聞かれたので、風邪をひいたと答えると、枇杷茶を飲むようにと、敬三が一袋を戻した。

「風邪にも効く。なんにでも効くよ。君も飲むといい」

すぐに飲めるように、ペットボトルに入れてきた枇杷茶も渡すと、飲んでいかないかと言って敬三が紙コップを出した。

「もう、味見はしましたから」

「上で飲まないか。外の空気が吸いたい」

上とは何かと聞くと、屋上に小さな庭園があるらしい。

暑くないかと聞いて、遠回しに断ったが、暑くてもいいから外を見たいと、きっぱりと敬三が言った。

断り切れず、看護師に許可を得て、車椅子で屋上に向かう。

屋上に向かうエレベータに車椅子を乗り入れると「遠慮はしないことにした」と敬三がぽつりと言った。

「だから、言いたいことを言う。感謝はするが、申し訳ないとは詫びない」

答えに困って、「はい」と短く答える。敬三はそれから何も言わず、エレベータが上昇する音だけが響いた。

エレベータが開くと、屋上には小道があり、それに沿って花壇がしつらえてあった。小道の先には蔓草を這わせて、日陰を作っている場所があり、その下には小さなテーブルと椅子が置かれている。

敬三の指示に従って、テーブルの前に車椅子を停め、その隣に座る。

高台にあるせいか、町の景色が一望に見下ろせた。

枇杷茶を紙コップについで渡すと、敬三が顔をしかめた。

「これはうますぎるな。本当に枇杷茶か」

炒りつけて香ばしさを出したらしいと言うと、「そんなことしなくても」と敬三がもう一口飲んだ。

「こういう茶はまずくていいんだ」

「お義母さんの味とは違うかもしれませんが、効き目は変わらないと思います」

敬三が町を見下ろした。住宅地の向こうには黄金色の田が大きく広がり、その真ん中を突っ切るように高速道路が伸びて、車が行き交っているのが見える。

黙って景色を見ていると、怜司君は君に似てるね、と敬三がつぶやいた。

そうですか、と答えると、今度は彩菜は美雪に似ていると言った。

「それは似てますね」

「もっとも、美雪はあんな明るい子じゃなかったが」

彩菜たちのウェブコミックのサイトを見ている、と敬三が微笑んだ。

「怜司君から聞いて、談話室のパソコンで毎日、あのサイトを見てる。あの子たちのブログや映像を……」

ウィットに富んだ子だと、敬三がうなずいた。

「頭の回転が速いのは美雪ゆずりだな。あの子は野心のある子で」

なつかしそうに敬三が目を細めた。

「海外で仕事をしたいといって東京の大学へ行った。ずばぬけて英語ができたが、外交官になりたいからと政治学科を選んで。女性外交官……私学からは難しいかもしれないが、あの子ならやりとげそうだと内心期待していたが」

今は何をしているか知っているか、と敬三が聞いた。

あまり話さないと答えると、「そうか」とため息をついた。

「宅建を取ったり、塾の講師をしたり、医療事務をしたり……くるくると職を変えて落ち着かない。糸の切れた凧《たこ》を見ているみたいだ。結局、お前は何がしたかったんだと、ずいぶん前に聞いたら怒って、それ以来、あまり話さなくなった。元々、会話は少なかったが」

結局、お前は何がしたかったんだ、と敬三が繰り返した。

「今思うとその答えは、君と一緒にずっと東京で暮らしたかった、だろう」

遠慮しないと言っただろうと、敬三が笑った。

「言いたいことを言うぞ。不愉快なら帰ってくれ。ただ、ナースに私を取りに来るように頼んでいってほしい。ここに置きっ放しにされたらひからびる」

「うますぎる枇杷茶がありますよ」

「そうだな、うまいから飲みやすい」

敬三が紙コップに手を伸ばし、最近、左手が使えるようになった、と軽く振った。

「右手の方は……」

「右手は幸い無事だったんだが、両手が使えないと本当に不便だ。まだリハビリ中だが」

そうですか、と言ったきり、言葉が継げずに黙った。

君と一緒にずっと東京で暮らしたかったんだ、という言葉が耳から離れない。

世話になってるね、と敬三がうつむいた。

「萬代橋のマンションも片付けてくれたと、美雪が言っていた」

まだ箱から出していない荷物がいっぱいあると伝えると、敬三がうなずいた。

「それは出さなくていい。美雪がだらしなくて放っておいたんじゃないんだ。私が箱から物を出すなときつく言っていただけで」

「ある程度、指示してくれたら、怜司や僕が」

やらなくていい、ときっぱりと断る声がした。

「もうあそこには帰れん。処分するなら箱ごと処分したほうが便利だ」

「そんな気弱なことを」

「客観的に見て無理だろう。あそこの廊下は狭いから車椅子では動けない。そうかといって昔の家も無理だ」

気弱じゃない、と淡々と敬三が言った。

「気弱でいたら娘の足を引っ張る。二人して共倒れだ。それに気がついた。関東の……東京のほうの施設に移りたいと、この間、美雪に言ったよ。この身体ではもう一人では暮らせない」

「この近くの施設では……」

「いつまでも東京とこっちの往復をさせるわけにはいかん。君らにも負担をかけているし」

僕らは……と言ったきり、黙った。たしかにこの状態をずっと続けるのは難しい。

「だからあともう少しだけ、支えてもらえないか」

うなずくと、礼を言って敬三が頭を下げた。

心地よい風が吹いてきた。

風に乗っているのか、大きな鳥が一羽、空を横切っていく。

あっちの施設に行ったら、白鳥の渡りが見えないな、と敬三がつぶやいた。毎年、古い家の上空を飛んでいったのだという。

「夜、渡る群れもいて、机に向かってると鳴き声がよく聞こえた。きれいな鳴き声じゃなかったが。君の家でも聞こえるか？」

「聞こえる気もしますが、あまり意識したことはありません」

白鳥は家族で飛ぶ、と敬三が車椅子の背に頭をもたせかけた。

「大きな群れではなくて、小さな家族が心を合わせて海を渡ってくる。獣でさえ、そうやっていけるのに、どうして人はうまくやれないのだろうな」

敬三がかすかに笑った。

「君のことじゃない。私自身のことだ」

寝ていると昔のことばかり思い出す、と敬三が目を閉じた。

「あの子は君の家を出たとき、夜中に一人でうちに帰ってきた。子どもたちはどうしたと聞いても答えない。子どもを置いてくるなんてとんでもない。頭を冷やして帰れ、と車に乗せて君の家の近くまで送った。帰ったかと思ったが、翌朝君の家に電話をすると、帰っていない。君のお母さんはひどく怒っていて、出て行くのは勝手だが、跡取りの孫は絶対に渡さないと言っている」

何が起きていたのかわからなかった、と敬三が言い、ため息をついた。

「あの子は何も話さなかったから。親の反対を押し切って結婚した手前、意地もあったんだろうが」

あれは……と言ったまま利一は黙る。

母と美雪の間がうまくいかなかったのは、結局、自分のせいだと思うのだが、それを言ったところで、もうどうにもならない。

「あのとき美雪が子どもを連れてきていたら、美越には返さなかった。君のお母さんが母親失格と言ったのもその通りに思えて、あまりかばってやれなかった」

敬三が空を見上げた。

「本当はどうしたいのだと、あのとき、しっかりと聞くべきだったんだ」

「僕が至らなくて」

君のせいばかりじゃない、と敬三が言った。

「私の対応にも問題があった」

おかしいな、と敬三が笑った。

「寝てると考えるのは、あのとき、ああすればよかったという悔いばっかりで」

放っておいてくれればいいのに、と敬三がつぶやいた。

「そんな嚙み合わない親子なんだから、冷たくしてくれたほうが気楽なのに。だけどあの性格だから、私がこうなると、なんとかしようと懸命になる」

今度は逃げてはいけないと美雪は言っていた。今、無理をしなくて、いつするのだと。

もういいんだよ、と敬三が言った。

「これ以上、頑張らなくても。負担のかからぬ施設に入れてくれ。だってそうだろう」

顔を両手で覆った。

「このままでは、あの子がつぶれてしまうよ」

お義父さん、と言って、山辺さん、と言い直した。

「思いつめないでください。具合が良くなったら……」

「これ以上は良くならん。君らとは体力が違うんだ」

何も言えずに黙っていると、高速道路を行く車の音が響いてきた。

ゆっくりと敬三が顔を上げた。

「すまないね、取り乱して」

申し訳ない、と言いかけ、敬三が途中でやめた。

「申し訳ないと言うと生きているのがいやになる。情けない、と言ってもみじめなだけで何も解決しない。前は美雪に会うたびにそればかり言っていたが、もう言わないようにしている」

「僕や怜司にも言わないでください」

言わない、と敬三が静かにうなずいた。

「ただ、君たちにはとても感謝している」

そろそろ戻りたいと言われて、立ち上がった。車椅子の方向を変えようとすると、敬三が高速道路を指さした。

「君はあの道を走っているんだろう」

「そうですね、東京に行くにも関西に行くにも、まず、あの道を通ります」

「病室からも見えるんだ。バスも行けば、トラックも行く。たまに白い大きなバスを見ると、君が乗っているのかなと思う」

「乗っているかもしれません」

今週末にまた美雪が来る、と敬三が言った。

「あの子が来る夜は無事に着くよう、いつも祈っている。明け方に目が覚めると、あの道を走ってくるんだと思うんだよ」

エレベータへと車椅子を押していくと、鳥が空を渡っていくのがまた見えた。

「放っておいてくれと思いながら、会いに来てくれるとうれしい。でも会うと、何も言ってやれない。数年ぶりに会った君にも、いやなことばかり言った。どうしてうまくやれないんだろうな」

「獣ではなく、人だからでしょう」

敬三が笑う気配がして、「彩菜ちゃんは君に似たのかもな」とつぶやいた。

枇杷茶を贈った相手が感謝していたと志穂にメールを送ると、喜んでいる雰囲気の絵文字付きで返事が戻ってきた。そして今度の日曜日、朝ご飯とランチのケータリングの予定があるのだが、二十代から四十代の男性たちはどういう料理が好きだろうかと、メールが来た。

二十代の好みはわからないから、まわりに聞いておくと書き送ると、今度はハートマークが文末にたくさん揺れている返信が来た。誰に見られるわけでもないが、あわててメールを閉じた。

食後や寝る前にそうしたやりとりをしながら関西から帰ってきた土曜日、午後に美雪が新幹線で新潟に来た。午前中は子どもの学校行事があったので今回は新幹線で来たという。

見てほしいものがあるというので、夕方に萬代橋のマンションに行くと、マスクをした美雪が宅配便の配達員からスーツケースを受け取っているところだった。

マスクを指さし、どうしたのかと聞くと、のどが痛むのだという。

「ひょっとして関節が痛くないか？」

少しね、とスーツケースをリビングに押していきながら、美雪が答えた。

「俺たちで間に合うことなら、やっておくのに」

スーツケースを開けた美雪が手を止め、「来たかったの」と小声で言った。

「迷ったんだけど……」

そうか、と言って、ソファに座ると、美雪がマスクをはずした。

大丈夫か、と聞くと、「そんなに具合悪そうに見える？」と逆に聞かれた。

「この間、怜司にもそう聞かれたわ」

「あれはちゃんと送り迎えしたのかい？」

軽くうなずいて美雪が微笑んだ。

「病院からの帰りに、彩菜がお友達と開いているイベントの会場にも連れていってくれた。ちょうどリハーサル中で……すごいのね、大きな舞台が組まれていて、色々な衣装を着た人が大勢いて、その真ん中に彩菜がいた」

「何か言ってたか？」

「彩菜は気がつかなかったと思う。そんな暇がないほど一生懸命で」

美雪がスーツケースの中身をひとつずつ出して、リビングに並べた。すべて畳紙《たとうがみ》で、なかには着物が入っているようだ。

「そのときに怜司から彩菜たちのブログのことを教えてもらって。最近、読んでるの。着物にすごく興味があるって書いていたから、これ」

畳紙のいくつかを開けると、しつけ糸がかかったままの着物が出てきた。どれも美雪の母親が持たせてくれたものらしいが、着る機会がなかったのだという。

彩菜の結婚の際、先方が着物を持ってくるのを望むのなら新しいものを作ってもいいが、何も言われないのであれば、これを持っていってもいいのではないかと美雪が言った。

「気に入ったらの話だけど。どれも良いものだし、彩菜は私と体型が似ているから着られると思うの。もっとも、いろいろな人に聞いてみたら、最近の花嫁さんはあまり着物を持っていかないみたいね」

　結婚なあ、と言ったら、自然と腕を組んでいた。

　どうなっているのかと美雪が聞き、「わからん」と答えたら、眉をひそめた。

「わからないって、どういうこと？」

「男のほうは乗り気だけど、あっちのお母さんは彩菜を気に入らないようだし、彩菜もいろいろ迷っているみたいだ」

　あちらのお母さんがね……とつぶやいて、美雪が畳紙の封を閉じた。

「それならまだ、私が持っていたほうがいいかしら」

　とりあえず受け取って、折を見て話をすると言うと、美雪が嬉しそうに畳紙をなでた。

　その横顔がほんのりと赤みを帯びている。熱が出てきたのは明らかで、今日は家を片付けず、着物を車へ運んだあと、それぞれの夕食を買って別れることにした。

　道が混んでいたので二人で近くのショッピングモールへと歩く。

　美雪と並んで歩いていると、奇妙な心地がした。子育てを終えて二人きりになり、新しい住まいを得て暮らし始めたような気分だ。カートを押して二人で歩くと、その思いはさらに強くなってきた。

　美雪が弁当をひとつ手にとり、怜司とあなたは何がいいかと聞いた。

「俺たちの分はいいよ」

美雪が一人分の弁当をカゴに入れた。大きなカートにぽつんと入った弁当が寂しくて、菓子やジュースを入れた。精算した後、それを美雪の袋に入れようとすると、笑って首を振った。怜司に持っていってくれという。

買った物を持ち、信濃川の川べりを歩くと、あたりは暗くなっていた。

いつの間にか日が落ちるのが早くなり、吹く風には冷たさが潜んでいる。

敬三は東京に行くのかと聞くと、「悩んでいる」と美雪が答えた。

「知り合いや見慣れた風景や言葉や……そういうものをすべて手放して、娘の家に近いところに来るって……それでいいんだろうか。父が今まで積み上げてきたもの、すべてを壊してしまうようで、迷ってる」

「ご主人はなんて言ってるの？」

「それがベストじゃないかって。この間、帰ってきたとき、軽く言ったわ。わからないわよ、実家が東京にある人には。それに子どもの親ではあるけれど、お互いにもう関心はないし」

「単身赴任だっけ。どこに？」

「博多。赴任先に若い彼女がいるみたい」

この間、携帯電話を見た、と美雪が小さく笑った。

「ガードが甘いの。人に見られないようにロックをかけてたけど、暗証番号に子どもの誕生日を入れたら、あっさり開いた。彼女とのメールがいっぱいあって」

読んだのかと聞いたら、ためらいがちにうなずいた。

「みっともないことをした。でも抑えられなくて。彼女、亜美って名前みたいで、彼は、あみちんって呼んでた。で、夫は健《たけし》って言うんだけれど、たけちん、って呼ばれてた。それでね……」

美雪が軽くため息をついた。

「たけちん、サミチイ、ってあみちんに東京からメールを書いてた」

「四十男が？」

そう、と美雪がうなずいた。

「あみちんにムチュー、だって。キスと夢中をかけてるみたい。情けなくって涙が出た」

「遊んでいるだけって可能性は？」

そうなの、と美雪が考えこむように言った。

「そんな気もする。すべてを捨ててまで、入れあげているわけでもなさそう。だから見て見ぬふりしてる。私の更年期がひどいって夫が書いてて、あみちんが、更年期ぃ？って笑っているのも見て見ぬふり」

手にした美雪の荷物の軽さが妙に悲しい。

もっとも、と美雪が笑った。

「夫はあみちんに加齢臭がするって書かれてた。でも彼女はその匂いが大好きなんだって」

「転がされてるな」

「本気で好きなのかもしれないわ。でもね」

美雪が小さくため息をついた。

「一生懸命生きてきて、いろいろなことを抱えて戸惑って、なんとか踏みこたえているのに、身体の変化を笑われるのは辛いわね。この間、遠回しに夫にそういう話をしたのよ。そうしたらそんな話を聞かされるこっちのほうが辛いって。それはそうね……」

美雪が信濃川に顔を向けた。街灯は明るいが、大河のすべてを照らしきれず、川の上には闇がにじんでいる。

「もがけばもがくほど、わからなくなる。自分が今、どこにいるのか。真っ暗がりのなかを、どこが出口かわからず、走ったり、しゃがんだり、引き返してみたり。結局堂々巡りで、どこにも進んでいないの」

いつ、おさまるんだろう、と美雪がつぶやいた。

「いつ、楽になるんだろう。すべて……」

美雪が笑って、それから軽く咳き込んだ。

「ごめんね、暗い話をして」

「いいよ、別に」

「あやまるぐらいなら黙っていればいいのに。でもね、東京ではなるべく笑ってるのよ」

そうやって言葉を呑み込み続けて、身体に不調が噴き出しているかのようだ。

美雪の足元が軽くふらついたので、歩調をゆるめた。

いやだわ、と照れたような声がした。

「あなたの前ではきれいでいたかったな。あなたの前でこそ、笑っていたかったのに」

道の向こうからジョギングをしている若者が近づいてきた。道を譲ってやりすごすと、どうして再婚しなかったのかと美雪がたずねた。

答えられず、どうして再婚したのかと聞いた。

「私が答えたら答えてくれるの？　寂しかったから。一人で生きていくのが不安になったから。どうして再婚しなかったの？」

「寂しくなかったからだ」

そう、と美雪がうつむき、小さな声で聞いた。

「幸せ？」

「わからん。幸せって状態がどういうものなのか」

冷たい返事をした気がして、言葉を続けた。

「家族の誰もがなんとかやれてて、心配しないでいいという状態が幸せなら、たぶんそうだ。そんなの聞いてどうする？」

聞いてみただけよ、と美雪が軽くふらついた。歩きづらいのかと、手を伸ばす。

やさしくしないで、と細い身体が手をすりぬけた。

黙って腕をつかんで支える。離して、と呟き込む声がした。

握った腕の冷たさが無性に寂しい。

かつて愛した人が、子どもたちの母親が、あの部屋に戻って一人で弁当を食べ、薄い布団にくるまって眠るのかと思うと、寂しさは悲しさに変わっていく。

離してよ、と命じるような声がした。

「彩菜は……ほんとに君そっくりで。優しい顔をしているのに、言葉は辛辣《しんらつ》で」

美雪が戸惑ったような顔をした。

「そのくせ寂しがり屋で、強がりを言ったそばからすぐに泣く。美雪が出ていったあと、近所の祭りに怜司と俺で手をつないで連れていったら、あの子の友達が前から来てさ。恥ずかしいから手を離せと言うから離したら、あとでわんわん泣かれた」

どうして？　とかすかな声がした。

「危ないから離さない、人混みにまぎれるから、絶対に離さないよって、ひとこと言われたかったんだ。君とよく似た小さなあの子が泣いているのを見たら、君も一緒だったように思えた。手を離せというのは、離さないよと言われたい気持ちが混じっている気がして。それがわかっていたら……もっと違う局面が開けてたんじゃないかと」

敬三のマンションが近づいてきた。

離して、と小声で美雪が言った。手を離すと、足が止まった。そのまま一人で歩き続けて振り返った。

「荷物、エントランスの所に置いておくぞ」

美雪がうなずいた。

「それとも、一緒に行くか?」

どこへ、と美雪が聞いた。

「美越へ。怜司も寝込んでいるから、今日はうちは病人食だ。ゆっくりうちで休んで、明日、お父さんの病院へ送ってやるよ」

いやか? と聞くと、「怖いわ」と声がした。

「俺がいても?」

美雪がうつむいた。

ぐずぐずしてるとおぶっていくぞ、と言ったら、「いやな人ね」とぽつりと声がした。

美越に着いて二階に上がると、あかりを落とした部屋で怜司が寝ていた。

お前の次にババを引いたみたいだ、と美雪を連れてきた話をすると、「まじか」と声がした。

ごめんって言っといて、と寝返りを打つ気配がした。

「俺、今、起きられない。関節がだるくて」

「飯は？　玉子雑炊を作るけど」

「できたら、部屋の前に置いて」

一階に下りると階段の下で美雪が悄然と立っており、あわてて客間に布団を敷く。それから玉子雑炊を作ったが、怜司はほとんどを残し、美雪は半分も食べなかった。

仕方なく、風邪気味になると志穂が作ってくれる飲み物についてメールを送ると、すぐに返事が戻ってきた。梅醤番茶《うめしようばんちや》という名で、つぶした梅干しと醤油と生姜汁を番茶で割ったものらしい。

不評だった雑炊の代わりに、その飲み物を怜司に飲ませたあと、客間に持っていく。

美雪が布団から出て、窓の外を見ていた。

「庭が、ずいぶん変わったのね」

「他も昔と変わってるよ。水回りは全部変わってる。その時々の懐具合で直したから、つぎはぎで見栄えはよくないが。怖いか？」

少し、と美雪が言った。

「お袋が化けて出てくるんじゃないかと？」

答えないところを見ると、当たっているようだ。

「でも……お義母さんにお線香をあげることができて、気が楽になった」

「よく来てくれたと言うと思うよ」

そうかしら、と美雪が窓に手を添えた。

「たぶん、そう言う」

隣に並んで窓際に立つと、種がこぼれて生えたコスモスが生け垣に揺れていた。

「何も思い通りにならなかった人なんだ、うちのお袋は。田畑を売って、俺を東京の大学にやってくれたけど、本当は地元の国立大学に進んで、県庁とか市役所で働いてほしいってのが夢だったから」

母の願いを口に出したら、彩菜の恋人の父親のことを思い出した。大学卒業後に県庁に入ったあの男の家庭は、母が望んだ夢の形に違いなかった。

「それが卒業して帰ってくるかと思ったら、いきなり結婚して東京で就職して。ようやくこっちに戻ってきたけど、お袋が望んだ仕事ではなかったし。美雪がいたときは俺への怒りが全部、向かったんだろうな。それをわかっていればよかったんだけど」

「私も、可愛いお嫁さんではなかったし」

「誰が相手でもきっと同じだったよ……。親だから悪く言いたくないが、結局、誰ともうまくやれなかった人なんだ」

みんなと仲が悪かった人。

春に志穂が来たとき、無邪気に言ったその言葉があまりに的確で、言葉を失ったのを思い出した。ずっと考えないようにしていたが、たしかにその通りだ。

「お袋は……本当に口が悪くて、孤立していて。俺が見限ったら一人ぼっちになってしまう。彩菜と怜司には優しかったけど……。それでも子どもたちは美雪と一緒に行ったほうがよかったかもしれない。時々そう思った。でもあのときはこれがベストだと思った。美雪には、すぐにいい相手ができると思ったから」

美雪が窓から離れていった。一人で暗い庭を見ていると、心のうちがこぼれでた。

「何度か……何もかも捨てたくなった。家族も誰もいないところに逃げたくなった。だけど死ぬ数日前に、お前たちに悪いことをした、とぽつんとお袋が言ったよ。最後まで気の強い人でいてくれればよかったのに、最後の最後にそう言われて戸惑った」

怖がらないでくれ、と声が出た。

「許せないだろうけど、怖がらないでくれ。あの人、本当はわびたかったんだよ」

背中にやさしく手が触れた。その手が後ろからまわって、美雪が背中に額を当てた。

回された手に触れると、その冷たさが確かな存在感を伝えてくる。

美雪の腕に力がこもり、背中から包み込まれた。

その感触のやさしさに、息が詰まるような思いでうつむくと、携帯電話が鳴った。

息子だわ、と美雪がつぶやいた。

「ごめんなさい……出るわね」

美雪が携帯電話に手をのばして話し始めた。

あの電話の向こうに、今の家庭がある。

部屋を出ると、二階から怜司が咳き込む声が聞こえてきた。

その翌朝、みそ汁の香りで目が覚めた。台所に向かうと、美雪がコンロの前に立っていた。

食卓の上には箸と食器が並べられ、隅には今朝の新聞が置いてある。

挨拶をした美雪が勝手に台所を使って悪かったと頭を下げた。

返答に困って椅子に座り、新聞を手にすると、二階から怜司が下りてきた。お粥を作ろうかという美雪の言葉に首を横に振って、食卓についた。

食事を始めると、怜司が卵焼きに箸を伸ばし、すぐにむせた。

「おい、やっぱり粥を作ってもらえ」

いいって、と言って、怜司が続けて卵焼きを食べた。つられて食べると、なつかしい味だった。

三人で静かに食卓を囲んでいると、明日も明後日も同じ日々が続くように思えてきた。

食事が終わると、美雪が洗い物を始めた。片付けるのは自分たちでやるからと言ったが、身体の節々が軽く痛んで力が入らない。怜司と似た症状なのに不安を感じて、風邪薬を取りに部屋へ戻ると携帯電話に昨晩、志穂からメールが入っていた。

梅醤番茶が上手にできたかという確認と、枇杷エキスの出来が最高だというメールで、それを励みに明日は朝早くからケータリングに出かけると書いてあった。

サーファーたちは朝が早いのを思い出し、宇佐美の顔が頭をよぎった。

しかし張り切っている様子に、誰に朝飯を届けるのかと聞くのもはばかられ、今度東京に行ったとき、枇杷エキスを飲むのが楽しみだ、と書き送った。間髪入れずに「でしょ！」とメールが来た。それからしばらくして、また着信があった。

「……と思って、来ちゃった！」

家の呼び鈴が鳴った。

歯を磨いている怜司が、美雪に出てくれと言っている。

玄関の引き戸が開く音がした。あわてて廊下に出ると、スーツケースを傍らに置いた志穂が、紙袋を抱えて玄関に立っていた。

呆然と立っている志穂を美雪が玄関の内に招き入れると、二人の女の視線がまっすぐに向かってきた。

志穂、と呼びかけると、美雪が目を伏せた。

「こちらは子どもたちの母親の……山辺さん」

軽く咳き込み、「今は加賀です」と美雪が言った。

「それって元、奥さんってことですか？」

美雪がうなずくと、志穂が手にした紙袋を見た。

「そう……ですか。奥様……」

志穂が玄関のあがりかまちに大きな紙袋を置き、二枚の手ぬぐいで包んだものを出した。布をほどくと、重箱がでてきた。

「お重……今日、明日で食べてください。それから」

続いて茶色の細い瓶が紙袋から出てきた。

「枇杷のエキス。身体にいいです。それから……」

志穂がゆっくりと外に出て、スーツケースを開けると、紙袋を二つ出してきた。

「これはスープ。ナツメとかクコとか煮出した……薬膳スープ。それから、これ……」

「どうぞ、お入りになって」

はじかれたように顔を上げ、志穂が美雪を見た。

「そうだよ、志穂。そんなところに突っ立ってないで、入れよ」

いいです、と志穂が言うと、もうひとつの紙袋から大きな密閉容器を四つ出した。

「これ、季節のおかず。一週間、もちます。お邪魔……しました」

頭を下げ、志穂がゆらめくようにして背を向けた。それから大きな布のバッグを左肩に掛け直し、右手でスーツケースを引きながら歩いていった。あわててサンダルを履いて追いかける。

「志穂。話せば長くなるから、家に上がってくれ」

答えずに志穂が歩調を速めた。

「落ち着けよ。こっちには流しのタクシーが走ってないから、歩いてもしょうがないぞ。家に来てくれ。せっかくだから」

「呼べば来てくれるって、さっきのタクシーの人が」

立ち止まると志穂が携帯を操作して、美越の家の住所を言い、そのあと周りを見回した。

「……の番地の近く。うんと先に新聞配達所が見えます」

「志穂、待てよ」

大きいスーツケースが目印だと言って携帯を切ると、「すぐに来てくれるって」と志穂が言った。

「志穂、落ち着いて。バスで来たのかい？」

「昨日、お店を閉めてから。池袋から乗ってきたよ。ハクチョウさんのバスに」

ずっと楽しみにしてた、と志穂が泣いた。

「運行表を見せてくれたときに思いついて」

「どういうことだ？」

答えずに志穂が見上げた。

「……リイチさんは嘘をついたね」

「何もついてないよ」

イヤリング、と志穂が目をぬぐった。

「前に、イヤリング……お客さんのだって言ったの、あれはあの人のでしょう」

「なんだよ、いきなり」

「あの人、素敵な指輪をしてた。真珠の指輪。変わったデザインだから良く覚えてる。イヤリングと同じ花の形の」

志穂の肩に手を伸ばすと、強い力で払いのけられた。

「リイチさん、あの人のイヤリングを胸ポケットにいつも入れてたの？　あの人のイヤリングをお守りみたいにして、いつも私のところに来てたの？　身体の具合が悪いのって、あの人のこと？　枇杷のお茶もエキスもあの人のため？」

「イヤリングはもう持ってない」

「もう、ってどういう意味？」

「それも話せば長い話で、志穂、待て。聞けよ」

志穂が激しく首を振った。

「聞かない。聞きたくない」

道の向こうから静かにタクシーが近づいてきて停まった。

下りてきたドライバーに、スーツケースを積んでくれと志穂が言っている。

積まないでください、とその荷物を押さえると、志穂がその腕を払いのけた。

「積んでください」

激しく咳き込む声がして、サンダルを履いた怜司がゆっくりと歩いてきた。

「あの……志穂、さん。いつもありがとう。上がってください。母も、そう言ってます」

怜司が背を丸めるようにして咳き込んだ。

「ウイルスだらけで、すみませんけど」

「怜司、寝てろ」

背の高さを確かめるかのように、まぶしそうに志穂が怜司を見上げた。

「リイチさんには……家族がいたんだね」

お大事にしてください、と一礼して志穂がタクシーに乗り、車が走り出した。

「なんか俺……悪いこと言ったかな」

悪くないと答えて、怜司とともに家へ戻る。

玄関の戸を開けると、美雪が枇杷のエキスの瓶を見つめていた。それから顔を上げて、「ごめんなさい」と小さな声で言った。

第六章

駅の改札を出たら、商店街をまっすぐに歩く。大通りを渡って右手にコンビニが見えてきたら、そのすぐ先に「居古井」という店があるらしい。

赤いドアが目印だと、あの人は言っていた。六日前の夜、新潟の万代バスセンターで出会った、古井志穂という女性だ。

電車に揺られながら、菊井綾子は古井の姿を思い出す。

東京行きの深夜バスに乗ろうと、夫と二人でバスセンターに行ったら、スーツケースを傍らに置いた女性がベンチに座っていた。膝の上には大きなトートバッグがあり、それに顔を伏せるようにしている。

隣に座ると、小さく鼻をすする音が聞こえた。泣いているようだ。

女は時々、上着から携帯電話を出して、液晶画面を見つめていた。誰かにこの旅を引き留めてもらいたいみたいだ。

もしそうなら、自分と少し似ている。

新潟を出て東京へ、そこから名古屋、大阪、広島、博多。余裕があれば、九州から四国に渡り、各地をめぐって再び新潟へ。

これから一ヶ月間、仕事をリタイアした夫とのんびりと、日本の南へ向かう旅に出る。移動手段はバスで、宿泊はできるだけ安い宿で、各地に少しずつ滞在しながら、旅を続けるつもりだ。行き先で何かをする予定は特にないが、ひとつだけルールがある。体調が悪くなったら無理をせず、すぐに新幹線か飛行機で新潟に帰ること。

大丈夫だろうか。

そう思ったとき、夫が鼻血を出した。血はなかなか止まらず、すぐにティッシュがなくなり、ハンカチも赤く染まった。あわてて鼻に当てるものを探して鞄を開けたとき、隣で泣いていた女が顔を上げ、自分のバッグから布を出して夫の鼻にあてがった。

招き猫の模様がついた白い手ぬぐいだった。

じわじわと手ぬぐいが赤く染まっていく。礼を言いながらそれをはずし、今度は鞄から出したスカーフで夫の鼻を押さえた。すると女は立ち上がり、バッグから手ぬぐいに包まれた物をベンチに出すと、素早く布をほどいて再び手渡してくれた。

何度も礼を言って受け取り、頃合いを見計らって二枚目の手ぬぐいを夫に渡す。

今度は赤く染まらなかった。

止まった気がする、と夫が言った。

「お父さん……やっぱり、やめておこうか」

どうってことねえて、と夫が答えた。

「なんだ、鼻血ぐらいで。ちょっとのぼせただけだて」

「でも量が多くない？　それにのぼせたってことは、具合が……」

「悪くないって言ってるだろ」

トイレに行くと言って、夫が立ち上がった。つられて綾子が席を立つと、「ついてくるな」と腕を振った。

「本当に大丈夫らて。それよりお前、この人の……ハンカチか？　ずいぶん汚してしまって」

涙を拭きながら、気にするなと女が言った。店のノベルティで作ったものだから、たくさんあるのだという。そしてスーツケースから同じ模様の手ぬぐいを出すと、バッグから出した物を再び包み始めた。鈴のような形の丸い土鍋だった。

板前さんかと思わず聞いた。スーツケースには昆布や豆などの食材や調理道具がぎっしり詰まっていて、手ぬぐいの隅には「ごはん屋　居古井」という文字がある。

板前というほどでは……とつぶやき、女がうつむいた。

すぐに三台のバスが入ってきた。軽く頭を下げると、女は最後尾に停まった白いバスに向かっていった。

それから夜通し走って東京に出て、夫と二人でなつかしい場所を訪ね歩いた。

夫と出会ったのはこの町で、当時、彼は新潟に本社がある繊維会社の東京営業所で働いていた。そこに保険の外交に行って、知り合ったのがきっかけだ。だけどその営業所はすでにない。新婚当時住んでいたアパートは取り壊されて駐車場になり、二人で通った銭湯はマンションに変わっていた。

千葉に住む甥夫婦をたずねて、姉の位牌に手をあわせた帰り、東京最後の夜はあの人の店に行こうと夫が言った。この前の礼を言いたいし、消えてしまったものばかりを見たから、今、あるものを見たいのだという。

手ぬぐいに染められていた連絡先に電話をかけると、女が出た。バスセンターでのことを覚えていて、あれからご主人様のお加減はいかがですかと聞かれた。そのお礼もかねて店に行きたいのだが、若い人の店に年寄りが行ってもいいかとたずねたら、大歓迎だと言ってくれた。ただ都心から少し離れているのだという。いっこうに構わないと答えると、こちらの携帯の番号を聞き、店への道順をメールで送ってくれた。

届いたメールには古井志穂と名前が書いてあった。居古井という店名は、名字をもじったものらしい。

その居古井がある町へと電車は軽快に走り、駅に着くたびに自動でドアが開く。自分たちが住んでいる町では、手動の扉の電車が走っていることを思っていたら、次の駅に着いた。夫があわてて立ち上がった。

「おい、お母さん、ここだよ、駅は。早く降りよう」

夫にせきたてられて、電車を降りる。そんなにあわてるとまた鼻血が出ると注意すると、こいつを首に巻いてるから大丈夫だと、マフラーがわりにした手ぬぐいを指さし、夫は笑った。

「居古井」はカウンターだけの小さな店で、古井志穂が一人で切り盛りしていた。カウンターの奥には小さな神棚があり、お札と熊手が置いてあった。その隣には女の子の絵が描かれた楕円形の箱がたてかけてある。マトリョーシカ人形を模したその箱は、新潟にあるロシア・チョコレートの店の物だった。

この前、新潟に来たときに買ったのかと聞くと、もらったのだと言って、志穂が神棚からチョコを下ろした。中身はまだ食べておらず、贈り主がこの店に来てくれたら、一緒に食べるつもりだという。

恋人かね、と夫が聞き、「そうです」と志穂が答えた。あわてて服の袖を軽くひっぱったが、夫が振り払った。

「新潟の男かね。悪い男だ、こんな子を泣かせて」

悪くない、と志穂は言い、定食をのせた盆をカウンターに出した。

「よくわからないんですけど、新潟じゃなくて、美越ってところの人です」

本当にけしからん、と夫が言った。

「それは俺の生まれたとこだ……でも何もないところだろう」

彼がいる、と志穂が小声で言った。

「それだけで好きになれます……でも、そういうのって男の人には息苦しいんでしょうか」

息苦しくはないが、それが当然だと思うとありがたみは薄い、と夫が言った。

「しかし罰当たりな奴だな」

志穂が寂しげに微笑んだ。

定食を食べ始めると、カウンターのなかで志穂が何かをきざみはじめた。店には音楽は流れておらず、包丁の音だけが、やさしく響いてくる。それを聞いていたら、子どもの頃、母が台所仕事をしていた音を思い出した。

居古井というのは面白い名前だと夫が志穂に言っている。

「母がつけたんです」

包丁を置いて、軽く手を洗ってぬぐうと、志穂がグラスに水をついだ。

「上が住居だから、古井の住居で『居古井』。古くさいって思うんですけど、母がすごく考えてつけた名前だから」

いい名前です、と綾子はうなずく。

「いこい。古井って名字をコイと読ませて、居古井に請い、来い、恋」

来い、恋とゆっくりと指を折ったあと、志穂が首をかしげた。

「来るのコイ、好きのコイ、もうひとつのコイはなんですか？」

「こいねがうのコイ。請求書の請って書くほう。こいねがうってのはこんな字もあったっけ」

グラスに浮いた水滴を指でとり、「希う」とカウンターに書く。

このおばあちゃん、変なこと知ってるでしょ、と夫が指さしてきた。

「カルチャークラブでいろいろ勉強してるから。万葉集だの、俳句だの」

短歌だと言うと、どっちも変わらないと夫が飯をかき込んだ。

歌を詠まれるんですか、と志穂が親しみ深い目を向けた。亡くなった母親も趣味だったのだという。

詠むというほどではないが、娘時代から若山牧水のファンなのだと言った。するとゆかりの庭園が多摩にあると志穂が微笑んだ。牧水が恋人と過ごした場所で、昔、母親と一緒に行ったのだという。

梅が咲く頃がおすすめだと言い、志穂がデザートに梅の甘露煮を出した。

いいねえ、と梅の実をつまんだ夫が言った。

「花の時期に来てみたいもんだ」

「よかったらそのときは居古井にもいらしてください。こい、ねがいます」

志穂が微笑み、希という字を宙に書いた。

「それにしても……こう書いて、こい、ねがうと読むんですか？」

「たしか、そう。『希う望み』と書いて希望なのかな、って思ったから」

少ないという意味だと思ってました、と志穂が鍋のふたを開けた。出汁《だし》の匂いがふわりと香り立つ。

「昔、父が言ってたんです。希望の希は少ないって意味だから、希望ではなくお前は大望を持てって」

再び何かをきざみながら、「でもね」と独り言のように志穂が言った。

「大望って言われたって、なんにも思いつかない。大きな事なんて望まない。小さくてもいいから、ずっと、かない続ける望みを持っていたいって思うんです」

女らしいね、と夫が言った。

お茶を出しながら、志穂が東京へは旅行で来たのかと聞いた。夫と二人でこれから少しずつ、暖かい南の町へ向かって旅をするという話をしたら驚いていた。

「わあ、大旅行だ。仲がいいんですね」

いやいや、と照れくさそうに夫が手を振った。

「けんかばっかだ。のぼせて鼻血も出るて。でも、これ」

夫が首に巻いた手ぬぐいを指さした。

「便利に使ってる。汗もふけるし、こうして巻くと首も寒くない。これがネック、なんて言うぐらいだから、人間、首を冷やしちゃだめなんだよ」

志穂が笑った。初めて明るく笑った顔を見た気がした。

店を出た数時間後、あかりを落とした名古屋行きのバスに揺られながら、綾子は居古井の手ぬぐいを見る。

会計をしたあと、志穂がもう一本、手ぬぐいをくれた。店の十五周年記念に配る予定で、晒《さらし》にスタンプを捺《お》して作りためているところだという。

夫のまねをしてマフラーのように巻いてみる。薄闇の中ならペアルックも恥ずかしくない。夫に見せようと隣に顔を向けると、軽く身を丸めて、すでに眠っていた。

居古井の彼女はこの旅のことをどう思っただろう。

熟年夫婦の道楽と思っただろうか。

そうではない、と綾子は心のなかで志穂に言う。

これはきっと最後の大旅行。

夫は再来月に手術を控えていて、それが終わったら、おそらく今ほど歩きまわれなくなりそうだ。手術の前に旅行をしようかと聞いたら、温泉にでも行こうと答えていた。

だけど本当に行きたいのは、営業の仕事をしていた頃、歩き回った土地だという。

昔のように深夜バスで街から街へと移動して、自分が世話になってきた場所に一つひとつ礼を言っていきたいのだという。

あのときが一番輝いていた、と夫は言い、「まあ、無理だろうけど」と寂しげに笑った。

その顔をみたとき、自分も同じ時期のことを思い出した。出張が多くて留守がちで、帰宅するのはいつも日付が変わる頃。仕事一筋の夫に少し不満を抱きながら、夢中になって三人の男の子を育てていたときのことだ。

その息子たちも順に巣立っていき、今は夫と二人、にぎやかだった家もひっそりと静まりかえっている。

夫があの時代を振り返りたいというのなら。働き盛りを過ごした地をもう一度見たいというのなら、かなえてやりたい。

やってみようかと口に出した自分に驚いた。三人の子どもたちは猛反対で、本当のところは自分もまだ不安が捨てきれずにいる。

だけど夫は喜び、すべての日程表を自分で作った。仕事で各地を回っていた頃、いつか家族に見せたいと思った風景、いつか一緒に行きたいと思っていた場所がたくさんあるのだという。

窓の外は暗く、バスは走り続ける。

二人がけの席は窮屈で寝付けない。腰や背中が落ち着かず、何度も体勢を変えてしまう。そうしているうちに、夫が日本中の町を営業している姿が心に浮かんだ。

この暗がりをずっと走ってきたんですね、あなたは。

たった一人で、家族のために。

大きな身体を折るようにして眠って、日本中を旅してたんですね。

眠る夫の肩にそっと寄り添うと、涙がこぼれた。

ゆっくり、ゆっくり行こう。

あなたが一人で見続けた風景を、二人で見に行こう。

そっと夫に身を寄せる。

夜が明けたら、笑ってみせる。朝になったら、いつもの自分に戻っている。だけど今は恥じらわず、暗がりのなかでぴったりとこの人に寄り添っていたい。

こいねがうは、この旅を最後まで続けること。

首に巻いた手ぬぐいで顔をぬぐうと、バスセンターで泣いていた志穂を思い出した。

居古井のこいは、恋と来い。

彼女のこいねがう望みもかなうよう、旅の空から祈っている――。

＊＊＊

――明け方の空を見上げて、利一は玄関の前で立ち止まる。

仕事から帰ってきて、家の引き戸に手を掛けたとき、鳥の羽音が聞こえた気がした。

空はうっすらと水色で、細い月が浮かんでいる。東の方角だけが淡く朱に染まっているが、陽はまだ上らず、鳥の姿もない。

敬三から白鳥の渡りの話を聞いて以来、最近、空を見上げるようになった。これまではそれほど興味を持っていなかったのに、はるか彼方の大陸から家族単位で海を渡って、ようやくこの地に着くのだと聞いたら、その群れを見たくなった。

先頭を飛ぶのは父親だろうか。それとも若い息子だろうか。

気の強い娘かもしれないと思って戸を開けると、怜司が台所に立っていた。

「おかえり。朝ご飯、食う？」

珍しいな、と言ったら、怜司が小さく笑った。

「お前、また、何か彩菜に呼び出されているのか？　イベントか配送で」

「そういうわけじゃないけど。あとちょっとで、できるから。一緒に食おうよ」

ああ、と答えて、廊下を歩くと、「あれ、どうだった」と後ろから声がした。

「あれってなんだ」

「あれだよ、ロシアチョコ。東京の女子にあの箱のチョコをあげると喜んでくれるって、彩菜が言ってたよ。志穂さん……」

言いづらそうに、怜司が志穂の名前を呼んだ。

「ちょっとは許してくれたかな」

「何を許すんだ」

「あの人、この前、すげえ悲しそうに俺を見てた。なんか俺がまずいことを言ったんだな」

「お前のせいじゃないって言っただろ」

「なら、いいけどさ。お父さんって、そういうところ鈍だから」

「ドンってなんだ」

「鈍感ってことさ」

廊下を歩いて行くと、再び怜司がお父さん、と呼びかけた。

「あとで大事な話があるんだ。飯、食いながらでいいから聞いてくれる?」

わかった、と言って、ふすまを開けたら、疲れが押し寄せてきた。

上着を脱いでタンスにかけ、座椅子に腰掛ける。腰が痛くなってきたので畳に横たわり、大きく息を吐く。


七日前、美雪がこの家に泊まった日の朝、志穂が美越に来た。美雪を見て去っていったあと、何度も電話をしたが、すぐに留守番電話に切り替えられた。

仕方なく事情を説明するメールを打ったが、言葉を重ねるほど言い訳のように思えてくる。そのうち具合が悪くなってきて、怜司と一緒に病院に行ったが、診察を待っている間に身体の節々が痛くなってきた。

それは怜司の症状と同じで、風邪をひいたのは明らかだった。

その日は東京行きの深夜便の担当だった。しかし診察結果が出た時点で、とても乗務できそうになく、仕事を休んだ。

その翌日、志穂から電話が来た。メールを読んで事情はわかったという。そしてどうして昨夜、東京便の運行をしていなかったのかと聞いた。

風邪で熱が出て、と言ったら、「今、奥さんが看病してるの？」と聞かれた。答えずに、志穂がくれたスープで粥を作ったと言ったら、「誰が作ったの？」と再び聞かれた。

「志穂こそ、なんで昨日は電話に出なかったんだ。こっちの言い分をまったく聞かないで。そうして問いつめるばっかりか」

新潟で人に会っていたのだと志穂が言った。誰かと聞いたら「リイチさんの知らない人」と答えた。

冷ややかなその言葉に黙っていると、お米の生産者の人だと早口で続けた。

仕事熱心だね、と言うと、今度は志穂が黙った。

「リイチさんにそう言われると、悲しいよ」

「どういう意味だ」

「リイチさんの声、すごく冷たい。なんだか皮肉を言われたみたい。馬鹿にされてるみたいで悲しい。自分で気づいてないの？」

面倒になってきて、ため息をついたら「なんでため息つくの」と言われた。

「いちいち揚げ足をとるな、志穂。神経質になりすぎだよ」

「そうしたのは誰？」

「志穂。もう切るぞ。俺、少し寝るから」

「リイチさんは都合が悪くなるとすぐ寝るね」

仕方ないだろ、と言ったら、声が少し荒くなった。

「風邪ひいてるんだから。それに仕事が不規則なんだから寝るのも仕事のうちだよ」

「そういうつもりで言ったんじゃないの」

それから一瞬、黙った後、「面倒くさいって今、思ったでしょ」と志穂がつぶやいた。

「リイチさん、私のこと、面倒くさいって今、思ったでしょ？　わかってるの」

寝ていいか、と言うと、志穂があやまった。

「あやまらなくていいけど、トゲトゲするな。俺がそうしたのなら、あやまるけど。美雪との間はなんでもないんだよ」

「みゆきって呼ぶんだ……。綺麗な名前、上品な人。私に、お入りになって、っておっしゃったわ。まるで自分のおうちみたいに。そうよね、あそこでリイチさんと一緒に暮らしてた時期があったんだよね」

「寝ていいか、志穂。続きは会ったときに話そう。俺、まだ身体が本調子じゃないんだ」

志穂が黙った。

「な、会ったとき、話そう。明日から仕事に戻るから、東京に行ったら連絡するよ」

その翌日から三日にわたる関西便の仕事をして帰ると、怜司が起きていて、彩菜たちの商品の仕分けをしていた。

台所のテーブルには紙袋があり、東京に行ったら志穂に渡してほしいと頼まれた。中身はナッツやゼリーが入ったロシア風のチョコレートで、可愛らしい人形が描かれた箱に入っていた。このまえのお礼とお詫びだという。

そこでその紙袋を持って、昨日の早朝、東京行きの仕事についた。ところが到着後に居古井に行くと、店は閉まっていた。携帯に連絡しても、留守番電話になってしまう。合い鍵は持っているが、今日は勝手に入るのがためらわれ、居古井の並びにあるカフェに入った。窓に面したカウンターでコーヒーを飲んでいると、宇佐美が店に入ってきた。

日に焼けた顔をほころばせ、まるで友人のように軽く手を上げ、近づいてくる。

「偶然ですね。いや、偶然じゃないんだけど」

勝手に隣に座ると、宇佐美が向かいのマンションを指さした。

「僕の事務所、そこの上なんです。今日は志穂さん、昼は早じまいしたんですよ」

「どこかへ出かけたんですかね」

「さあ、病院に行くみたいなことは言ってましたけど」

「どこか悪いんだろうか」

さあ、そこまでは、と宇佐美がウェイトレスに手を上げて、エスプレッソを注文した。

「ご存じないんですか？　あの店のオーナーでしょ」

「オーナーではないですよ」

そうなんだ、と宇佐美が晴れやかに笑った。

「僕、てっきりそうかと思ってました。明け方、あなたがあそこから出て来るのをよく見てたから。歩いていくときもあるし、タクシーを停めてるときもある。でも、どっちも夜明け前だ」

黙ってコーヒーを飲む。席を替わりたいが、ほかに空席はない。

「失礼ですが、のぞきみたいなことをしてるんですね」

ま、たしかに、と宇佐美が少し恥ずかしそうに言った。

「でも、たまたまなんですよ。ベランダでコーヒーを飲んでると、ちょうどあなたが帰る時間で、いつも目に入ってくる。家庭があるんでしょう？　本気ですか？」

軽く笑ったら、宇佐美が少し戸惑った顔をした。

家庭はないが、迷いはある。

迷いのない男の真っ直ぐさがまぶしい。

「オーナーじゃないってことは、じゃあ、フリーってことですか、彼女」

「フリーってどういう意味ですか」

「あなたに借金があるとか負い目があるとか、そういうわけじゃなくて」

「あったら、どうするんですか」

テーブルに届いたエスプレッソを宇佐美が一口飲んだ。

「別に、どうってことない。聞いてみただけです。そこだけ、はっきりさせたかったたから」

「気になるんですね」

「思わせぶりなことをいいますね。あるんですか」

「本人に聞いてみたらどうですか、私に聞かないで」

宇佐美の携帯電話が鳴り、「失礼」と言って、電話に出た。それを機に立ち上がる。

志穂に電話をしたが、やはり出ない。仕方なくチョコレートが入った紙袋を居古井の裏口のドアにさげて帰った。

それから新潟行きの深夜便を担当して、夜通し走った。サービスエリアで休憩をとったときに確認すると、志穂からメールが入っていた。チョコレートの礼と、今夜は美越出身の客が来たという内容だが、これまでの文面とくらべると、かなり素っ気なくて冷たい。

昨日のことを思い出していると、台所から怜司の声がした。

朝食ができたらしい。

重い気分を抱えたまま台所のテーブルにつく。

新聞を手にして、話は何だと聞くと、怜司があらたまった顔をした。

「お父さん、あのさ」

「うん」

「ちょっと頼みがあるんだけど」

「早く言えよ」

「お金、貸してくれる？」

またか、と言うと、「今度は大きなお金を貸してほしい」と怜司が言った。

「大きな金って、いくらだ」

「百……五十万ぐらいかな。まず、五十万ぐらい貸してもらえたら助かるんだけど」

それは大きな金ではあるが、若い男なら仕事を選ばず働けば、自分でも作れそうな額だ。

「お前、何に使うんだ。急ぎで必要なのか？」

怜司が何かを言いかけてやめた。

「ちゃんと言えよ」

「めどが立ったら言うよ。貸してくれるの、くれないの？　その返答によっては……」

「どうするんだ」

「ちょっと考えてみる」

「まず考えてから、ものを言え」

そうだね、と怜司がうつむいたが、すぐに顔を上げて笑った。

「なら、いいや。忘れて」

忘れろと言われると、よけいに気になって怜司の顔を見る。箸を手にして、何事もなかったように怜司は飯を食べ出した。

その日の夜、深夜営業をしているスーパーで買い物をしたあと、美雪に電話をした。美雪の実家は買い手がつきそうなのだが、先方が庭の枇杷の木をたいそういやがっているらしい。病人が出るという言い伝えがあるそうで、できれば伐採したいという。

しかし自分たちの手でその地に根を張っているものを切るのは抵抗があるそうで、家を引き渡す前に処分してほしいとのことらしい。

しかし美雪の父、敬三は伐採に反対で、嘆いているそうだ。怜司からその話を聞いたあと、美雪からもその件についてのメールが来て、時間があるとき相談にのってくれないかとあった。

そこで調べてみたが、伐採以外の手段は枇杷の木をどこかに移植することしかなく、受け入れる場所を探すのにも、そこへ木を移動させるのにも大変な労力がいる。

結局、敬三に納得してもらうしかないようだ。

電話に出た美雪にその話をすると、やっぱり、と覚悟していた声がした。それからしだいに話題は怜司のことに移っていった。

美越の家に来たとき、美雪は怜司の背中の肌あれに気づいたようだ。シーツの替えや着替えを持っていったとき、血が滲《にじ》んでいることに気付いたという。

立ち入ったことかもしれないけれど、病院には通っているかと美雪がたずねた。

「本人にまかせてる。その話をするとひどくいやがるんだ。肌荒れとは長いつきあいだから、ほっておいてくれって」

「精神的なものかしら。細かいことを気にしたりしない？　家の鍵をかけても不安になって、何度も何度も確認しにいったり」

「それはわからないが、もともと細かい性格だからな」

私に似たのね、と美雪が小声で言った。

「パジャマに血がにじんでて……。本人はあせもみたいなものだって言っていたけれど、あせもであんな感じの血は出ないわ。ひょっとしたら皮膚科より心療内科の領域かもしれない」

「金が必要だというのはそのせいかな」

この前、病院に行ったとき気づいたが、怜司は健康保険証を持っていなかった。会社をやめたときに手続きを忘れたので、持っていないのだという。仕方なく窓口で全額を払ったが、それは結構な額だった。すぐに手続きをするように怜司に言ったが、動いている気配はない。

いくら必要だと言っていたかと美雪が聞いた。額を伝えると、百五十万円は微妙な金額だと、何かを考えているような声がした。

「本当は二百万ほど必要なんじゃないかしら」

「なんでそう思うんだ」

なんとなくね、と美雪が言った。

「それでどうするの？」

「とりあえず五十万を渡そうかと思う。甘いかもしれないけど」

「そのあとは？」

どうするかな、とため息まじりに言いながら、車のシートを倒す。夜遅いせいか、駐車場に車はそれほど停まっておらず、歩いている人もいない。

「考えてもしょうがないか。なんだか疲れてきた」

再びため息をついたら、「あちらはどうなの？」と美雪がたずねた。

「誤解はとけた？　仲直り……できた？」

微妙だね、と答えたら、どういう意味だと問い詰められた。

「そっちはどうだ？　家に帰ってきたのか？　博多の人は」

「先に答えてよ」

「自分も言いづらいことを人に聞くな」

言えば話してくれるの？　と美雪が軽く笑った。

「じゃあ言うわよ。愚痴をこぼすわよ、盛大に。そんなの聞きたくないでしょ」

「まあね。だけどそれで気が済むなら言ってみれば」

お人好し、と電話の向こうで声がして、美雪が話し出した。家庭の愚痴ではなく、昔、二人で見た映画の話だった。

あのときは若い主人公に共感したけれど、今は脇の登場人物たちに感情移入をすると美雪が言っている。映画だけではなく、昔、読んだ小説もそうだという。

軽くあいづちを打ったら、会話はどんどん広がり弾んでいった。互いに目の前の現実から逃れようとしているみたいだ。それでも話していると、学生時代の記憶が鮮やかによみがえり、時には笑っていた。しかしそのたびにこの前、家に来た日のことを思い出して、身体の奥底で何かがうずく。

志穂が美越から去ったあの日、怜司と病院から帰ると、美雪が昼飯を作っていた。朝と同じように親子で食卓を囲み、それから眠った。そして夜になって目を覚ますと、美雪はまだ家にいた。

今夜も泊まらせてほしいという。そして夕飯は粥でいいかと聞き、怜司の布団のシーツを交換したいから、替えのある場所を教えてほしいと言った。

時折、小さく咳き込みながら、美雪は粥を煮て、替えの寝具を持って怜司の部屋に上がっていった。その間に台所にあった粥を食べ、汗ばんだパジャマを替えて布団にもぐる。

しばらくすると、部屋に誰かが入ってきた。そして額に冷たい手が当てられた。氷のようだと思ったら、溶けそうな気がして、その腕をつかんだ。

「美雪、やっぱり帰れよ。子どもが待ってるだろ」

「ここにも息子がいるのよ」

薄目を開けると、豆球の淡い光のなか、なつかしい姿がそばにあった。帰れと言いながら離しがたく、軽く手を引いたら、あっけなく布団の上に倒れ込んできた。

「怜司は？」

「すぐに寝ちゃった。明日も卵焼きが食べたいです、って、うわ言みたいに言ってたわ」

子どもみたいね、と美雪が笑う。布団越しにその動きが伝わって、くすぐったい。

「颯太《そうた》も好きなの。夫は甘いって嫌うけど」

「あっちの話はするな」

聞きたくないよ、とつぶやいたら、美雪が両手をついて、顔をのぞきこんできた。

「じゃあ、黙らせて」

美雪がゆっくりと唇を寄せてきた。目を閉じると、額に額を合わせて、ささやいた。

「奪う度胸もないくせにね」

「結婚指輪をしたまま、誘うな」

「これならいいの？」

身を起こして、美雪が指輪を抜くと横に放り投げた。

「結婚指輪じゃないけれど」

指輪が柱にぶつかる音を聞いたら、真珠が砕けた気がして目で追った。

その瞬間、白いブラウスを着て、玄関に立っていた志穂を思い出した。

「人のものを奪うのは楽しいでしょうね」

「お互い、もう少し若くて体力があったらな」

「たしかに……体力がないと無理ね。一緒に生きるより、死ぬことを考えたくなるもの」

美雪が立ち上がり、豆球を消した。

「あなたも怜司も素直なのね。男って、身体が弱ると素直になるの？」

「女もそうだろ」

ほんと、そうだわ、と美雪が咳き込んだ。

「とても素直になる。一緒に寝たいと言ったら添い寝してくれる？」

「馬鹿言ってないで、早く寝ろよ。俺、具合が悪いんだよ」

身体の奥底が熱くしびれてくる。それは甘くて、うずくような熱さだ。

風邪のせいなのか、ほかの理由なのか考えたくなくて、冗談めかして言った。

「一人で寝るのが寂しいんだったら、怜司の横で寝ろ」

「二十年前ならそうしていたわ」

美雪がふすまを開けて出ていった。

翌朝、顔を合わせると美雪は淡々として、距離を保っていた。

あの一瞬の接近は、互いに熱に浮かされての行動だっただろうか——。

どうしたの、と電話の向こうから心配そうな声がした。

「急に黙って。何かあった？」

「別に。ちょっと思い出したことがあって」

「何を思い出したの？」

この間のことだとも言えず、曖昧に答える。

そろそろ切るぞ、と言うと、少しあわてた気配がした。

「ごめんなさい、いただいた電話で長々と」

「それはいいんだけどさ、俺、もう帰って寝る」

どこにいるのかと美雪が聞いた。

「スーパーの駐車場。発泡酒やらレトルトやら箱買いしにきた」

「どうして家から電話しないの？」

「あばらやは声が筒抜ける」

「彼女と話すときはどうしてるの？」

答えようとして、志穂とはあまり長電話をしないことに気がついた。いつでもメールか短い言葉のやりとりで、他愛ない話で長電話をしたことがない。

「まあ……どうでもいいだろ、そんなこと」

照れてるのね、と優しい声がした。

「仲直りしたなら、よかったわ」

その瞬間、互いの額を合わせたときに感じた熱を思い出した。

あれは、戯れだったのか。

そうだったとしても、唇を合わせたより強く、あの熱は身体の奥を甘くうずかせた。


それから三日間の関西便の仕事のあと、家に帰って怜司に五十万円を渡した。

丁寧に頭を下げてから怜司は金を受け取り、翌日、ネットで見て書いたと言って、借用証書を差し出した。他にも借りた金は記録しているけれど、今回は額が大きいから、これを受け取ってくれという。

借りた金を記録しているという言葉と借用証書を見ていたら、どうして怜司の肌が荒れるのかわかる気がした。

もっと楽に生きろと言いたくなる。すると背中をかきながら、一週間ほど出かけてくると怜司が言った。

どこに行くのかと聞くと、「ちょっといろいろ」と言った。

「いろいろってどこだ？　東京か？　何しにいくんだ」

「下見っていうか……だから、とにかくいろいろだ」

「お前、しっかりしろよ。何を言ってるのか、さっぱりわからん」

楽に生きろと思ったのに、しっかりしろよ、と声を荒らげてしまい、こうした言葉が息子の心に負荷をかけたのだろうかと思えてきた。

考え出すと、自分も身体に不調が出そうだ。

結局、行き先は伝えず近いうちに宅配便が届いたら、台所に置いてある紙袋と一緒に敬三に届けてほしいとだけ言って、怜司は出かけていった。まるで遊びにいくような身軽な格好だった。

三日後に荷物が届き、仕方なく頼まれたものを病院に持って行くと、敬三は談話室でパソコンに向かっていた。

小学生ぐらいの車椅子の少年とパソコンを見ている。近づいていくと、ディスプレイに銀色の髪の彩菜が映っていた。この間のイベントの動画らしく、客席では子どもや大人たちが彩菜の動きに合わせて踊っている。

山辺さん、と呼びかけると、敬三が振り返り、照れくさそうな顔をした。つられて少年も振り返ると、ゆっくりとパソコンの前から去っていった。

「お邪魔したみたいで……」

いや、いいんだ、と敬三がパソコンの電源を落として、天井を指さした。

「ちょうどよかった。上に行かないか。新鮮な空気が吸いたかったんだ」

「じゃあ、これ、部屋に置いていきましょうか」

「いや、いい。一緒に持っていく」

敬三が手を伸ばして包みを受け取った。のどが乾いたというので、缶コーヒーを買い、車椅子を押して屋上に向かう。

エレベータのなかで、敬三が枇杷の木はどうなるのかと聞いた。

「移植は難しいかもしれません」

じゃあ伐採か、と敬三がつぶやいた。

「僕らでやれたらやりますが」

君らがやるのか、と敬三が驚いた声を上げた。

「それほど太くないから、切り倒すぐらいはできるかもしれません。ただ、根を掘り起こすのは難しいから、それなら初めから専門の業者に頼んだ方が」

「切るのが前提で話が進んでるんだな」

屋上に車椅子を乗り入れると、切りたくない、と敬三が言った。

「そもそも病人が出るなんてのは迷信だ。枇杷の葉は万病に効くから、病気に困っている人がもらいにやってくる。そうした人たちが家に出入りしたから、迷信が生まれただけだ。なんでそんな健気な木をわざわざ切り倒そうとするんだ」

切らないでくれ、と敬三が言った。

「僕にはどうにも……」

「どうしても切るというなら、君らが切り倒すのだけはやめてくれ」

「どうしてですか」

「どうしてもだ」

屋上の小道を通って、この前来たときと同じテーブルのところに車椅子を停めた。缶コーヒーのプルタブを引いて、敬三の前に置くと、軽く礼を言って敬三がコーヒーを飲んだ。

黄金色だった稲は刈りとられ、景色は急に冬枯れて見えた。高速道路だけは変わらず、絶え間なく車が行き交っている。

敬三が包みを開け、中から一カートンの煙草を出した。

「煙草、吸われるんですか？」

「急に吸いたくなって、取り寄せてもらった。ひとつ、どうだね？」

「僕はいいです」

敬三が紙袋のなかからライターを出した。

「おっ、気が利いてるな。ちゃんとライターも何個か入れてくれて」

敬三が煙草に火を付けた。茶色の紙巻き煙草で外国製のものだった。

「怜司くんはどうした？　風邪はなおったのかい」

それが……と言いながら、向かいに腰掛けた。

「こっちに来なさい。そっちだと煙が行く」

椅子をずらして隣に座ると、うまそうに敬三が煙を吐いた。

「怜司は、どこかに出かけていったきりです。携帯に電話をしても出ない」

「何かあったのかね」

「わかりません。何かの下見に行くと言っていました」

下見？　と敬三が聞き返した。

「東京で職を探しているなら嬉しいんですが、どうもそうではないようです」

苦労して大学院まで出したのに、息子は健康保険証の手続き一つ満足にやれない。手続きが面倒というより、保険料の支払いが難しかったようだ。しかしそのせいで病院に行くのをためらっていたのかと思うと、情けなくもあるが不憫《ふびん》でもあり、どう対応したらいいのかわからない。

扶養家族として自分の健康保険に入れようかと考えたが、そうしたらずっと、文字通りこのまま扶養が続く気がした。

敬三の煙草の匂いがかすかに漂ってくる。煙草の煙は嫌いなのに、なぜか幼い頃の思いがよみがえってきた。

あの当時、煙草は大人の男の象徴だった。

子どもが……と言ったら、敬三がこちらを見た。

「怜司が何を考えているのか、さっぱりわかりません。この前は金を貸してくれと言われました」

「貸したのか？」

「はい。だけどそれで何をしたいのかと聞いても答えない。ふわふわしたことを言って、笑うばかりで」

やさしい子だよ、と敬三が答えて、紙袋をさぐった。

「人の気持ちを察して先回りをする。だけど誰もそこまで物を考えて生きちゃいないから、空回りしてやさしさが伝わらない。前にそう言ったら笑っていたが、あながち、はずれちゃいないだろ。おっと……灰皿……そこまでは気がつかなかったんだな。君、悪いが、あの空き缶持ってきてくれ」

ゴミ箱付近に落ちていた缶を拾って渡すと、敬三がそこに灰を落とした。

「怜司くんぐらいの年じゃなかったかね、会社が潰れて、君がこっちに戻ってきたのは」

「もう少し後ですけど」

たいして変わらないだろ、今になってみれば、と敬三が笑った。

「自分一人の裁量で仕事をしたいって、それがドライバーへの転職理由じゃなかったか。押しが強そうなスーツを着て、バブルのあの時代に都市開発？　不動産開発だっけ？　怖いものなしって勢いで働いていた君が、長距離トラックの仕事をするとは考えられなかった。すぐに音を上げると思ったよ」

「上げそうになりました」

「でも、やめなかった。私はね、すぐに東京に戻ると思っていたよ。子どもをのびのび育てたいって言っても、都会の便利さを知った人間が田舎に落ち着けるはずがない」

煙草の煙を吐いたあと、トラックとバスの仕事は違うか、と敬三が聞いた。

「バスのほうが視界が広くて、運転しやすいです」

「でも責任は重かろう。自分の判断と裁量でたくさんの人の命を運ぶ」

敬三が小さく笑った。

「怜司くんは昔の君と一緒だ。人のなかで神経をすり減らすだけの仕事がいやになったんじゃないか。もっとまっとうに、自分を生かせる仕事、誰かの役に立っているのが、はっきりわかる仕事につきたくなったんじゃないのか」

君には妻子がいたから、と敬三が煙草の灰を落とした。

「家族を養うために稼げる仕事をすぐに見つけた。だけど怜司くんは一人だから選択肢が広くて見つけられないでいる。それだけだ。彼を非難するのは、昔の自分を批判するのと一緒だよ」

そんな顔をしないでくれ、と敬三が煙草を消した。

「そんな情けない顔。言い過ぎた気がしてくる」

いいえ、と言ってコーヒーを飲むと、敬三が二本目の煙草に手を伸ばした。軽く箱を振って差し出されたので一本を取ると、敬三が火を付けた。

ほぼ同時に二人で煙を吐くと、なぜか笑いがこみあげてきた。その途端、中学生のように煙にむせた。

敬三が面白そうにそれを見て、息子が欲しかった、とつぶやいた。

「男の子がいたらと時々思った。怜司くんを見ていると今もそう思う。男兄弟がいたら、美雪も少しは楽だったかもしれん。怜司くんは、下見って言ってたのか」

「そうです」

私のせいかもしれない、と敬三が煙草を見つめた。

「東京の施設に移るのが決まったら、その前にここで何かしたいことがあるかとこの間、聞かれた。それで、上から町を見たいと言った」

「上からってのは、飛行機で見下ろすって意味ですか」

そこまでしなくていいが、と敬三が笑った。

「高いところからまわりの山を眺めて、この町を見渡してみたい。そう言ったら、どこか山にでも登ろうかと言っていた」

「そんなことを？」

「無理だと言ったがね。下見ってのは、ひょっとしたら何かそれに関わってるんだろうか」

やさしい子だ、と息を吐くようにして、敬三が言った。

「金を貸せと言うのは何か深い事情があるんだろう。たぶん悪事や遊びのためではないよ。どっしり構えていればいい。無責任なことを言うが」

「それができれば……」

「男親は扇の要《かなめ》だ」

「なんですか、それは」

「扇子の要の部分。男は女親みたいに家事もできなきゃ、細々と世話も焼けない。だけど、どっしり構えて稼ぎを持ち帰り、ばらばらになる家族を一点で留めて、大きく広がっていくのを支える。さて何で支えるか？　無償の愛と信頼だ」

抽象的すぎて、はあ、とため息まじりに相づちを打った。

「愛と信頼という言葉は嘘くさい。日本語にすると陳腐だ。しかし、つまるところそれがすべてだ。私は失敗したが、君はそうならんようにな」

「もう、ばらばらです」

「まだ大丈夫だ、君のところは」

ゆっくりと煙を吐くと、その行方を追って、敬三が空を見上げた。

「東京の……施設に行くことは決まったんですか」

「美雪がまごまごしているから、私のほうで探している。行くよ。自分の引き際は自分で決める。娘や孫らにこれ以上、迷惑をかけたくない」

寂しくないですかね、と聞いたら、「いやなことを聞く」と敬三が笑った。

「それも含めて、男親だ」

それで、だいたい話はわかったけど、と新潟市内のカフェで、彩菜がパスタをフォークに絡めながら言った。

「おじいちゃんの状況。来月、東京……じゃなくて埼玉の施設に移るんだね。それはわかった。うん、了解」

自分の言葉にうなずきながら、彩菜がフォークを回している。

「だけど、なんなの、これは。お兄ちゃんがお金を返すって言うから来てみれば、なんでお父さんと、この人がいるの」

「彩菜、お母さんのことをそんなふうに言うな」

「正直に言ったら、お前、絶対来ねえだろ」

「その前に怜司、お前、彩菜に金を借りてるのか」

「その話はあとでするから、お父さん」

黙ってくれという顔を怜司がした。その目の強さに言葉を飲み込み、コーヒーを飲む。

繁華街にあるライブハウスもかねたこのカフェはたいそう混んでいた。この店は週に二日、絵里花がアルバイトをしており、ライブがあるときは怜司も手伝っているのだという。

今日はその絵里花が働いている日らしく、テーブルの間を行き交いながら、時折心配そうにこちらのテーブルをちらちらと見ていた。フロアの一角には彩菜たちの商品が置かれているコーナーがあって、アクセサリーや香水を眺めている客がいる。

客の目を気にしながら、「しかもこの店で」と彩菜が声を押し殺して言った。

「なんだって、この店にお父さんを呼んだの」

「お前はここでは無茶しない」

怜司が腕を組んだ。

「だんだん、わかってきた。友達だらけだし、アヤニャンのイメージがあるからな、あんまりきついことを言わない。ほら、お客さんが気づくぞ、怖い顔するな」

「メイクしてなきゃわからないよ。お兄ちゃんってそういう言い方すると、お父さんそっくり」

くすっと美雪が笑い、彩菜が目を怒らせた。

「何がおかしいんですか」

「彩菜、まず食え。さっきからぐるぐる巻いてばっかで。文句言う前に先に食え」

フォークを持ち上げ、彩菜がパスタを口に入れた。

噛んでいる間はおとなしいので、一息つく思いで再びコーヒーを飲む。それは皆が同じようで、美雪も怜司も飲み物を口に運んだ。

大きな丸テーブルに子どもたちと美雪が座っている。遠い昔、こうやって一家四人で外食をした記憶があるが、どこで食べたのかもう覚えていない。

子どもたちを見ていたら、怜司と目が合った。申し訳なさそうな顔をしているので、腕時計に目を落とす。

ここに集まろうと言ったのは怜司で、発端は一週間前のことだ。

一週間近く家を空けた後、怜司が美越に戻ってきた。無精ひげをはやして、帰ってくるなり疲れたと言ってずっと寝ていた。

怜司が留守にしている間に枇杷の木は伐採が決まり、敬三は来月、埼玉の施設に移ることが決まった。東京の施設には空きがなかったらしい。

その話をしようと二階に上がると、怜司の声がした。電話で話しているようだが、言葉は英語だ。声をかけそびれて一階の台所に行くと、ふすまが開く音がして、怜司が下りてきた。

穏やかな顔で冷蔵庫からペットボトルのコーラを出し、グラスに注いでいる。

電話で何の話をしていたのか聞いてみたい。しかし先に枇杷と敬三の埼玉行きの話をした。

グラスを持ったまま、怜司はしばらく黙り、埼玉に移る前に、みんなで集まろうかと提案すると、どの範囲までを言うのかと聞いた。

「みんなって、どこまでだ？　俺だろ、彩菜、お母さん、彩菜の彼氏、志穂さん、お母さんの今の旦那と子ども。どこまで？」

「家族で。美越の家族で」

みえつのかぞく、と怜司がつぶやいた。

「お前がいない間に考えてみたんだが。車で弥彦山《やひこやま》に登って、ふもとの温泉で休むってのはどうだろう。車椅子で乗れる車両を借りて、移動したらいいんじゃないか」

父親は扇の要だと敬三は言っていた。

ばらばらになっている家族を綴じ合わせるのは、男親の役目だと。

愛と信頼という意味はよくわからない。ただ、寂しいのは父親の定めと敬三が笑ったとき、離ればなれに過ごした互いの年月をつなぎとめたいと思った。

いい案だと思うけど、と怜司がうなずいた。

「お母さんと彩菜がどう言うかわかんないよ。それに温泉は俺、パスね。俺の背中、人が見たらいやがるよ。ドライブぐらいなら、いいけど」

「お祖父ちゃんはこの先、温泉にはあまり入れないだろう。お母さんは男湯に入れないからな。東京の孫は小さいから、孫に背中を流してもらうなんてことも、この先ない」

やめてよ、お父さん、と怜司が言った。

「そういう情に訴える言い方するの。俺と温泉に入ったら、かえって心配するよ」

「別に風呂にはこだわらない。なんでもいいんだよ。みんなで集まれば」

わかった、と怜司が言って、グラスを流しに置いた。

「じゃあ、どこに行くかはともかく。それなら彩菜とお母さんを先に会わせたほうがいいだろ。あのまんまじゃまずいよ。そこらへん、お父さんは考えてる？」

それはなぁ、と言葉をにごすと、怜司が背中を向けてグラスをゆすいだ。

「まずそこを考えてから物を言ってほしいよ」

うるさいな、というと怜司が笑った。そして伐採の立ち会いに美雪が来たとき、彩菜たちが商品を納めているカフェで会おうと言った。

美雪にその話をすると、ためらいながらも彩菜と話をしたいと言った。伐採は業者の都合で平日に行うので日帰りになるが、その日の夕方か夜に会えたらうれしいという。そこで伐採の日取りを新潟にいる日に合わせてもらい、その夕方、怜司の手配で新潟市内のカフェに集まることを決めた。

その伐採は三時間前に滞りなく終わり、約束の時間に美雪とともにカフェに向かうと、怜司はすでに待っていた。彩菜は少し遅れてくるのだという。

コーヒーを飲みながらしばらく待ったが、なかなか彩菜は現れない。仕方なく先に食事を始めると、食後の飲み物が出たところで、ようやく店に入って来た。状況をすぐに悟って顔をしかめたが、絵里花にテーブルへ案内されると、決まり悪そうに席に座ってパスタを注文した。

まずは急いで祖父、敬三の状況を伝えた。

黙ったままで彩菜は話を聞き、料理がテーブルに届いても手をつけずにいた。しかし話が一段落した途端にフォークを取ってパスタを巻き始め、怜司に怒り出した——それが約五分前。

腕時計から利一は顔を上げる。

美雪の新幹線の時刻が近づいている。そろそろ本題に入らなければいけない。

彩菜がパスタを食べ終え、フォークをテーブルに置いた。ナプキンで口をぬぐって、立ち上がろうとしている。

「待て待て、彩菜、座れ」

「お前、逃げるのか」

彩菜が怜司をにらみつけ、席に座る。美雪がハンドバッグから煙草を出した。

「おい、美雪」

「禁煙席じゃないでしょ？」

絵里花が近づいてきて、「お煙草なら奥のお部屋で」と言った。見ると部屋の奥にガラスで仕切られた分煙室がある。

ついたてのようなものを持ってきて、絵里花が他の席からの目隠しを作った。その間に別のスタッフが人数分の水のグラスを奥へと運び、彩菜をうながす。

スタッフに笑顔を向けられ、なごやかな笑顔を返しながら彩菜が怜司に続いて個室に入っていく。ほっとして最後に個室に入ると、皆が顔を伏せるようにして丸テーブルについていた。

何と言ったらいいのかわからず、黙って椅子に座る。

間がもたなくて、テーブルの上に置かれた美雪の煙草に手を伸ばした。

「あなた、吸うの？」

「美雪、今は吸わないでくれ」

手にした箱を自分のシャツのポケットに入れると、「喫煙室なのに？」と美雪が聞いた。

煙草って……、と彩菜が軽蔑したように美雪を見た。

「煙草を吸う前に、何か言うことがあるんじゃない？」

大きくなったわね、とかすれたような声で美雪が言った。

彩菜が横を向いた。

「結婚、決まりそうだって。おめでとう。いろいろ……活躍してて」

「どうして今さら？　なんで今さら、お父さんとくっついてるの？　一番いてほしい時にいないで、どうして今さら、ここにいるの？」

怖いぐらいに低い声で彩菜が言う。激昂されるのもつらいが、冷静に話されるとまた別のつらさがある。

美越に母親がいたら、と彩菜が薄く笑った。

「私も東京に出てた。おばあちゃんが倒れたから、ここに残ったけど。きっと東京の大学に行ってたと思う」

今が不満なわけじゃないけど、と彩菜が個室の扉のほうを見た。

美雪は黙っていた。

「いろいろ言いたい気持ちはわかるが、彩菜。お祖父ちゃんは来月、埼玉に行くことになったから。たぶんこれが……」

そう言いかけて、縁起の悪い言葉が浮かんでやめた。

「その前にみんなで一度集まらないか。そう思って今日は……」

お父さん、あのね、と彩菜がまっすぐに見てきた。

「今まで山辺のおじいちゃんたちとは交流なかったのに、どうして今になってそういうの？　それだったら山辺のおばあちゃんはよかったの？　お葬式には行ったけど、生きてるときはそんなに交流なかったよ」

急に亡くなったから、と美雪がかみしめるように言った。

お兄ちゃんだって、と彩菜が怜司を見た。

「昔、お母さんに会いにいったら、あっちの人に何か言われたんでしょ」

あっちの人って？　と美雪が怜司に聞いた。

「昔の話だよ」

なんて言われたの、と美雪が怜司に重ねて聞いた。答えずに怜司が水を飲む。

「ちゃんと教えて。いつのこと」

手袋……と怜司が答えた。

「昔、手袋を持っていったとき……あのとき途中で旦那さんが喫茶店に赤ちゃんを抱いて入ってきただろ。お母さんがその子のおむつを替えにいったとき、君が怜司くんかって言った」

それで、とうながすと、怜司が軽く眉間にしわをよせた。

「妹さんの名前は知らないけど、君の名前はよく知ってるって。たまにママ……お母さんが赤ちゃんをそう呼ぶんだって」

それだけ？　と美雪が険しい顔で怜司を見た。

「それから……新潟のおじいちゃんは君たちにあの土地や家を譲りたいと言ってるみたいだけど、君はどう思ってるかって聞かれた。東京に出てきて、このままいるなら、そんな土地をもらっても困るよねって」

コーヒーカップに伸ばした美雪の手がかすかに震えた。

「そんなことを……」

「よくわからないけど、おじいちゃんに何かの援助を頼んだら断られた。そういう雰囲気」

「ほらね、今、みんなで集まったら財産目当てって思われそう」

「それならもうすでに、そう思われてるだろう」

三人の視線が一気に集まって、たじろいだ。

「そうだろう？　もしそう思うとしたら、お父さんや怜司が病院に通っている時点でそう考えるだろう。別にいいじゃないか、違うんだから。彩菜」

彩菜を見つめると、娘は視線をそらした。

「みんながそろう機会はこの先、それほど無いだろう。お祖父さんだけじゃなく、このなかの誰かが欠けるってことだってあるんだ。この年になって、お父さんもようやくそれに気が付いた。いろいろあるけど、今は集まらないか。みんなでどこかに行かないか」

彩菜の口の端にかすかな笑みが浮かんだ。

「それで、ニコニコするんだ、昔みたいに。お父さんは覚えてないかな。美越に来たとき、やたらバーベキューをしてたよね……。お父さんの休みが週末に重なると、いつも山や川に行って肉を焼くの。お母さんはお父さんがいない間、おばあちゃんとケンカしていつも泣いてた。だけどお父さんの前ではみんな、お父さんの顔色を見ながら、それを見せなくて。お兄ちゃんと私はママと……お父さんの顔色を見ながら、精一杯はしゃいでた」

ちっとも楽しくなかった、と彩菜が首を振った。

「またあれを再現するんだ。誰も何も楽しくないのに、お父さんのために演技するんだ」

もう、いいわ、と美雪が立ち上がった。

「ごめんなさい、私と父のことで騒がせて」

本当にもういいよ、と怜司が冷たく言った。

「彩菜が東京に行かなかったのは、お母さんのせいか？　お父さんもおばあちゃんも美越に残れって言わなかった。東京の大学に行きたかったら行けって言ってたはずだ。俺、お前が選んでここに残ったんだと思ってたけど、違うの？」

そういう言い方ないでしょ、と彩菜の声が震えた。

「お兄ちゃんがある意味、一番、被害者じゃない？　人間関係がうまくいかないの、結局それって、お……」

お母さんは、と彩菜の言葉を怜司がさえぎった。

「俺たちの年のとき、子どもが二人いた。他の女の子が働いたり友達と遊んだりしている間、ずっと家で俺たちと一緒にいた。お母さん一人を悪者にしたら楽だけど、そうじゃないこと、もうわかってるじゃないか」

彩菜が立ち上がると出ていった。その姿を美雪が目で追っている。

開け放したドアから、カフェのざわめきが個室のなかに押し寄せてきた。

新幹線で帰る美雪を新潟駅に送ると、ひんやりとした風が吹いてきた。薄い背中を丸めるようにして美雪は改札を抜け、ホームに上がるエスカレーターに乗る直前、小さく頭を下げた。

車に戻ると、怜司がハンドルに顔を伏せていた。

運転を代わると声をかけると、素直に席を降りて助手席に座った。

高速道路に車を乗り入れながら、バーベキューのときは演技をしていたのかと聞いた。

覚えてない、と怜司は答えた。

「覚えてるのは、お母さんが彩菜だけを連れて家を出て行ったときのことかな」

「そんなことがあったのか」

「大きなバッグを持って、僕らを連れてママが家を出た。だけど途中で立ち止まって、僕に一人で家に帰れるかって聞いた。帰ったよ。そうしたらすぐにママが戻ってきて、僕をつかむようにしてごめんね、ごめんね、って泣いた。そのまま行ってしまえばよかったのにって僕は思った。美越に来てからママは笑わない。泣いてばっかりだ」

ママと言って、お母さんと言い直し、怜司が窓に肘をついた。

「お母さんが出ていった日も……一回、一人で外に出たけど、すぐに帰ってきた。彩菜は寝ててさ。なんで戻ってきたってママに言った。一人で行けよって。彩菜は僕が見てるから一人で行けばいいって思った。お母さんが泣くの、もう見たくなかったんだ。お母さんは布団に顔を伏せて泣いて、それからふらふら部屋を出ていった」

時々思うんだ、と怜司が顔を窓のほうに向けた。

「あのとき、一人で行けって僕に言われて、お母さんはどう思ったんだろう。うまく……言えたらよかったのに」

すまん、と言ったら、「お父さんのせいじゃない」と怜司が言った。

「ただ……あのとき何も言わなかったら、お母さんは彩菜だけは連れていったかなって思う。そしたら彩菜の人生も変わってたのかな。僕は跡取りだから絶対渡さないって、おばあちゃんはよく言ってたけど、彩菜のことはそこまで言ってなかった」

高速道路から新幹線が走っていくのが見えた。一瞬だけ並行して走っていたが、すぐに列車が追い越していき、細い光の帯が横切っていった印象だけが残った。

子どもってつらいな、と怜司が言った。

「思ってること、うまく言えなくて。早く大人になりたいって思ったけど……でも大人になってもうまくやれないな」

うまくやれないでいるのは、両親の不仲のせいだろうか。

自分たちのせいで、子どもたちの心に傷を負わせたのだろうか。

怜司はとても優秀で、まったく手のかからぬ子どもだった。しかしそれは幼いなりに我慢を重ねていたのだろうか。

「そんなに、うまくやれないのか?」

怜司の肩が揺れた。軽く笑っているようだ。

「なんとか、しようとしているけどね」

そうか、と相づちを打ったら、半年前に見た、赤くただれた背中を思い出した。

決して怠けていたわけではなく、怜司は怜司なりに道を探し続けていたのかもしれない。

「お前、背中の肌荒れは大丈夫か」

「なんで今、そんなこと聞くの」

「病院代なら心配しなくていいんだぞ」

そういう問題じゃないよ、と怜司が言った。

そういう問題だ、と思う。

どうしても、うまくやれないのなら。肌から血がにじむほど世間とうまく折り合えずにいるのなら。

もう、いい、と利一は車のスピードを上げる。

好きなだけ家にいればいい。

うまくやれる場所が見つかるまで、支えられるうちは支えてやる。

高速道路と併走する高架を新幹線が再び走っていった。

一瞬のうちに過ぎていく光芒のなかから、なぜか美雪がこの車を見ている気がした。


朝の七時に万代バスセンターを出る便を運行すると、東京に着くのは正午近く。予定通りに到着してから、営業所で少し眠り、利一は居古井に向かう。

美雪と美越で会った直後は電話に出なかったり、些細なことで気分を害したりしていたが、最近の志穂は以前と変わらず、いつもほがらかで笑顔が絶えない。

それなのに居古井に行っても、前ほどくつろげない。

店の前に立って振り返り、宇佐美が住むマンションを見上げる。

宇佐美というあの男は向かいのマンションに住んでいるらしいと話すと、何号室に住んでいるのかも志穂は知っていた。夜遅くその窓にあかりがついているのを見ると、今日も頑張っているのだと思っているらしい。

それを聞いて以来、身体を合わせようとすると、外から見透かされている気がして、すぐに萎えてしまう。

疲れているのだと志穂はいたわってくれる。だけどそのやさしさが苦しい。

朱色のドアに手を掛けると、内側から開いて、なかから赤ん坊を抱いた母親が出てきた。続いて志穂が出てきて、視線が合うなり微笑んだ。そして母親に挨拶をして見送ると、すぐに準備中の札を取ってきて外に掛けた。

「早く入って。今日はね、リイチさんの好きなおかずだらけ。リイチさんが来る日だから、職権乱用えこひいきメニュー。怜司くんにも持ち帰ってね」

「今日は食事はいいよ」

「食べてきたの？　じゃあ……お茶、飲む？」

「お茶もいい」

志穂が不思議そうな顔をした。

「じゃあ、チョコ食べる……って言ってもリイチさんからもらったチョコだけど」

「口に合わなかったか？」

ううん、と志穂が首を振った。

「すごくおいしい。だからお供えして、ちょこちょこ食べてる。うれしいときに一個ずつ」

神棚の上から人形の絵が描かれた箱を下ろして、志穂がキャンディのような包みをつまんだ。包み紙を取るとなかから、一粒のチョコレートが現れた。

はい、と言って、志穂が口元に差し出した。

「いや、気を遣わなくていいんだよ、志穂」

気なんて遣ってません、と微笑み、志穂が自分の口に入れた。それから人形の小箱をかざして、少女のような声色を使った。

「ねえ、リイチくんはどうしたの、歯でも痛い？」

「大事な話をしたいんだ」

なあに、と志穂が箱を持った手を下ろした。

「いいこと？　悪いこと？」

「長い目で見れば、いいことだ」

どういう話？　と志穂の笑みが消えた。

「もう、ここには来ない」

なんで、と志穂がたずねた。答えようとして、言葉にならずに黙った。

「どうして、リイチさん。何かあったの？」

「何もない。ただ気が付いた。俺と一緒にいても、この先、たいした進展はない。俺たち、一回り違うだろ……今はいいけど、これからはそうはいかない。俺は今、四十九歳、来年は五十になる。志穂はまだ三十代だろ」

「四十近いよ」

「でも三十代だ。急げばまだ間に合うものがある。結婚、妊娠。子どもを作って、家庭を持つこともできる。俺はもう無理だよ」

「どうして？」

「今、子どもをもったら、その子が成人するときは七十近い。そこまで働けないし……」

何を言い出すの、と志穂が顔をゆがめた。

「なんで突然、おじいちゃんみたいなことを。できてもいない子どものことを心配して」

いやだ、と志穂が笑った。

「疲れてるんだね、リイチさん。座ってよ。いいから」

座って、と繰り返すと、志穂の目から涙が落ちてきた。

「お願い……立ったまんまで、そんなこと言わないで。いつもみたいに、そこに座って」

座ったら、帰れなくなる。泣いてる志穂が愛しくて。

好きな人ができたの、と志穂が聞いた。

「そういうわけじゃない」

「やっぱり奥さんが大事なの？」

「それは関係ない」

志穂が椅子に座った。

「どうして急に家庭とか子どもとか言い出すの？　私ね、リイチさん、子どもができにくい体質みたいなの。その体質改善のために母と食生活を勉強したのが、この店のきっかけ……。それがすべての理由じゃないけど、結婚相手ともうまくいかなかった」

重いんだって、と志穂が微笑んだ。

「私は重いって。束縛されるのが、彼はいやだったんだって。束縛なんてした気はない。ただ一生懸命、身体にいいご飯を作って、家を磨いただけ。あったかい……家族が作りたくて。だけどそんなの現実には、なかなか作れないんだね。生活に疲れて、お金を稼ぐのに疲れて」

だからね、と志穂が見上げた。

「リイチさんには何も求めない。束縛なんてしない。一緒にいられるひとときが大事、ずうっと一緒にいたい。リイチさんが東京にいろっていうなら、ここにいる。美越に来いっていうなら美越に行く。どっちでもいいっていうなら、いっそリイチさんのバスにずっと乗っていたい。だってお客さんでいたら、リイチさんは優しいもの。私を絶対、どこにも置いていかない」

置いていかないで、と志穂が泣いた。

「一人にしないで。どんな形でもいいから、リイチさんの人生の隙間にいさせて」

「なんで俺みたいなのに、そこまで」

好きだったんだ、と志穂が言った。

「初めて会ったときから、好きだったんだ」

椅子から降りて、志穂がとりすがった。

「どんなに寂しくても、リイチさんがいつも来てくれる、それだけで心があったかい。それだけで本当に幸せ。ただずっと一緒にいられるだけで、うれしいの」

その思いはいつまで続くのだろう。一つを得ると、また次のものが欲しくなる。半年前の自分もそうだった。

四十代の最後、子どもの手が離れて落ち着いたから、自分のために生きてみたいと願った。だから志穂を美越に招いた。ただ漠然と、今の仲から一歩さらに進めたいと考えていた。

それが気付けば、自分が築いてきたものはあまりにもろく、小さな衝撃ひとつで簡単に崩れてしまった。

子どもたちの心は不安定で、この先、いつまで生活を支え続ければいいのかわからない。

自分が働けなくなったあとは？　死んだあとは？

先々を考えると、将来ではなく老後という言葉が浮かぶ立場では、志穂に与えるものより、負担をかけてしまうことのほうがきっと大きい。

「ずっと……続くように思ってたけど、それを期待しては駄目だと気付いたんだ」

とりすがる志穂の肩をつかんで離すと、どうして、と志穂の声がふるえた。

この声が、このやさしさが、どれほど今まで心を満たしてきただろう。

でも、だからこそ。自分が沈んでいく場所に道連れにするわけにはいかない。

合い鍵をカウンターに置いて、外へ向かう。

ドアを閉めた瞬間、志穂の泣き声が聞こえた。

もっと早く気付くべきだったのに。

向かいのマンションを見上げたら、あの男が撮った志穂と幼い子どもの写真が心に浮かんだ。

子どもと頬を寄せ合って笑う姿はとても幸せそうで、自分の存在が志穂の可能性を潰してきたことを今になって痛いほど感じた。

第七章

越後一宮、彌彦神社のご神体を祀る弥彦山は新潟市からほど近く、日本海に面してそびえ立つ頂からは佐渡島と越後平野が見渡せる。ふもとから山頂へ向かう弥彦山スカイラインを走ると、海と山の景色が交互に現れ、やがて大きな青空が目前に広がってくる。新潟市から海沿いを走ってこの道に入り、雄大な天地の展望を楽しんだら、山をくだったところにある温泉へ。

いつか志穂を誘って来ようと思っていた。

できれば紅葉の時期に。

山麓の温泉宿の露天風呂に身を沈め、利一は目前の山を眺める。

木々の紅葉はまだ浅く、平日の昼間のせいか、男湯にはそれほど人はいない。

もう会わないと志穂に告げてから、何度か連絡が来たが取り合わなかった。

ただ、一度だけ、今にも死ぬようなメールが来た後だけは電話をかけた。無事を確認してほっとしていると、嫌いになったわけではないだろうと志穂が言った。

わかるの、と続けた声は震えていて、その途端、あかりを落とした居古井で志穂が座っている姿が浮かんだ。

「リイチさんはそういうこと口に出さない人だから。だけどわかるの、こうして話してると。私のこと、まだ好きでいてくれるって。そう思うのは気のせい？　私のうぬぼれ？」

黙っているのが誠実な気がした。すると「何か言って」と志穂が泣いた。

「あんなことメールして、ごめんなさい。ほんと、ごめんね。気の……迷い。大丈夫、私、馬鹿なことしないから。何を言われても絶対死なないから。だから思ってることを言って」

志穂の連絡を絶ちきる言葉がひとつある。それを言ったら、必ず引き下がってしまう言葉が。

「ねえ、リイチさん。本当のことを言って。何かわけがあるなら、私も一緒に考える。ねえ、リイ……」

「重いんだよ」

志穂の言葉にかぶせて言い放つと、電話の向こうで静かな時が流れた。それから「ごめんなさい」と小さな声がして、連絡は一切来なくなった。

その最後の声が耳から離れない。

家の台所には志穂が美越に来た日に持ってきた総菜の容器と蒔絵の重箱が残っていた。その重箱には自分と怜司の好物のほかに、見るからに手の込んだ料理が詰まっていて、三人で楽しく食べようと腕をふるってきたのがよくわかった。

早く返せばよかったのに返しそびれ、宅配便で送ればよいものを、志穂がこの漆器をたいそう慎重に扱っていたことを思うとためらわれ、今も家に置いたままでいる。

言い訳だな、と目を閉じる。

どこかでまだ、つながっていたいのだ。

志穂の家には自分の着替えや歯ブラシを置いていたが、美越には志穂を思い出させるものはあまりない。誕生日のプレゼントはいつもすぐに志穂の部屋で使えるもので、こうしてみると重いどころか、何の痕跡も志穂は残していかなかった。


湯をすくって顔にかけ、利一は山を見上げる。

なだらかな稜線の上にぽっかりと白い雲が浮かび、空の青さが際立っている。この空はどこまでも続き、六時間近く車で走っていけば、その下には小さな店と志穂がいる。

別れるなら徹底的に、嫌われるぐらいのほうがいい。しかしそのために志穂が一番いやがっていた言葉を投げつけ、古傷をえぐったのが辛い。

のぼせてきたのか、肌が赤くなってきたので浴場を出る。

浴衣《ゆかた》ではなく、着てきた服を身につけて腕時計をはめた。

その時計は昔、志穂の父親に勧められたメーカーの物だった。

仕事の進め方、酒の飲み方、時計や靴の選び方にスーツの仕立て方。背が高くて腕が長いなら、スーツは既製品より仕立てたほうがいいと教えてくれ、店を紹介してくれたのも志穂の父親だ。

スーツ姿をよく覚えていると志穂は言っていた。

同じ店で作っていたから、あの姿はどこか父親と似ていたのかもしれない。

なつかしさが愛情を加速させていく。

なつかしさは――。

ほてった身体を麦茶で潤し、男湯を出てゆっくりと廊下を歩く。

車椅子用に整備されたスロープを確認しながら、部屋の戸を開けると、浴衣姿の美雪が窓際に座っていた。


弥彦山のふもとのこの温泉宿には日帰りのプランがあり、夕方まで部屋を利用できるうえ、海の幸を盛り込んだ会席膳を楽しめる。

敬三との一泊旅行のため、車椅子に対応している宿を探していた怜司がこのプランを見つけた。そして自分は用事があって行けないが、今度美雪が美越に来たとき、下見もかねて彩菜と三人で行ってはどうかと勧めてくれた。

この間会った様子では、彩菜は行かないだろうと答えると、それについてはまかせておけと怜司が自信ありげに言った。先日、彩菜にひとつ『貸し』を作ったのだという。

どういう貸しなのかわからないが、その数日後に連絡が来て、彩菜は一緒に行くと言った。ところが今朝になって、やはり行かないと電話をかけてきた。体調を崩したのだという。

仕方なく萬代橋近くのマンションにいる美雪を迎えに行き、二人で海沿いの道を走った。

彩菜が断ってきたことを聞いた当初、美雪は沈んでいたが、空は晴れ、海の青も山の緑も鮮やかに見える。しだいに表情は和らぎ、山頂に登ったときは微笑んでいた。

部屋に入り、使わなかった浴衣を利一は乱れ箱に戻す。

窓際にいた美雪が立ち上がり、「疲れた？」と言いながら、座卓についた。

「お茶でも淹れるわね」

「いいよ、脱衣場で麦茶を飲んできた」

「女湯にもあったわ。浴衣……着なかったの？」

「ちょっと外を歩いて、あたりを見てこようかと思って」

外？　と茶器に手を伸ばした美雪が顔を上げた。

「移動が楽そうだったら、お義父さんもこの周辺を楽しみたいだろう」

決まり悪そうに美雪が立ち上がり、自分も一緒に行くと腰を上げた。

「いいよ、俺がざっと見てくるから」

「そういうわけにはいかないわ、父のことなのに。私も行くから少し待って」

「じゃあ、ロビーにいるよ」

着替えを手にした美雪を残して、ロビーに向かう。

本当は浴衣でくつろぎたかった。しかし旅館の一室で美雪と二人、浴衣姿で向き合うのはためらわれた。

ロビーのソファに座って、利一は軽く目を閉じる。

怜司が調べたこの旅館は車椅子の客に慣れているようで、昼食を前にした打ち合わせはスムーズに終わった。それで下見のほとんどは終了し、彩菜さえいれば、このあとは温泉に入って昼寝でもできるはずだった。

もっとも美雪と彩菜の仲がすぐに修復するとは思えず、彩菜がいればいるで昼寝どころではなかったかもしれない。

美雪に声をかけられ、利一は薄く目を開ける。

クリップでゆるく上げられていた濡れ髪は乾かされ、ピンで留めなおされている。コートの衿からは白いうなじがのぞいていた。

「寒くないか？　首になんか巻けよ」

細かいわね、と美雪がバッグからスカーフを出した。

「そうしないとすぐに風邪ひいたんだよ、怜司は」

「そう……怜司もね」

美雪がスカーフを巻き、歩き出した。そのあとに続いて温泉街に出る。

故郷を去る前にこの地方を見納めしたいという敬三の要望は、自分が暮らす地方を志穂に見せたいと思う気持ちと似ていて、心に温めてきた計画がそのまま役に立った。

志穂のために調べておいた店で菓子や雑貨を手にして、美雪が微笑む。東京への土産に買った袋を持ってやろうとすると、美雪が袖口に目を留めた。

「なつかしい時計ね」

よく覚えてるな、といったら、美雪が何かを思い出すような顔をした。

「冬のボーナスが出た次の日曜日、買いにいったわね。怜司を抱っこして」

「本当によく覚えてるな」

「初めてバスで会ったとき、なんでだろう……あなたの腕を見た。今もこの時計をつけてる気がして」

「仕事のときは別の時計をしてる。目覚まし付きなんだ」

温泉街を抜けて清流沿いの小道に入ると、杉の木立が続いていた。

一足ごとに町のざわめきは遠のき、かわりに清々しい空気が流れてくる。

目覚まし付き？　と美雪が不思議そうにたずねた。

「時間がくると振動する」

「何に使うの？」

「お客さんを新潟で降ろしたあと、うちは美越の営業所まで戻ってこなきゃいけないんだけど」

一人で？　と聞かれたから、「一人で」と答えると、美雪のスカーフが首から落ちた。

スカーフをまき直しながら「それで？」と美雪が見上げた。

「お客もいないし、一人でいると気が緩むから、毎回、新潟と美越の中間ぐらいにあるパーキングエリアに車両を停めて、さっと片付けたあと少し休憩する」

「何を片付けるの？」

「ブランケットとか、お客さんが残していったゴミとか。そういうのをまとめたら、缶コーヒーを飲む。それから十五分だけ目覚ましをかけて寝る」

「ちゃんと起きられる？」

「手首で振動されると、さすがに起きる。でも寝覚めが悪いときがある。昔の夢を見て」

どんな夢かと聞かれて言葉に詰まった。

見るのはいつも、美雪が泣いている夢だ。

居眠りの防止かと思った、とやさしい声がした。

「それから……到着予定時間まであと一時間とか二時間って感じの、カウントダウン」

「そういう使い方もできるけど、それはどっちかというと場所で感じるね。関越トンネルを越えると、あと半分って気分になる。冬なんて特に。東京側に抜けたら空が晴れて、新潟側に戻ると雪で真っ白。景色ががらっと変わるんだ」

「こっちに戻ってくると安らぐ？」

「そうでもない。東京には彼女がいたし」

「トンネルを抜けると男で、戻ると父親……」

博多の夫もそうなのね、と美雪がつぶやいた。

「本州を抜けると男で、東京に戻ると父親」

この間、夫と三人でディズニーランドに行ったと美雪が微笑んだ。

よかったな、と言うと、軽くうなずいた。

「でも……息子をはさんで、夫婦で『演技』をしてた。仲良しのパパとママ……。そんな親の顔色をうかがって、息子も彩菜みたいに演技をしていたとしたら、救われないわね」

「彩菜だって、心底、つまらなかったわけではないと思うよ」

そうね、と美雪が足元を見た。

「明るい話をしようかしら。眼鏡を買ったの」

ハンドバッグからケースを出して、美雪が眼鏡をかけてみせた。

「最近って眼鏡もおしゃれなものが多いのね」

その眼鏡は黒縁で、笑うと表情がやさしく艶めいた。

「できる秘書みたいだ」

「眼鏡を受け取ったら、気分が明るくなって、デパートに寄って口紅を買った。そうしたら新しいチークも欲しくなって、今日、二つともつけてきたわ」

「ほめたほうがいいのかな、よくわからんけど」

「いいのよ、大体わかる。悪くはないのね。あなたって気に入ると、照れて視線をすっと横に流すのよ」

そうかな？　と聞くと、「そうなの」と美雪がうなずいたあと、礼を言った。

「礼を言われることなんて、してないが」

「最近はお化粧する気力も無くなってたんだけど、お洒落な眼鏡を買ったら少しずつ元気がでてきた。夫も心なしか、やさしいわ」

「博多の彼女とは続いているのか？」

もう、いい、と美雪がうつむいた。

「彼にとって、おそらく最後の恋なのよ。たけちんにあみちん……この先、ここまで馬鹿になれる相手って、もう出ないかも。そう思って彼を見てたら泣けてきた。丸くなってるの、背中や腰回りが」

「太ったってこと？」

「たるんだのよ。若く見えても、年って後ろ姿に出るのね。それを見たら、せつなくなってきた。悲しいけど……息子の良いパパでいてくれるなら、もういいわ」

みんな、どうしてるんだろう、と美雪が杉の木立を見上げた。

道の奥から吹く風が、軽く額の髪をなびかせている。

「最近よく思う。みんな、自分の年とどう向き合ってるのかって。あの頃の友達や先輩たちはみんな、どんなふうに考えてるんだろう」

「それぞれ生き方も事情も変わってきてるから、会って話したところで何もかみ合わないよ」

高宮先輩、と、かすかな声が耳に届いた。

「高宮先輩は変わってないね」

「変わったよ。くすぐったい、そう呼ばれると」

「私が好きだったところは何も変わってない。声、やさしい手、広い肩」

だからね、と美雪が足を止めた。

「触れたい」

「触れたいって？」

振り返ると木立の向こうに来た道が続いていた。そこに幾度も夢に見た人が立っている。

さわりたいの、と美雪が目を閉じ、ゆっくりと開けた。

「さっきの部屋を取りました。あなたと朝まで一緒にいたい」

今のままだと、と薄紅色の唇が動いた。

「いまわのきわに後悔する。もう一度、あなたに触れたかったって。忘れるために、抱かれたいの」

「女にそう言われて、はい、そうしましょう、と答える男はあまりいない」

ほつれ毛を耳にかけ、美雪がうつむいた。砂利道を戻って軽く背を丸め、その耳元で言った。

「身一つで戻ってくる度胸はあるか？」

「身一つ？」

「子どもを置いてこれるか？　俺にはなつかないぞ。自分の父親を出し抜いた男になつくほど、子どもは子どもじゃない。一人で戻ってくるか？」

忘れるためってなんだ、と言ったら、自分の声がわずかに荒らいだのがわかった。

「今を捨てる度胸もないのに誘うな。何一つ捨てる気はないくせに」

「捨てると言ったら？」

美雪が強い目で見つめてきた。

「今度は二度と離れないと言ったら？　あなたこそ受け止める度胸はあるの？　息子を連れて帰ってきて、この町で父と一緒に暮らすと言ったら？　私を受け入れる？」

あなたに負担はかけない、と口早に美雪が言った。

「何の負担も。ただ、失った物を取り戻したい……怜司と彩菜。埋めきれないけど、溝は埋められないことはわかっているけど、もう一度……」

わかってる、とかすかに美雪が微笑んだ。

「あなたには、いい人がいる。若くてかわいい人が。あなたこそ、捨てる度胸はあるの」

「別れた」

来た道を引き返すと、軽い足音が追いかけてきた。

「なんて言ったの？」

「彼女とは別れた」

「どうして？　私のせい？」

後ろから軽く腕をつかんで、美雪が見上げた。その顔を見たら、「怖くなった」という言葉が口に出た。

「好かれすぎて……。俺に何かあったら、この子はとことん尽くすだろうと思ったら怖くなった。俺の人生は畳む時期に入っていて、望まれても与えられないものがあるよ」

「彼女が何か望んだの？」

何も、と答えたら、志穂の震える声を思い出した。

「俺の人生の隙間に置いてほしいって言ってた。なんで俺みたいなのにそこまで。隙間になんて置けない。誰かの人生のど真ん中で、子どもや孫に囲まれて幸せそうに笑ってるべき人なんだ」

馬鹿ね、と美雪が腕から手を離した。

「あの人が病気になったり困ってたりしたら、あなたのほうこそ何の躊躇《ちゅうちょ》もなくとことん尽くすでしょうに。好かれすぎた？　逆よ。好きすぎて、怖くなったのね」

「なんだよ、それは」

「置いていかれるのが怖くなったから、今度は自分が置いていったのよ」

「俺はお前に置いていかれたのか」

そうよ、と美雪が足元を見た。

「私は家族を置いて逃げた、ひどい女よ」

それから美雪は黙り込み、二人で宿の前へと戻った。

駐車場へと向かいながら、「帰ろう」と声を掛けた。

何も言わずに美雪は宿に入っていった。


美雪を宿に残して美越の家に帰ると、怜司が車で戻ってきた。夕飯がまだだというので、弁当を買いに行こうかと二人で話していると、玄関の呼び鈴が鳴った。

戸を開けると、ショート丈のトレンチコートを着た小柄な男が立っていた。中途半端な丈が身体をいっそう小作りに見せている。

彩菜の恋人らしき男、大島雅也だった。

人なつっこい笑顔を見せて、そつのない挨拶をした後、彩菜に会いたいと雅也が言った。

「うちには帰っていませんが」

ええっ、と雅也が丸っこい目を見開いた。そうしているとずいぶん幼く見える。

「おっかしいなあ。今日は仕事が休みだから、夜はぼくの親と食事する予定だったんですけど、急に具合が悪いからってキャンセルしてきて。美越に帰るって言ったから僕……」

隠れているのではないかと言いたげな様子に、奥へと手を指し示す。

「まだ帰っていませんけど。よかったら、どうぞ」

なら、いいです、と雅也が頭を下げた。

「どうぞお構いなく。ひょっとして、この間のことが気になってるのかと思って」

「この間のことって何でしょう」

立ったままでは何だから、あがるようにと勧めたとき、怜司の足音が聞こえてきた。

怜司、と声をかけると、「何？」と返事が戻ってきた。

「彩菜から連絡あったか」

「ない」

「お茶、淹れてくれ」

「俺が？」

「いえいえ、本当にお構いなく。でも、ちょっと待っててください」

そう言って雅也が外に出て行き、紺色の大きなバッグを持って戻ってきた。ファスナーで開閉する箱形のソフトケースで楽器でも入っているようだ。

ふたを開けると、着物や草履などが出てきた。

「これ、ぼくの従姉妹の振袖なんですけど、よかったらどうかって。一切合切、全部セットで入っています。気に入らなかったら、他にも出してくるけど、まずはこれ見てほしいって。こいつがイチオシらしいです」

何のことかと聞くと、「お茶」という声とともに怜司が現れた。右手で盆を持ち、左手には二枚の座布団を抱えている。

「お父さん、座布団。冷えると痔になるよ。そちらもどうぞ」

お茶はいいです、と座布団を受け取りながら、雅也が振袖を見た。

「着物にこぼしたら、大変だから」

そうですか、と盆を持って、怜司が戻っていった。

あがりかまちに敷いた座布団に雅也が腰掛けた。それから話を聞いたところでは、彩菜は雅也の母親からお茶の会に招かれているらしい。

「で、よかったら着物を着てきてほしいってお袋に言われて」

「何のお茶会なんですか」

「裏か表かって意味ですか？」

裏？　と聞き返して、茶道の席であることに気が付いた。

「お茶席ということなら、うちの子にそちらの心得はないと思うんですが」

「彼女もそう言ってました、着ていく着物もないしって。作法なんて別にいいらしいですよ、内輪の会だから。難しいこと考えずに成人式の振袖でいいって母が言ったんですけど、それも無いって」

はあ、とため息まじりに返事をすると、雅也がうれしそうに笑った。

「それじゃあ可哀想すぎるって、母がこれ、従姉妹から借りてきてくれたんです」

「可哀想すぎる、ですか」

ああ、いや、と雅也が慌てた様子で手を振った。

「もちろん、着物の代わりに海外旅行に行ったたって言ってましたけど。でも旅行じゃ振袖の代わりにならないだろうって母が。旅行はいくつになっても行けるけど、振袖は今しか着られない。結婚したら着ちゃいけないものだって言ってましたよ」

その昔、東京の大学に進学しなかった彩菜に車を買い与えたことを思い出した。車では大学の代わりにならなかったのではないかと悔いていたが、それは振袖も同じ事だったのだろうか。

男親ではわからぬことがある。そう言った雅也の母親の顔を思い出した。

「着物を着なければいけないんですか？」

さあ、と雅也が首をかしげた。

「僕にはよくわからないんですけど。でも単純に彩菜ちゃんの振袖姿を見たいな。見たくないですか？」

「じゃあ結婚式で着れば？」

奥から声がして、怜司が現れた。あまり聞いたことがない、ぞんざいな言い方だった。

「そもそもさ、おたくら結婚するの？」

「それはぼくも聞きたいんですけど、お父さん、どうですか」

知りませんよ、と言ったら、腹が立ってきた。

「あなた方にまかせてますから。私のほうこそ聞きたい。どうなんですか」

いやあ、それがですね、と、なれなれしい口調で雅也が向き直った。

「なんだかのらりくらりしてて、最近はメールのレスも遅いし。二言目にはイベントが忙しいって、平気で予定をすっぽかす。あんなのしょせん、お遊びでしょ？　将来のことをどう考えているんだろ……。今日だって、そろそろ式場の下見とか親と打ち合わせをするつもりが」

うち、抜きで？　と怜司が冷たく言った。

「お兄さん、小姑みたいですね」

壁にもたれた怜司が、雅也に微笑んだ。すみません、と頭を下げた雅也があわてて言った。

「やだなあ、お兄さんの眼力、彩菜ちゃんみたいで。反射的にあやまっちゃった」

照れたように笑う表情は屈託ない。何不自由ない家庭に育つと、人はこんなふうに笑うのだろうか。

「娘は……うちに帰るって言ってたんですか？」

「メールにはそう書いてきましたけど。それから全然連絡ないし。もう、どこに行ったんだろ」

病院に行ってるのかもしれない、と怜司が言い、「もう閉まっているでしょう」と雅也が言い返した。

祖父の病院に、と腕組みをして、怜司が物憂げに雅也を見た。

「どこが悪いのか知らないけど、具合が悪いから診察を受けにいきがてら、じいちゃんのところに顔を出しているのかもしれない」

ああ、と雅也がうなずいた。

「それなら納得」

「上がってください。食事は？　何か取りましょう」

いや、いいです、と雅也が立ち上がった。

「明日、早いから帰ります。彩菜ちゃんが来たら、これ、見せといてください」

軽く一礼すると、「なんで電話に出ないんだろ」と小声で言いながら雅也が出て行った。

気付けよ、とゆっくりと怜司が三和土《たたき》に下りて、玄関に鍵をかけた。

「いやがられてるんだよ」

その言葉に志穂を思った。

いやになったわけではないのに。

重いと思ったことなど、一度もなかったのに。

「どうしたの、お父さん」

「別に……これを片づけてるだけだ」

振袖が入ったバッグのファスナーを閉めていたら、ためらいがちな声がした。

「お父さん、あのさ、電話っていえば……俺、志穂さん」

怜司、と言葉をさえぎると、どこからか、すきま風が入ってきた。

「お前には関係ないことだろう」

ごめん、と怜司がつぶやいた。

「何をあやまってるんだ」

その瞬間、鍵が開く音がして、引き戸が静かに開いた。振り向くと、帽子を目深《まぶか》にかぶり、サングラスにマスクをした彩菜が入ってきた。

タイミング悪いな、と怜司が声をかけた。

「彼氏が来てたぞ。ついさっきまで」

知ってる、と彩菜がうつむいた。

「家の前に車があったから」

「じゃあ早く入ってこいよ、そんな芸能人気取りの格好してないで。おかげで俺とお父さんは、あいつにさんざんぼやかれて、いい迷惑だよ」

ごめん、と言いながら帽子を取り、彩菜がさらにうつむいた。

どうしたのかと聞きかけ、利一は息をのむ。

サングラスとマスクを外した顔にはびっしりと、虫に刺されたような腫れ物が吹き出ていた。

彩菜の発疹は蕁麻疹《じんましん》らしく、病院に行ったが原因はわからないとのことだった。ただ、絵里花や沙智子と共同生活をしている家は今、模様替えをしている最中で、そのほこりの影響ではないかと言っていた。それもあって美越の家にひとまず戻ってきたらしい。

そうだとしたら、言い過ぎたのかもしれない。

東京行きの仕事を終えた正午過ぎ、志穂の家に向かう電車に乗りこみながら、利一は考える。

座席に座って、志穂の重箱を入れた紙袋を膝に置き、二日前のことを思い出す。

あの夜、発疹を気にして、うつむいている彩菜に、雅也が持ってきた着物を見せた。断ったのに、と持ち込まれた振袖を見て、彩菜がため息をついた。

「なんでそんな会に行かなきゃいけないのか、わからないし。だけど結婚したら、お茶を習いにいくとか、勝手に話は決まってるし。人の着物を借りてまで、そんなところに行きたくないよ」

行きたくない理由のひとつが着物のことなら、解決できる気がした。

振袖ではないが、美雪から嫁入り道具の着物を何枚か預かっている。

彩菜のためにと持ってきたその着物は淡いピンクや若草色で、晴れやかな席に合うような気がした。

そこで預かっていた着物のなかから華やかな色のものを取り出して畳に広げた。しつけ糸がかかったままの着物を手にして、彩菜が一瞬驚いた顔をした。しかし美雪のものだと聞くと「いらない」と手を離した。

「俺、よくわかんないけど、気に入らないならリメイクすれば」

怜司がピンク色の着物に手を伸ばした。

「これなんて、すごい綺麗だよ。イベントの衣装で着物をリメイクしたのあったろ？あんな感じでこいつをリメイクしてお茶会に行ってやれば？　驚くだろうな」

彩菜が着物に再び手を伸ばし、縫い目を確認し始めた。

お前のそれはね、ストレスだよ、と怜司が言った。

「ちゃんと理由を考えろよ。ほこりのせいにしないで。俺も顔に出たときあるよ」

すぐに治った？　と彩菜が聞き、「一日ぐらいでね」と怜司が他の着物を手にした。

「虫に刺されたんだと思って、何度もバルサンをたいたけどさ、結局、虫じゃねえの」

何だったの？　と彩菜が着物を裏返した。

「だからストレスだって。会社辞めたら出なくなった。結局元を絶たなきゃ駄目なんだよ。思い出してみ？　何で出てきた。いつ出たよ？」

今朝、と力なく彩菜が答えた。

「よっぽどいやなモンがあったんだろ。それって結局、あの彼氏のママンとの食事会なんじゃないの？」

「それとも実の親か？」

彩菜が顔を上げた。そう思って赤い発疹を見ると、言葉にできない感情が噴出しているかのようだ。

「朝、発疹が出てきたってことは、つまりそういうことだろう。お前、そんなに今日、お母さんと旅行の下見に行くのがいやだったか」

わかんない、と彩菜が着物から手を離した。黙ってそれを取り上げ、丸めて畳紙に入れた。

「これを切り刻むのはやめろ」

「そういう言い方って、なくない？」

「お前のお祖母さんがお母さんのために作った着物だ。いらないなら返す。お母さんにとっては、お祖母さんとの思い出の品だ。気に入らないからってズタズタにするな」

「ズタズタって、お父さん、私が作っているもののこと、そんなふうに見てたの」

「そういうことを言ってるんじゃない。話をそらすな。そんなにいやか？」

彩菜が軽く横を向いた。

「そんなにきらいか。蕁麻疹が吹き出るほど親が許せないか」

もういい、と立ち上がったら、何かが吹っ切れた。

「無理しなくていい。旅行には来るな。必要なら着物を作れ、費用は出す。親切めかして遠回しに嫌みを言われるのは、こりごりだ」

お父さん、と彩菜の顔が軽くゆがみ、怜司が目を怒らせた。

「言い過ぎだよ、お父さん。気持ちが弱ってるときに、そんな言い方するなよ。この顔を見て、よくそんなこと言えるな」

それから彩菜は家を出ていき、あれ以来、怜司の態度は冷淡だ。

ぼんやりと考えている頭に、車内のアナウンスが響いてきた。降りる駅が近づいてきたことに気付いて、膝に置いた荷物を見る。

秋は深まり、年の瀬が近づいてきた。いつまでも重箱を手元に置くのがはばかられ、志穂に返すことにした。宅配便で送ろうと厳重に梱包したが、直前でまたためらい、自分で運んで来た。

店に入るつもりはない。本当は志穂が喜びそうなものを同梱したかったが、それもしない。

居古井の勝手口にある、雨の当たらぬところに置いていくつもりだ。そこは配達に来た人々が物を置いていく場所だから、必ず見るはずだ。

電車から降り、通い慣れた道を歩く。店の近くまで来ると、足が早くなった。

大きな幹線道路を渡ると、朱色のドアが目に入ってきた。

その中央に大きな紙が貼られている。

あわてて勝手口にまわって二階を見上げた。カーテンはなく、むきだしになった窓から天井板が見えていた。

重箱を抱え、朱色のドアを再び見る。

志穂の店は売りに出されていた。

＊＊＊

新潟にある美越という町で「キッチン・カフェ」という名前の店を開いて十二年。その前は同じ名前のカフェバーを近くの町で営んでいたから、あわせて二十年近く。

その店を来月に閉めることになり、住所を知っている人々に挨拶のハガキを送ったら、東京から二人の知人が電話をかけてきた。

東京・新宿駅の南口に出て、池上明江は足を止める。小雨が降っていた。

折りたたみの傘を広げて、バッグから手ぬぐいを出す。土産を入れた紙バッグが濡れないように上にかけると、長い階段を街へと下りる。

連絡をくれた一人はこの手ぬぐいをくれた女性で、有機農法の食材を使った定食屋を営んでいた。京都で行われた薬膳の研究会で出会った人で、名刺の交換をしたら、「美越のお店なんですね」と微笑んでいた。知り合いがいるのだという。

もう一人はこれから会う、ミュージシャンの江崎大輔だ。

江崎はその昔、一世を風靡《ふうび》したバンドのボーカルだった人物で、自分は彼のデビュー当時からのファンだ。当時のような華やかな舞台からは遠ざかっているが、彼は今でも全国に根強いファンがいて、音楽の専門学校で講師をしながら、カフェや公民館、時には銭湯などにも呼ばれて歌い続けている。

自分の店も彼のライブ会場のひとつだ。

閉店の知らせを見て連絡をしてきた江崎は、どこか悪いのかと、いきなり聞いてきた。

顔と頭だと答えたら「ふざけてないで」と真面目な声で言われた。

「じゃあ真面目に答えるけどさ、一身上の都合ってやつだ、江崎さん」

一身上の都合？　と聞き返して、結婚でもするのかと江崎が言った。

「結婚はしないけど、一緒には暮らすかな」

「誰と？」

「若いイケメンとだ」

「どこで？」

大阪で、と答えたら、電話の向こうでため息が聞こえた。

「何か騙されてないか、ママ。美越の家はどうすんのさ」

「どうするもこうするも、家も店も借りモンだから返すだけ」

そうなんだ、と江崎が不思議そうに言った。

「あんなに派手に改装しているから、自分の家かと思ってた」

「古いから好きに改装していいって言われてね。家主が代替わりしたら、あそこは壊してマンションが建つことになってる。いずれは出なきゃいけなかったから、それを少し早めただけだ」

いろんな事情があるもんだね、と江崎が寂しげに言った。

その電話の折、閉店にあたって挨拶の品があると江崎に伝えた。送るつもりでいるけれど、もしよかったら、じかに渡せたらうれしいと言った。

すると日時の候補を挙げてくれたら、時間を空けると江崎が答えた。

楽しみにしている日はすぐに来てしまう。江崎が待ち合わせに指定した店はもう目の前だった。

傘を畳んでビルの軒下に入り、バッグにかけた手ぬぐいを畳む。

布の端に彼女の店の名前が出てきて、その文字に目を落とした。

連絡をくれた彼女は、一足先に自分の店を畳んでいた。

ずっと悩んできたが、十五周年を迎える日に一区切りをつけようと決めたのだという。力のない声で話していたので、体調でも崩したかと聞いたら、二週間前に二階の住居から一階に水が漏れ、店の内装や電気系統がだめになったのだと言った。結局、そのまま店を閉めることになり、正確に言えば十五周年の日まで営業できなかったらしい。

研究会での彼女は薬膳のほかにハーブや民間伝承の健康食の知識も豊富で、参加者のなかでも際立っていた。しかし会が終わったあと、皆で飲みに行くと、店の客足が途絶えてきたことに悩んでいた。

一区切りということは、形を変えて再開するのだろうか。

そう聞いたら、曖昧に笑って答えなかった。

受話器を置いたあと、立ち入ったことを言ったと反省した。

女一人が細腕で、心血注いで回してきた店を畳むのは、資金繰り以外にも理由がある。別離、結婚、離婚、妊娠、育児、闘病、介護。自分に変化があったか、身内に変化があったときだ。

本当に、立ち入ったことを聞いてしまった。


江崎が待ち合わせに指定した店はクラシックが流れる天井の高い店で、床には淡い緑の絨毯《じゅうたん》が敷かれていた。広い店内に人はまばらで、すぐに江崎は見つかった。

黒いジャケットを着て、銀鼠《ぎんねず》のショールを軽く首のまわりに巻いている。しかしその前には先客が座っていた。

長い髪の若い女性が江崎の前でうなだれている。別れ話でも切り出されているようだ。

江崎がこちらに気付いて手招くと、女性が力なく振り返った。

悲しげな顔をしていたので、携帯に連絡をくれという手振りを江崎にした。

すると「おいでよ」と手招かれた。

「俺はママを待ってたんだよ」

仕方なくテーブルに近づくと、女が立ち上がり、帰り支度を始めた。

ごめんなさい、と声がした。間近で見ると、黒目がちの瞳がきれいで、少女といっても通りそうな風情の子だ。

「私が押しかけてきたんです。すみませんでした、先生、お約束があるところに」

江崎の生徒だとすると、ミュージシャン志望なのだろうか。

親しくさせてもらっているが、こうした芸能界の予備軍の女の子に先生と呼ばれているのをみると、やはり江崎は違う世界の人だと思う。

テーブルの上にはまったく手が付けられていないケーキがあった。立派なイチゴが乗ったショートケーキだ。

「私は急いでないからケーキ……どうぞ。ちょっと煙草でも買いにいってこよっかな」

「どこまで煙草を買いにいくの、明江ママ」

まあ、二人とも座って、と江崎が言うので、仕方なく女の隣に座る。

この子、美越の出身なんだよ、と江崎が笑った。

「高宮、こちらも美越の人だよ。知ってるかな、キッチン・カフェって店をやってる」

名前は知ってるんですけど、と高宮と呼ばれた女性が頭を下げた。

「すみません。行ったことはないです」

「あれ、残念。もっとも、来月には店仕舞いするんだけど」

「それだよ、俺のノドティーはどうなるんだ」

「ああ、持ってきた、持ってきた。閉店のご挨拶の品、それなのよ」

紙バッグを江崎に渡すと、高宮が大きな目を見張った。

「先生の喉のお茶、美越の方が作っていらっしゃるのですか？」

「お前、この間、風邪ティーにも世話になってたよね」

高宮が深々と頭を下げた。

「助かりました、あのハーブティー。あれのおかげで私だけ夏風邪をひかなかったんです。本番前も……すごく楽に……先生、めったに飲ませてくれないんですけど」

「当たり前だろ、大事なお茶なんだから。俺だってがぶがぶ飲まないんだよ」

笑った高宮に、江崎がケーキを勧めた。

「食ってけ、高宮。ここのケーキはうまいから。それから、もう一回念を押すけど、私たちアマチュアですから、趣味ですから、手作りですから、って言い訳は二度とするな」

高宮が何かを言おうとすると、江崎が手でおさえた。

「わかってる、君はあまり言わないよ。沙智子ちゃんも絵里花ちゃんも、主要メンバーはね。だけどまわりはお祭り気分だ。手作り感覚って言葉を何度聞いたことか。そんなの自分たちで言うもんじゃないよ。あれだけの動員があるなか、そんな気楽なことを言っていたら、いつか客のほうがケガをする。今回の件は未然に防げてよかったけど、遊びの時間はもう終わりだよ」

江崎の声は強いが柔らかく、声の幅が広い。ステージではその声を自在に使い分け、場を熱狂させたり、鎮静させたり、たやすく何百人、何千人もの心を支配する。

その声で怒りを伝えられると、関係ないのに申し訳ない気持ちになってきた。

膝に手を置き、高宮がうなだれている。気の毒なほどの落ち込みようだ。

しょうがないなあ、とあやすように言って、江崎が足を組んだ。スリムな黒革のパンツがよく似合っている。

「高宮は星をつかんでみたいと思ったことある？」

小さく高宮がうなずいた。

「子どものころ、ヘアピンに付けたいって思ってました」

「勇ましいなあ。その星には二種類あるのを知ってる？」

どんな種類かと高宮が顔を上げた。

「太陽みたいに自分がガンガン燃えてる星と、月みたいに他の光を受けて光る星。月って他の星より大きくて明るいけど、実は大きな石ころだよね」

それでだ、と江崎が足を元に戻して、身を乗り出した。

「いいですか、これからたとえ話をするよ。ある人が星をつかみたくて、はしごを一生懸命のばしてつなげて、とうとうつかめる位置に来た。すごくきれいだ。つかみたいよね？」

高宮がうなずいた。

「はしごから手を離して、せーのって、光る星をつかんでぶらさがったら、石ころだった。石だから、手のなかでは何も光らない」

場の緊張をほぐそうと、がっかりだ、と明江はおどけてみせる。江崎が笑った。

「そりゃ死ぬほどがっかりだよ。今さら下りられないし。でもね、運良く本物の星、燃える星をつかんだとする。光輝くスターの座をつかんだわけさ。楽しいよ。世界が一転する」

その燃える星はまぶしくて熱い、と江崎が目を伏せた。

「死ぬほどわくわくするけど、自分の身も焼ける。弱い人間はあっという間に焼き尽くされる。強ければ自由の女神みたいに、持ち続けられるけどね」

つまり、と江崎が腕を組んだ。

「石ころをつかんでも地獄、燃える星をつかんでも地獄。結局、一番安全で楽しいのは、星を見上げていることだ。実際、俺が一番楽しかったのは……」

江崎がなつかしそうな顔をした。

「中学のとき、友だちの家の倉庫でバンドを始めたとき。あれが一番楽しかった。いつか東京で天下を取ったるでえ、なんて言ってさ。だけどあの時の友だちは今、一人もいない。みんなで星をつかみにいって、最後はいがみ合って燃え尽きた。主な理由は金の配分と実力の差」

後悔してますか？　と高宮が聞いた。

「してない。他のメンバーはどう思ってるかは知らないけど」

さて、と江崎が明るい声を出した。

「君らは今、星をつかめる位置に来た。だけどこれからつかむものが石ころか星か、わからない。星をつかんだとして、それに耐えられるかもわからない。どうするんだ？　はしごを下りて、星を見上げて楽しくやっていくか？　根性据えてプロになって、星をつかみにいくか？」

「私たちは……」

高宮がまたうつむいた。

よく考えて、と江崎がコーヒーを飲み、面白そうに笑った。

「しかし君たち、まとめて来てくれればいいのに、レディ……絵里花ちゃんも沙智子ちゃんも一人ひとり来るんだからなあ」

「みんな、先生のところに来たんですか？」

来たよ、と軽く江崎がうなずいた。

「思いつめた顔をして。で、同じ話をした。見上げるのか、つかむのか」

「みんな、なんて……答えてました？」

いえ、いいです、と高宮が首を振った。

「私、自分で聞きます」

江崎が微笑んだ。やさしく目尻に寄った皺を見ていたら、この人は先生としても優れているのかもしれないと思った。

ケーキを食べ終えた高宮が帰っていくと、江崎が座り直して、身を乗り出してきた。

「さてと、俺らも飯食いに……というか、飲みにいこっか。どこに泊まってるの？」

「実は夜のバスで帰るんでね、あまり飲まんほうがいいかな」

今日、帰るの？　と江崎が椅子にもたれた。

「なんだかシンデレラみたいだな。で？　店を閉めるって？　一緒に暮らすって？　誰だ？　若いイケメンっていくつだ」

五歳、と答えると、江崎が笑った。

「孫か。その年じゃイケメンになるかどうか、まだあやしいな。で、なんで大阪？」

二ヶ月前に大阪にいる息子が離婚した。

息子は大阪でヘアサロンをやっており、同じく美容師の妻も一緒に働いていたのだが、店の客と深い仲になって、家を出ていった。

店は人を雇ってなんとか回せたのだが、五歳の子どもの世話をする者がいない。かいつまんでそう話すと「つまり、なんだ……」と江崎が低い声で言った。

「嫁さんが出てって、子どもの面倒見る人がいないから、ママに来いと。で、明江ママが店を畳んでいくわけ？」

「実はもう週に一度通ってる。土曜の夜に店を閉めたら、大阪までバスで行って、チビと息子に日曜の朝ご飯を作ってやって。月曜の夜、美越に帰る。実は今日も大阪から新幹線で来たんだ」

最初のうちは定休日を利用して、大阪に行っていた。しかし幼い子どもは手がかかり、いつのまにか店を休んで大阪にいる時間が増えてきた。

「息子さんとは、うまくいってなかったんじゃなかったっけ？」

「仲が悪いってわけじゃないけど、疎遠？　他人行儀って感じ」

「そういうのを仲が悪いっていうんじゃない？」

そうか、とうなずいたら、それを認めたくない自分に気が付いた。

「これまで……いろいろ、あったから。全部、私が悪くて……たぶん」

しかしそんな自分を初めて息子が頼ってくれた。

大阪はいいところだと江崎がつぶやいた。

「だけどさ、ずっと暮らしてきた家を畳んで関西に行くって。おチビちゃんだって今はパパのところにいるけど、将来、ママのところに行くってこともあるだろ？　それより息子さんが再婚したら？　そうしたら明江ママのいる場所ないよ。どうするのさ」

どうするかなあ、と笑った。

本当は店を手放したくない。床も壁もメニューも、すべて十二年間、こつこつと磨き上げてきた宝物だ。

だけど息子に、ありがとうと言われた。帰らないで、と幼い孫に泣かれた。

「どうするかねえ……」

明江ちゃん、と深みのある声がした。

「俺のところに来るか?」

「へっ?」

「いいよ、普段は息子さんのところに手伝いに行けば。俺も旅が多いし。でも息子さんの店にも定休日はあるだろ。そうしたら、東京の俺のところへ戻ってこいよ。自分の母親だと思ったら好き勝手なこと言うけど、誰かの女房でもあると思えば、無茶なこと言わないだろ」

「何を言ってるだて、江崎さん」

「いや、今、自分でもびっくりしてる」

でもさ、と江崎が手を組み合わせた。指の長い、大きな手だ。

「さっきの話じゃないが、いずれみんな燃えつきて死ぬわけだ。俺……死んだら明江ちゃんに骨を拾ってもらいたいな。考えてもみな、長い付き合いだよ、俺たち」

江崎が笑ったら、十代の自分を思い出した。この人がいたバンドのライブの最前列で、我を忘れて踊っていた自分だ。

「さっきも高宮に言ったけど、あの時代からずっと知ってる人は、ほとんどいない。明江ちゃん以外には。いいときも悪いときも全部ひっくるめて応援してくれて。俺、頑張るからさ、最後まで見ててほしいよ」

江崎しゃん、とふざけて言ったら、「何」と江崎が短く答えた。

その声は身体の奥深く、子宮あたりに心地よく響いてくる。

この人はこんな声も持っているのだ。

「私に保険金かけて、殺そうとかしてねえかね？」

なんだよ、それは、と江崎の声が上がった。

「失礼だな。そんなの息子さんにやるよ。俺、そこまで困ってないし」

ごめん、と手を合わせたら、江崎があきれた顔をしていた。

「ほんと、ごめんね、江崎さん。びっくりして失礼なことを言った。三十年前にさっきの言葉聞いたら、私、失神してる」

「なのに今は保険金の心配かよ。俺、マジで傷ついた」

この人が本気で言ってくれたのだと思ったら、胸が苦しくなってきた。

「本当のことを言うとさ、江崎さん。私、もうぽんこつでさ……。膝が痛くて立ち仕事は無理なんだ。持病もある。別に今日明日、死ぬってわけじゃないけど……。店もね、昔は昼間だけ人を入れてたけど、今はその余裕もない。体力的にも資金的にも店を維持するのは、もう無理なんだ」

江崎が見つめてきた。こんなに近くで、思いのこもったまなざしを浴びたのは初めてだ。

江崎さん、と言ったら、涙があふれてきた。

「私、もう壊れちゃってさ。昔みたいに踊れないよ。一緒にいても、江崎さんの役に立つことは何もできない」

明江ちゃん、と江崎がコーヒーカップに目を落とした。

「俺、役に立つから来いって言ってるわけじゃないんだよ」

わかってる。

だけど自分の愛情の表現は、愛する人の役に立つことなのだ。


あかりを落とした新潟行きのバスのなかで、明江は目を閉じる。

深夜バスはよく利用するけれど、人を見送るのは初めてだと江崎が笑っていた。

その声と姿を忘れないよう、何度も思い返す。

バスに乗り込む直前、「喫茶店で言ったこと、よく考えてみて」と江崎が言った。

その言葉だけで、ふるえるほど幸せだ。だけど返事は決まっている。

気が付いたら、触れられるほど星のそばにいた。

つかみたい。でも触れてはいけない。

触れたら平凡な自分は瞬時に焼け落ちる。焼け落ちないよう、彼が炎を弱めれば、星の光は薄れてしまう。

窓のカーテンをくぐって、明江は夜空を眺める。

きっと死ぬまであなたに恋してる。

ＥＰ盤の頃から好きだった私のアイドル、憧れのロック・スター。

どこにいても見上げ続けるから――。

あなたはいつまでも輝いていてほしい。

第八章

十一月に入った土曜日の午後、弥彦山スカイラインをふもとに向かって、利一はゆっくりとワゴン車を走らせる。

あたり一面は白い霧に覆われ、目の前のわずかな距離しか道は見えない。下っているのはたしかなのだが、今、自分が山のどのあたりにいるのかわからない。まるで夢のなかにいるようだ。

夢ならいいのに。

しかし夢ではないとわかるのが、うしろの席から聞こえてくる敬三のため息だった。

それはため息というより、全身から何かを振り絞って出しているようで、息というより嘆きの声に近い。

お父さん、と耐えかねたように美雪が言った。

「どこか辛いの?」

いや、と敬三が答えた。その答えも、ため息まじりだ。

「じゃあ何か気に障ることでもあるの? 霧は誰のせいでもないわよ。そんなに大きくため息をつかないで」

「呼吸も好きにさせてもらえんのかね」

「そういう言い方ってないでしょう」

助手席で怜司がため息をついた。つられてため息を吐いたら、「ごめんなさい」とうしろから声がした。

「いや、霧……霧にだよ」

霧は誰のせいでもないよ、と怜司が窓の外を見た。

再び、出そうになったため息を押し殺して、車を走らせる。

今朝は怜司とともにレンタカーの店に行き、車椅子の利用者と一緒に乗れるワゴン車を借りた。そこから萬代橋のマンションと病院に行って美雪と敬三を車に乗せた。

そのときには空は明るく晴れていた。ところが敬三の行きつけの鰻屋で食事を終えたあたりから曇り始め、弥彦山スカイラインに入った頃にはうっすらと霧が出てきた。

その霧は頂上に向かうにつれ、どんどん濃くなっていく。やがて山頂の展望台についたときは、眼下の景色どころか数メートル先も見づらくなった。

それを見て敬三は車から下りなくてもいいと言い、せっかくだから頂上の空気を吸っていこうという美雪と軽い口論になった。

二人に割って入った怜司のとりなしで、車の窓を開けて山頂の空気を取りこむことにした。しかしすぐに「寒い」と敬三が不機嫌な顔をして、沈んだ雰囲気のまま、山を下りることになった。

〝埼玉の施設に行く前に、高い所から自分が暮らしてきた町を見てみたい〟

敬三のその希望に応えるために、弥彦山に来ることを決めた。それなのに霧のせいで何も見えないとは、許されるなら、自分だって大きなため息をつきたい心境だ。

霧の向こうから、車が現れた。

助手席で怜司が足を強く踏み込んでいる。

この山道に入ってから、対向車線に車が現れるたび、助手席の怜司が身を固くする。その緊張がこちらにも伝わってきて、一人で運転しているときの倍、疲れてくる。

再び霧のなかから車が現れた。

「怜司、いちいち緊張するな」

「してないよ」

「変なタイミングで足を突っ張るな。踏んでもそっちにブレーキはないぞ」

わかってるって、と怜司が横を向いた。

嘆きの声のようなため息がまた響いてくる。つられて自分も軽く息を吐いたら、志穂のことを思い出した。

志穂の重箱を返しに居古井に行くと、ドアにはプリンターで印刷された閉店の挨拶と、売り店舗という不動産屋の張り紙が貼ってあった。

事務的で素っ気ない文面の張り紙は志穂が作ったものには思えず、胸騒ぎを覚えて志穂の携帯電話に連絡をした。すると海外に転送するというアナウンスがあって、聞き慣れぬ呼び出し音が鳴った。

旅行に行っているのかと、一度は切った。しかし旅先で何かあったのかもしれないと思い直し、日を置いてもう一度連絡した。すると今度はずっと話し中で、メールにも返事はない。

何をやっているんだろう、と自分でも思う。

未練ではなく心配しているのだと連絡し続けた時点で、未練がましいこと、このうえない。

今になって、志穂のおおらかさに甘えていたことに気付く。

これまでにも客足が途絶えた心配や、自分の勉強していることが居古井の客に受け入れられず、悩んでいるのは聞いていた。しかし志穂の口調はいつもふんわりとしていて、何年も続けてきた店を閉めるところまで追い詰められていたとは思っていなかった。

そうではないな、と目の前の霧を見た。

うすうすわかっていたのに、見て見ぬふりをしたのかもしれない。

海外とはどこに行ったのだろう。

一人旅だろうか。それとも……。

お父さん、と怜司の声がした。続いて敬三のため息が響いた。

「お父さん、何、ぼんやりしてるの」

「何もぼんやりしていない。お前、さっきから何、びびってるんだ」

「俺……こんな霧のなか、車で走るの初めて」

「自分で運転したいのか？」

「違う。怖いって言いたいんだって……おじいちゃん！　もうそんなにため息つかないでよ」

珍しく怜司がいらついた声を出し、美雪がまたあやまった。

息苦しくなってきて窓を開ける。寒い、と敬三に言われて、窓を閉めた。

うっすらと霧が晴れてきて、少しずつ景色が見えてきた。

車のスピードを上げ、ふもとの温泉宿に向かう。ところが今度は紅葉を見に来た客で道が渋滞していた。

ようやく今日の宿についたが、何も観光していないのに疲れきっていた。

交わす言葉も少なく、車椅子を押して宿に入ると、敬三が振り返って外を見た。

それからまた大きく息を吐いて、「五里霧中だ」とつぶやいた。


美雪が予約した部屋は特別室という広い部屋で、二つのベッドが置かれた洋室と、十畳の和室があり、テラスには小さいが露天風呂が付いていた。

風呂の脇には楓《かえで》の木があり、燃え上がるように赤く色づいている。

夕食のあと、大浴場の露天風呂に行くか、部屋の露天風呂を使うかと敬三に聞くと、どちらも選ばず、内風呂でシャワーを使わせてくれればいいと言った。そして軽く身体を流すと早々にベッドに入ってしまった。

仕方なく一人ずつ部屋の露天風呂を使い、早くに布団に入った。皆、疲れていたのかもしれないし、気まずいひとときを過ごすより眠ったほうが良いと判断したのかもしれない。

やりきれない思いで酒を飲んで眠ったら、明け方に目が覚めた。

昨夜は疲れて大浴場に行かなかったことを思いだし、タオルを持って部屋を出る。

露天風呂には誰もいなかった。まだ明けぬ暗がりのなか、湯に身を沈める。

あたたかい湯に包まれた途端、自分がどれほど身体をこわばらせていたのかに気が付いた。

敬三のように大きな息を吐く。

息を吐きながら、考える。こうした旅は彩菜の言う多少の『演技』がないと、うまくいかないものかもしれない。

ずっと離れて暮らしていた家族が急に集まったところで、すぐに距離が縮まるものでもなく、かえって互いの疎遠ぶりを確認しあったかのようだ。

再び大きな息を吐いたら、嘆いているような声が出た。

ゆっくりと腕を伸ばすと、志穂の小さな家の風呂場でよくそうしていたことを思い出した。

店の改装を何度か考えたと志穂は言っていた。

本当はどんな店にしたいか、あのとき聞いてほしかったのかもしれない。そして今になって、その話を聞いてみたかったと思う。

寝る前に飲んだ酒が残っているのだろうか。さまざまな後悔が浮かんでは消える。

身体の力を抜いて、湯に身をまかせてみる。

暗がりのなかで目を閉じると、母親の胎内にいたときはこんな感じなのだろうかと考えた。じゅうぶんすぎるほど年を取ったのに、こうしていると、いまだに大人になりきれていない部分が残っている気がする。

何をしているのかと、湯から立ち上がった。

浴衣を着て大浴場を出ると、自動販売機があるコーナーのソファに美雪が座っていた。カップ酒を手にして、携帯電話を見ている。

見てはいけないものを見た気がして、足を止めた。すると美雪が顔を上げ、恥ずかしそうにカップを足元に置いた。

「変なところを見られたわね……恥ずかしいわ。お風呂に入ってたの？」

「酒が抜けなくて。カップ酒なんて飲むのか」

「あなたも昨日、買ってたじゃない」

「普段はビールだけど、なんとなく酒が飲みたくなって」

「温泉は日本酒よね」

よく飲むの？ と聞いたら、「そんなに」と答えて、美雪が空き瓶をゴミ箱に入れた。

「心配しないで。お酒がおいしい土地柄だから、少し飲んでみたくなっただけ。昨日は食事のとき、誰も飲まなかったでしょう。お茶、飲む？」

うなずくと、美雪が自販機でウーロン茶を二本買った。

こちらに一本をよこしながら、「父のこと、ごめんなさい」と美雪が言った。

「仕方ないよ。ここまで霧が濃いってのは珍しい」

「それにしても申し訳ないわ……座らない？ お風呂はよかった？」

美雪の隣に座ると、ほんのりと花の香りがした。

「あとで行けば。まだ真っ暗だけど、いい湯だよ」

「夜明け前の今が一番暗いものね」

そうだな、と言ったら、美雪の携帯電話が目に入った。写真を見ていたらしく、子どもと男の顔が見えた。

「東京の家で、何かあったの？」

「いろいろね。あなたはどう？」

「とり立てて、どうってこともない。まあ、とりあえず今日は霧が晴れてほしいよ。その写真、息子さん？」

そう、と答えて、美雪がメールを消した。

「今回の旅行のことを夫に話したの。新潟の……家族と旅行をするって。このメンバーで行くのは、父にとって、きっと最初で最後の家族旅行になるって」

「なんて言ってた？」

「少し黙ってたわ。それから、その間は自分が東京に戻って、息子と一緒にいるって言った」

美雪が携帯電話を手にした。

「息子……颯太って言うんだけど、最近、あまり笑わない。でも昨日は夫と家にいて、ホットプレートで焼きそばを作ったんだって。写真が来たけど、笑ってるのよ、ものすごく。今度は二人で私にご馳走してくれるんだって」

美雪が軽く目をぬぐった。

「自分の気持ちがわからない。こうして息子が笑っているのを見ると、これを壊したくないって思う。だけど、あの彼女とのメールを思い出すと、夫のこの笑顔が許せない。見て見ぬふりをしようと決めたのに徹しきれない。だけどこの写真を見ると、やっぱり壊せないと思う」

父、と美雪がつぶやいた。

「離れたくないのね、この街を。だからあんなにため息ばかり。自分の生活のために父に犠牲を強いて。だけど父が守ろうとしてくれる、私の家庭ってもう壊れてる」

「壊れてはないだろう」

「壊れかけてる……それとも壊れてるのは、私？」

わからない、と美雪がうつむいた。

「自分が何をしたいのか。心が裂けて、ばらばらにちぎれそう」

ソファに置かれた手にそっと触れると、美雪が手をひきこめた。そのままそこに手を置いていると、おずおずと冷たい指先が触れてきた。

黙って握りしめる。二十歳の頃、コートのポケットのなかで、こうして美雪の手をあたためたのを思い出した。

美雪が泣いた。

「今が一番、暗いときなんだろうか」

答えるかわりに強く握った。

うっすらと闇が青みを帯びてきて、かすかに鳥の声が響いてきた。

日の出が近い。

いやだわ、と軽く笑って、美雪が目をぬぐった。

「こっちに戻ってくると涙もろくなる。東京では人前で泣いたことなんてないのに」

酒がまわってきたのか、ほほと唇に赤みがさした。うつむいた細いうなじも、ほんのりと朱に色づいている。

二十歳の頃は桜の花が似合った。しかし今は紅葉の艶やかさがよく似合う。

離れて暮らす夫は気付かないのだろうか。

美雪、と呼んだら、潤んだ目が見上げてきた。

「ご主人に話してみたらどうだ。俺に話してるみたいに何もかも。思ってることを一度、素直に打ち明けてみたらどうだ」

窓を見ると、外は薄い青色に染まってきた。

「日が昇るよ。もうそんなに暗くないから、朝湯を浴びていけよ」

「お風呂？」

「霧が晴れていれば山の紅葉が見える。なかに何かあった気もするけど、俺のでよかったら、バスタオル持っていくか？」

美雪が小さく笑った。

「酒の匂いがすると、お義父さんが心配する。風呂で抜いたほうがいい。もっとも俺はいまいち抜けなかったけど……」

「車の運転のことを気にしてるのね。申し訳無いわ」

「もし駄目なら、怜司がいるさ」

「あなたはこれからどうするの？」

「俺？　俺はもう一眠り」

ソファから立ち上がると、つられたように美雪も立った。バスタオルを貸してほしいというので、渡すと大浴場に向かっていった。

部屋に戻ると、怜司がいない。

露天風呂のほうを見ると、楓の木の下で敬三と怜司が並んで湯船に足をつけていた。

足湯を楽しんだ敬三をベッドに運んでから、再び寝たのだが、起きると頭が痛い。

朝食をとってもそれは続き、昨晩の酒がまだ抜けていないようだ。

仕方なく怜司に車のキーを渡し、美雪がチェックアウトの手続きをしている間、敬三とともに待つ。

外はまだ霧が晴れない。

敬三が入り口に目をやり、表に出ていようかと言った。

「そろそろ怜司君が車を持ってくるだろう」

「手間取っているかもしれませんから、まだここにいたほうが。今日も冷え込みます」

いいよ、と敬三が言った。

「手間取っているのなら、よけいに心配だ。外で待とう」

車椅子を押して、旅館のエントランスを出た。

真っ白だな、と敬三があたりを見回した。そして昨日の頂上での振る舞いを詫びた。

「それ以外にも、昨日からずっと気を遣わせたね」

「いいえ……景色が見えなくて残念でした」

それは仕方ないんだが、と敬三が空を見上げた。

「霧がね……怖くて。一歩も前に進めなかった」

「子どもじみてて言えなかったんだが……外に出たら上も下も、右も左も、わからなくなって、戻ってこれない気がして」

「霧、ですか？」

「みんな、います。戻ってこれますよ」

そういう問題じゃないんだ、と敬三がかすかに笑った。

「最近、時々……まだらに記憶が飛ぶ。思い出そうとしても思い出せない。真っ白で……何も覚えていない。ただ真っ白なんだ」

怖い、と敬三がうつむいた。

「まだらな部分がつながって、すべて白くなる。ホワイトアウト、五里霧中。それがおそらく痴呆といわれる状態なんだろうな。まさに、今のこの風景そのものかもしれない。そう思うと」

大きく敬三が息を吐いた。ため息ではなく、嘆きと恐れの声だった。

「怖いんだ」

霧が晴れればいいのに。

しかし白い空間はますます近づいてきて、濃くなっていく。

だから、と敬三が両手を組み合わせた。

「今、君に礼と詫びを言っておきたいと思った。すべてを忘れてしまう前に」

ボシヨを……と敬三が続けた。聞き返すと、墓だ、と答えた。

「ご先祖のお骨は菩提寺の納骨堂に納めた。私と妻の分は、東京に墓所を買った。マンション形式の墓でね。私がここを去れば、美雪はもうこの町には来ないだろう。気軽に参ってもらえるところがいい。そう思って手続きをした。ご先祖は怒るかもしれないが、それは私が責任を持って負っていく。美雪にも孫にもおとがめがないように」

ありがとう、と敬三が頭を下げた。

「男親というのは、どうしても娘に意地を張る。娘に見苦しいところは見せたくないし、できる限り責任を果たしていきたいんだが、どうも思うようにいかなくて。怜司君のおかげで、最後のけじめがつけられた。それはすなわち君のご厚情のおかげだ」

「怜司は孫ですから……」

財産がらみでいやな思いをさせたようだ、と敬三が再び頭を下げた。

「美雪から聞いた。正直、残せるものはもうなくて、せいぜい僕の葬式代ぐらいだ。それは加賀君……美雪の今の家族にも伝えてあるから、もう変なかんぐりは受けないよ」

その加賀君だが、と敬三が他人のような口ぶりで言った。

「この前、電話が来た。埼玉に移るときは、新潟に迎えに来るつもりでいるそうだ。彼と颯太……美雪の、今の家族が」

そうですか、と答えて、霧を見つめた。

「人のやっかいにならねば動けないとは、情けない身になったものだ」

利一君、と呼びかけられて、「はい」と答えると、敬三が小さく笑った。

「どうして僕らはもっと早く……ばらばらになる前に、うまく立ち回れなかったんだろうね。鳥でさえやれることを、どうして僕らはやれなかったのだろう」

一息ついて、「白いね」とかみしめるように敬三が言った。

「どこまでも白い」

玄関のほうからゆっくりと人影が近づいてきた。

美雪と呼びすてにするのがはばかられ、美雪さん、というと、「お父さん」と声がした。

ここだ、と敬三が言う。

その声に応えて、霧の向こうから人が現れた。

美雪ではなく、彩菜だった。長い髪を肩に流した姿は、若い頃の美雪そっくりだ。

霧を従わせるような力強い足取りで彩菜が歩いてきて、祖父を軽く抱きしめた。

「お待たせ」

敬三が彩菜を見上げた。ゆっくりと、その頰に涙が伝っていった。

「なに、そんなに感激されると照れる。ハグだよ、おじいちゃん。外国じゃ挨拶でしょ」

なんて顔してるの？　と彩菜が笑った。

「私がいなくて、そんなに寂しかった？」

敬三がうつむき、涙をぬぐった。

「彩菜ちゃんは……お祖母ちゃんにも似てるなあ。若い頃のお祖母ちゃんそっくりだ」

そお？　と彩菜が祖父の肩を軽く叩いた。

「じゃあおばあちゃんも魔法使いのコスプレ、似合うのかな」

涙を拭うと敬三が笑った。そして何かを思い出したかのように、今度は楽しげに笑った。

霧の向こうから車のライトが近づいてきた。おそるおそるといった様子でワゴン車が目の前に止まった。

怜司が下りてきて、「よお」と彩菜を軽くこづいた。照れたように笑って、怜司が運転するのかと彩菜が聞いた。

「お父さんが深酒したからさ。帰りは俺だよ」

何それ、と彩菜が顔をしかめた。

「なんの罰ゲーム？　お兄ちゃんの車に乗るぐらいなら、自分で運転する」

「正直言うとな、俺も自分が運転する車に乗りたくない」

怜司からキーを受け取り、彩菜が運転席のドアに手をかけた。

霧のなかから美雪が現れて、彩菜を見て足を止めた。

おはよう、とぶっきらぼうに言った彩菜に挨拶を返して、美雪が聞いた。

「こんな大きな車……運転するの？」

なんでもやるよ、と彩菜が答えた。

「軽トラックだって乗るし。今も近くで一仕事してきたとこ。早く乗って」

敬三を座席に移動させ、利一は助手席に座る。彩菜がシートの位置を手早く直して、バックミラーを調整した。

お父さん、と言って、彩菜がエンジンをかけた。

「なんだ」

「ごめんね」

答えに困って窓の外を見る。何事もなかったかのように、彩菜が静かに車を走らせ始めた。

走っている車内で怜司が今回の旅行の記念だといって、小さな包みを敬三と美雪に渡した。

薄紙に包まれたなかから出てきたのは箸だった。

先月、伐採した枇杷の幹から作ったのだという。彩菜の仕事を手伝っているうちに知り合った、木工職人のところで指導してもらったらしい。

今朝は昨日とは別の道で帰る予定だった。しかし彩菜の提案で再び来た道を戻って山頂に向かって走る。

霧はしだいに晴れ、昨日とはうってかわって、山頂に着いたときには朝日が照っていた。

車から降り、ためらう敬三を折りたたみの車椅子に乗せる。

階段や狭い場所は皆で介助をし、敬三に寄り添うようにしながら、展望施設に入って眼下を眺めた。

彩菜が小さく歓声をあげた。

赤や黄に色づく山から続く平野には、どこまでも田が広がり、彼方には山々が霞んでいた。朝日を受けて、景色は山吹色に輝いている。

平野に背を向けると、目の前には日本海が広がっていた。真っ青な海原の向こうに佐渡島が見える。

展望施設から出ると、弥彦山の文字板を入れて記念撮影をしようと彩菜が指さし、早足で歩いていった。そのあとを美雪が遠慮がちな足取りでついていく。

敬三の車椅子をゆっくりと押しながら、その後に続いた。

膝に置いたバッグから箸を出すと、隣を歩く怜司に敬三が礼を言った。

「あの枇杷はね……お母さんが生まれた年に植えたもので」

同い年だったんだね、と怜司が箸を見た。

「あっという間に大きくなって。だけどあんなに葉が茂ってても、なぜか実がならない。小さく実をつけても、すぐに落ちてしまう。ちゃんと育てきれないんだ。まるで……」

敬三が美雪の姿を目で追った。

「そんな木を伐採するなんてと思ったが……」

彩菜が振り返って立ち止まり、美雪がその隣に並んだ。二人はそのまま肩を並べて歩いていき、文字板につくと振り返った。

ああ、と敬三が嘆声をもらした。

「利一君、僕らの娘たちは、きれいだねえ」

息子は？　と怜司が笑った。

「君も行って、あの二人の横に並びなさい。そうしたら、心からほめたたえるよ」

「俺、ほめ言葉をじかに聞きたいな」

心の声で聞け、と敬三が言うと、笑って怜司が彩菜の隣に駆けていった。

「利一君、君も行きなさい。私をここに置いていってくれ」

敬三がバッグから小さなカメラを出した。

「写真を撮りたいんだよ」

「じゃあ一緒に……誰かに頼みましょう」

「自分の手で撮りたいんだ」

敬三がカメラを構え、「フィルムなんだ」と続けた。

「だから自分の目で見て、焼き付けたい」

言われたとおり、車椅子を置いて美雪の隣に並ぶ。

一瞬触れた美雪の手が震えていた。離れた場所から一人でカメラを構えている敬三は、すでに別の世界にいる人のようだ。

シャッターを切り終えた敬三のもとに行き、今度は自分が撮ると言うと、携帯電話を渡された。

「じゃあ、今度はデジタルで。これは誰かに撮ってもらいたいな」

近くで風景を撮っていた青年に撮影を頼み、全員で並んだ。

これでいいかと、画像の確認を求められて敬三と見る。五人の大人のまんなかで笑う車椅子の敬三は、扇の要のようだった。

弥彦への旅行の翌週、十一月の終わりに敬三は埼玉の施設に移っていった。

萬代橋近くのマンションは手放すことになり、十二月の初め、美雪が荷物の処分に来た。

メールで敬三に頼まれ、怜司が土曜の夜からその手伝いをしたのだが、日曜は夕方から用事があるらしい。途中で交代してほしいと頼まれ、敬三のマンションに向かった。

十二階の部屋に上がると、部屋はすでに何もなく、ベランダの窓が開け放たれていた。午前中に格闘家のような女の子が怜司を手伝いに来て、それから驚くほど早く部屋が片付いたと美雪が言っている。そこで明日、新幹線で帰る予定だったが、今夜、帰るという。

もう行くのか、と言って、開け放たれた窓を見た。

「寒くないのか？」

「外を見てた。もう見納めだと思って」

二人でベランダに出ると、萬代橋の街灯にあかりがともったところだった。

あの上で待ち合わせたのが昨日のことみたい、と美雪がつぶやいた。

「会いたかったけど、会うのが怖くて。橋の近くまで行って、ベンチから眺めてた、あなたのこと……。待ち合わせの時間はどんどん過ぎて、帰ってくれればいいのに、あなたは帰らない。音を上げて橋を渡ったわ」

渡ってくれてよかったよ、と言ったら、美雪が軽く笑った。

「私のこと……思ってくれる時ってあった？」

「よく夢を見てた」

夢？　と橋を眺めながら美雪がたずねた。

「今でもたまに見る。美雪が泣いてる夢だ」

泣いてるの？　と美雪がくすっと笑った。

「二十歳の頃だよ、他愛のないことでケンカして、西早稲田の俺のアパートで泣いたんだ。部屋着がわりに俺のセーターを着てて……涙を拭こうとしたら、袖が長くて、おかしな仕草で顔をぬぐってた」

「そんなこと、あったかしら」

あった、とうなずいたら、胸が締め付けられるような心地がした。

「それを見たら、泣かせちゃいけないと思った。これは駄目だ、これは他の奴らには渡せん……そう思って結婚したけど、気が付いたら最悪の形で別れてた」

夢の女、夢の人。

そっと手を伸ばして後ろから抱きしめると、欠けていたものが埋まったような気がした。

まわした腕に美雪が手を添えた。

「私ね、この数ヶ月、ずっと夢みたいな時間を過ごした。二週間、なんとかしのぐと、暗がりのなかからバスが出るの。長い長いトンネルを越えると、あなたがいる。昔と変わらぬ笑顔で、年を重ねた分だけ優しくなった。昔は見えなかったものが、すべて見えてくる。何を今さら……。もっと早くわかればよかったのに」

そのたびに思った、と美雪がつぶやいた。

「どうして別れたんだろう。どうして離れてしまったんだろう……どうして今になって、こんなに心惹かれるの……分析したのよ」

「分析するな」

「あなたに惹かれるのは、若さの名残。私にとってあなたは青春時代そのもの。失われていく若さの象徴みたいなもの。だから惹かれる。愛情じゃない、愛惜なの」

「分析をするなよ」

「消えていく若さを、追い求めるようなもの。愛じゃないの」

なんでもいいよ、と首筋に口づけると、腕のなかで美雪の力が抜けた。

「どうでもいい、名前なんて」

言い返す間を与えずに口づけると、遠く、波のように、橋を行く車の音が吹き上がってきた。

「いまわのきわまで覚えててほしいと思ったけど、今のままでは俺たち、どこにも行けないな」

どこに泊まるつもりだったんだ、と聞いたら、細い指が川の向こうのホテルをさした。

橋を渡るか、と耳元に唇を寄せると、腕のなかで美雪がわずかに身じろいだ。

「俺と一緒に」

いやならいい、とささやくと「連れていって」と背中に腕が巻き付いた。

手は冷たいのに、身体は熱しやすく。冷めたことを言うくせに、合わせた唇は情熱的で。暗がりのなかで抱き合うと歳月の変化は見えないが、確実に変わってきているのは体力かもしれない。

あったかい、と美雪が胸にほほをすり寄せてきた。

「こうしてるだけで、泣きたくなる」

もつれこむようにして美雪が土曜から泊まっている部屋に入ったのが、二時間前。それから抱き合ったのだが、途中でためらってしまい、勢いはもう戻らなかった。

申し訳ない、と言って身を離したら、両手で美雪が顔を覆った。

「最近、こうなんだ……」

美雪のせいじゃない、と言うと、ゆっくりと美雪が手を外した。

「いろいろ、思うようにならなくて」

いいの、とかぼそい声がした。

「これで良かったのかも。私たち……」

でも、と美雪が目を閉じた。

「もし、あなたがいやじゃなかったら、このままこうしていたい」

それから互いの体温を味わうように寄り添い、しばらくがたつ。

誰かのぬくもりを感じるのは久しぶりだと美雪がつぶやいた。

「似たような状況だよ」

そうね、と美雪がささやいた。

「みんな、そうなのかもね」

ベッドから半分、身体を起こして窓を見ると、外は小雪がちらついていた。

雪が、と指さすと、美雪も少し身を起こした。

新幹線がね、と小さな声がした。

「この前、新幹線に乗って横を見たら、高速道路が併走してて」

「うん」

「白鳥交通のバスが雪のなかを走っていくのが見えた。しばらく眺めていて思った。バスって、人の手と足で雪のなかを越えていくのね。電車にはレールがある。飛行機には自動操縦のシステムが。だけどバスは違う。人が自分の頭で判断して、手足を動かして、長い距離を走ってくる」

あたりは真っ白、と美雪が窓を見上げた。

「どんどん吹雪《ふぶ》いてきて、白一色。でもバスは走っていく。あなたはこうやって、子どもたちを大きくしてきたんだなあ、と思ったら……」

美雪が肩にもたれた。

「泣くなよ」

違う場所で、同じ分の歳月を、この人も生きていた。

たった一人で。

「あの夜、子どもたちを置いていった日……あなたは仕事で。お義母さんは出かけていて。怜司と彩菜は寝ていたの。私は……お義母さんとひどいケンカをしたあと、机に顔を伏せてたら、眠ってしまってうなされた。自分の声で目が覚めた。助けを求めて一生懸命叫んでた」

なんて？　と聞いたら、「お母さん」と美雪が答えた。

「お母さん、お母さんって、何度も叫んでて。ああ、こういうときに助けを呼ぶのは、もう、あなたじゃないんだなあ……そう思ったら、ここを出て、仕切り直そうと思った。それで……子どもたちを連れて行こうとしたけど、うまくいかず。実家に帰ったら父に叱られて。家にも、あげてもらえない。深夜に車で美越に戻されて。女、三界《さんがい》に家なし、って、こういうことなんだなって……」

抱きしめて、とささやかれ、背中に腕をまわした。

誰かに抱きしめてもらいたかった、と声が響いた。

「安心して、眠れるところがほしかった。でも、ずっと一人きり……。ようやく今の夫に出会って今度こそって思った。だけどまた同じ事をしてる。苦しくなると、逃げ出すのよ。助けを求めて。でも外に出ても真っ暗。どこまでも真っ暗がり。誰もいないの」

誰も？　と聞いたら、笑ったのか、吐息が胸に当たった。

「今日は、そうじゃない」

「十六年前の、埋め合わせに」

「でも、もう逃げてはだめ。あのときは自分のことで精一杯だった。でも気付いたの、同じように子どもたちが私を呼んでいたことを。経済力をつけたら、いつか迎えに行こうと思ったけれど、食べていくのが精一杯で。だから……今度はもう、二度と子どもの手は離さない」

「そうか……」

夫が東京に戻ってくるようになった、と小さな声がした。

「お父さんをこっちに迎えたから、生活を立てなおそうって」

「彼女はどうしたんだ？」

「わからない」

美雪が背中に手をまわしてきた。

「あなたは……あたたかいね」

「寒いから、そう感じるんだよ」

この町は寒いから。人のあたたかさが、どこよりも深く伝わってくる。

「もう少し、こうしてていい？」

「うなされたら起こしてやるよ」

「もう叫ばないわ」

きっと、叫ばない、とささやき、それから美雪は眠った。

万代バスセンター発、東京行きの最終便は二十三時。人通りが少なくなったセンターのなかに、大きな荷物を抱えた人々が集まってくる。

ベンチに座ってバスを待っていると、女性専用車が入ってきた。しかし美雪が予約したのは最後に入ってくる白鳥交通だった。

「女性専用車にしたら、一人がけなのに」

「白鳥さんに乗りたいの。たぶん……」

美雪が手にしたチケットに目を落とした。

「もう、深夜バスには乗らない」

「暗がりは抜けたんだよ。たった一人で、もう走ってこなくていいんだ」

一人じゃなかったわ、と美雪が見上げた。

そうだ、とその顔にうなずいた。

「一人じゃない。待ってる人がいる」

美雪がうつむいた。痩せたその身体を、抱き寄せたくなった。

だけどわかっている。惹かれ合うのは、愛情ではなく愛惜の思いからだと。

美雪、とそっと名を呼ぶ。ゆっくりと美雪が顔を上げた。

「置いていったわけでも、逃げたわけでもない。ただ、道が分かれただけだ。どこかで交差しようと望めば、また会える。生きてさえいれば」

私たちの道は、二度と交わらない、と美雪の唇が動いた。

「そうしないと、私は際限なく甘えてしまう。あなたはやさしいから」

「そうだとしても、子どもたちへの道だけは断たないでくれ」

美雪がうなずいた。

「彩菜も怜司も、いつか、お母さんと叫ぶときがあるかもしれない」

東京行きの二号車が出発し、そのあとに白鳥交通の三号車が構内に入ってきた。

古ぼけたルイ・ヴィトンのボストンバッグを持ち、美雪が見上げた。

さよなら、高宮先輩、と唇が動いて、涙が落ちていった。

「さようなら、高宮さん」

「早く行けよ。元気でな」

バスのトランクにバッグを納め、美雪が車内に入っていく。

運転士の佐藤がこちらに気づき、軽く手を上げた。それに応えて手を上げると、扉が閉まり、美雪を乗せたバスが動き始めた。

ゆっくりとそのあとを追い、道に出る。

小雪が舞うなかを、真っ白なバスが遠ざかっていく。

もう二度と会うことはない。そう感じたら、さようならという言葉がようやく口に出せた。

＊＊＊

走り出したバスの横を、ゆっくりとあの人が追ってきたけれど、すぐに見えなくなった。しかし車両が大通りに出ようとした一瞬、背の高い姿が見えた。

もう会わないと決めたのに、今すぐバスを駆け下り、戻りたくなった。

戻りたい。

額を窓に押しつけ、加賀美雪は強く思う。

許されるなら、ずっと見ていたかった。

夢の続きを。

顔を上げると、雪の勢いは増し、窓の外はおぼろげにしか見えなくなった。

一ヶ月に二度、父のマンションに来るたび、この町で暮らすことを夢に見た。だけど東京に帰っていつもの生活に戻ると、それが現実逃避であることがわかる。

もうお互いに別の相手がいる。わかっているけれど、心の奥底には二十歳のままの自分がいて、その自分がたまらなくあの人に恋い焦がれる。

次の停留所を告げるアナウンスが響いて、新潟駅前にバスが停まった。大勢の客が待っている気配がするが、二人がけのシートを嫌ってか、このバスにはほとんど乗り込んでこない。

バスは静かに走り出し、萬代橋を渡り始めた。

雪にかすむ堤を眺めていたら、子どもたちの姿が心に浮かんだ。

父が埼玉の施設に移る日、この川沿いを彩菜と怜司と颯太の三人で歩いた。

これまで新潟の父のことにあまり関心をもたなかった夫が、埼玉の施設に移送の時は迎えにいくと言いだした。父にもすでに連絡したのだという。

夫の意外な申し出に戸惑いながら、父とその話をしていると、颯太が来るのなら、彩菜と怜司を呼んで食事をしたいと言った。自分の葬儀で異父兄弟が初めて顔を合わせるのは寂しいのだという。

怜司はともかく、彩菜は来ないだろう。そう思ったが、当日、彩菜は着物姿で川沿いのホテルのレストランに現れた。朱鷺《とき》色の訪問着に、古風にまとめた髪がよく似合い、そこにいるだけで、あたりの雰囲気が明るく輝いて見えた。

毎回毎回、彩菜ちゃんはお祖父ちゃんを驚かせる、と父は目を見張り、「それが超楽しくて」と、彩菜が袖を広げて見せた。

「髪もメイクも昭和っぽく作ってきたよ。今日のイメージはザ・昭和のお嬢様」

わけわからん、と怜司がつぶやき、着ている黒っぽいジャケットを指差した。

「ちなみに俺は執事の設定らしいよ。燕尾服を着てほしいって言われたけど、さすがにそれは勘弁してもらった」

父は笑ったが、夫と颯太は居心地悪そうに黙っていた。

食事をしたあと、父は信濃川を見納めしたいと言った。それを聞いた夫は移送の打ち合わせをするからと席を外した。そこで子どもたちと一緒に堤に出た。

小春日和のなか、怜司が父の車椅子を押し、その隣を颯太が歩いていく。

黒いショールを巻いて、彩菜がそのあとに続いた。わざと歩調をゆるめて、その後ろ姿を見つめる。

四季折々の花が描かれた訪問着は、結婚するときに母がもたせてくれた着物だった。当時は着物などいらないと反発し、そんなものはお金の無駄だと母に言った。だけどこうして見ていると、一度だけでも袖を通して、母に見せておけばよかったと思った。思い起こせば、後悔することばかりだ。

前を行く彩菜が振り返り、何を見てるのかと聞いた。

「着物、よく似合ってる」

彩菜が足を止めて川を見た。

先を行く三人は川べりに向かうスロープを降りていく。それを見下ろしながら、堤の上を歩いた。

「私が似合うなら、同じぐらい似合ったでしょう。どうして着なかったの？」

「着る機会がなくて」

そう言って彩菜の横に並ぶと、さらに多くの後悔が胸に押し寄せてきた。

「……時間にも気持ちにも余裕がなくて。いろいろなことに気を取られてたから」

子育てとか？　と彩菜が顔を向けた。

「子育て以外にも、いろいろ……」

言葉が続かなくて、彩菜から目をそらす。力のある瞳がまぶしくて、視線を合わせられない。

水上バスがゆるやかに川をさかのぼっていった。船が進むにつれて水面が波立ち、大きな波が岸に押し寄せてくる。

彩菜がうつむき、裾が、と足元を指差した。

「この着物の裾の線、ちょっと波打ってて。人に聞いたら、たぶん湿気を吸って、表地と裏地が、つれちゃったんじゃないかって。それで、ほどいてあちこち直してみた」

「ほどいて縫い直すだけだから、そんなに難しくないよ」

「自分で?」

「保管が悪かったのね」

仕方ないよ、と彩菜が答えた。

「シルクは気むずかしいから」

川の波がおさまると、あたりが静かになった。風に乗って、父が颯太に信濃川の説明をしている声が切れ切れに聞こえてくる。

それで、と彩菜がハンドバッグから小さなものを差し出した。

「着物を縫い直してたら、これが出てきた」

手に乗せられていたのは、小さな懐中札だった。小指ほどの大きさの紙で、地元の神社の名前が書いてある。

これ……と声を漏らしたら、彩菜が横を向いた。

「おばあちゃんが縫いつけたんだね。裏地の隅にそっと縫いこんであった」

両手で懐中札を包み込んだ。

あのとき、母はどんな気持ちでこのお札を求め、縫いつけたのだろうか。

着物など時代遅れだと反発する娘に、どんな思いで持たせてくれたのだろう。

懐中札を包んだ手に力をこめると、彩菜がまた何かを差し出した。

「これに入れたら」

見ると、白いお守り袋だった。同色のレースがあしらわれ、お守り袋というより、花嫁の小物入れのようだ。

怒ったような顔で彩菜が袋を開けた。その手に懐中札を渡し、お守り袋ごと両手で包み込む。

「あなたが持ってて。あなたが守ってもらって」

早口で言ったら、押さえていた涙がこぼれ落ちた。

「彩菜って名前だよ」

「彩菜って呼ぶ権利はお母さんにはもうない」

彩菜だよ、と一音、一音、力をこめて彩菜が言った。

「ちゃんと呼んでよ。昔はヤナちゃんで、今はあなた？」

「ヤナちゃんが、持ってて」

ヤナちゃん、ともう一度、声に出したら、こらえきれずに嗚咽がこみあげた。

颯太が振り向き、声を上げた。

「ママ、なんで泣いてるの？」

なんでもない、と涙を拭《ぬぐ》いながら、笑ってみせる。

彩菜が堤を下りていき、颯太の肩を抱くと強引に川へ顔を向けさせた。振り返ろうとしながらも、幼い息子が彩菜を見上げた。

「ママ、おねえ……ちゃんも泣いてる」

「俺はレイジって呼び捨てで、彩菜はお姉ちゃんって呼ぶのはどういうことだ」

怜司が颯太の頭を両手でかく。身をよじって颯太が笑った。

川面の光が反射して、子どもたちを照らしている。目を細めると、小さな颯太は怜司に、怜司の姿はあの人に似ていた。

彩菜が颯太に身を寄せ、怜司と並んだ。三人が寄り添っている後ろ姿は、遠い昔、彩菜がおなかにいた頃の家族を見ているようだ。

怜司が軽く手を上げた。見ると、橋の上にあの人がいた。

一瞬、目が合ったが、すぐに視線をはずして、あの人が父に頭を下げた。そして電話するようにという身振りを怜司にすると、すぐに背を向け、歩いていった。

「あれが前の人？」

その声に振り向くと、夫が後ろに立っていた。

いつから見ていたのかわからない。

ただ〝前の人〟という言葉に、冷ややかなものを感じた。

バスは高速道路に入り、次の停留所のアナウンスが流れた。大きなその音量に、我に返る。

気が付くと町のあかりは消え、窓の外は一面の暗がりだった。

次の停留所は美越らしい。

美越、と美雪は目を閉じる。

あの人はもう家に着いただろうか。それとも同じこの道を、今走っているところだろうか。

忘れない。初めての人、初めての夫。

私の人生が夜のとき、明け方まで運んでくれた人。

バスが徐々にスピードを落とし、停留所に停まった。

ステップを上がる音がして、乗客が乗り込んでくる気配がする。

まぶたを閉じたまま、近づいてくる足音を聞く。その音が止まり、誰かが隣に座った。

目を開けて、息をのんだ。

乗ってきたのは、怜司だった。


座席を倒してブランケットをかけ、一言、二言、話すと怜司は目を閉じてしまった。話しかけるなと言われたようで、黙り続けてしばらくたつ。

目を閉じる前に、どうしてこのバスに乗ったのかと怜司に聞いたら「東京に用があるから」と言った。続けて、どうしてこの席を取れたのか、と言いかけて、バスで帰ることを決めたとき、マンションの片付けを手伝いに来ていた怜司が、軽食の買い出しがてら、チケットを手配してくれたことを思い出した。

新潟に来るたび、怜司は病院や昔の家へ行くときの送迎をしてくれた。しかしいつもそっけなく、車に乗っていてもあまり話さない。関心がないのかと思えばそうでもなく、祖父や親たちの様子を実によく見ていて、タイミングよく的確な助けを出してくれる。

子どもの頃からその傾向はあり、特に美越に引っ越してからは折に触れ、怜司の視線をよく感じた。それはどこか冷ややかで、父親譲りの怜悧な目で見つめられるといつも落ち着かなかった。

隣で眠る怜司を見つめると、かすかに身体を動かした。しかしあかりを落とした車内は暗くて、表情まではよく見えない。

窓の外を見ると、景色は雪に埋もれていた。バスは豪雪地帯にさしかかったようだ。車内が冷えてきた気がして、怜司のブランケットをそっと肩まであげてやる。すると怜司が軽く動いた。

「起こした？　ごめんね」

「別に、いいよ」

起きてたから、と小声で言って、怜司が身を起こした。

「いつから？」

最初から寝ていたわけじゃない、と怜司が足元に置いたバッグからペットボトルを出した。

「いろいろ……考えてて」

「何を？」

「いろいろだよ」

ミネラルウォーターの封を切り、飲むかというように怜司が差し出した。黙ってかぶりをふると、一口水を飲んだ。

「いい匂いがしたから……目を開けた。お母さんの香水、彩菜の香りと似てるね」

「香水ではないのよ」

「あいつもそう言ったよ、前におじいちゃんが俺と同じ事言ったら。〝アロマオイルです。それから〝これはうちのオリジナル商品です〟って……なんでかな、ちょっと怒ってた」

どこに怒ったんだろう、と怜司がペットボトルを前席の背もたれの網ポケットに入れた。

「香水じゃないところか、人とかぶったところか。何に怒るかわからないよ。この間も堤で……あいつ何か、きついこと言ったの？」

そういうわけではない、と答えると、彩菜の言葉はあまり気にするなと怜司が言った。

「あいつはおばあちゃん子だったからさ、お母さんを受け入れると、おばあちゃんを裏切るような気持ちがどっかにあるんだよ。『産み捨てていった』なんて言葉は、まんま、おばあちゃんの言葉だし」

「でも事実よ」

そうかな、と畳みかけるように言って、怜司がブランケットをかけ直した。

「僕……俺は覚えてる。お母さんはいつも泣いてた。うちのばあちゃん、ほんと口が悪かったもんな。俺や彩菜にはやさしかったけど。うち、今も近所付き合いがあまりないんだよ。あたりに家が少ないってのもあるけど、多分におばあちゃんの影響大だと思うよ」

ほんと、何度、家出しようとしてやめたんだろうね、と怜司が笑った。

「最後は僕だけ置いていって」

「ごめんなさい」

「よく覚えてる。すぐに帰ってきて、もう二度とこんなことしないから許してって、僕をつかんで泣いた。うん、許したよ」

だから、と怜司が言葉を詰まらせた。

「だから……僕はあの夜〝行って〟って思った。彩菜のことは僕が守るから、ママは逃げてって。だってこれ以上泣いたら、ママは溶けてしまう」

小さく笑う声がした。

「子どもって馬鹿だね。大人になってから思ったんだ。あのとき、彩菜だけでもママが連れていったらどうなってただろう。おばあちゃんはあそこまで怒らなかったんじゃないかって。いや、それよりも……」

怜司が再び、ペットボトルに手を伸ばした。

「もっと考えたのは、あのとき僕に〝行けよ〟って言われて、ママはどう思ったんだろう」

怜司が水を飲み始めた。上下する喉仏のあたりから、大人の男の力強さが漂ってくる。

「それを聞いて、どうするの？」

「どうもしないよ。ただ、おばあちゃんはよく言ってた。お父さんはすごく賢かったって。おばあちゃんの言うとおりに県庁か市役所に入ってたら、もっと別の人生があったって」

そしてもっと地に足がついた女と結婚したと、姑は嘆いていた。学生の分際で子どもを作るなんて、東京へ何をしにいったのか、と。

山辺のおじいちゃんも、と怜司が言いだし、美雪は顔を上げる。

「お祖父ちゃんが、なんて？」

「同じ事を言う。美雪は本当に優秀な子だったって。それを聞くたびに思うよ。もし俺がいなかったら、お母さんは別の人生があったんじゃないか……お父さんも、別の生き方をしていたんじゃないかって」

バスはトンネルに入った。カーテンの隙間から黄色い照明がカメラのフラッシュのように入ってくる。走行車線にいるとその間隔は一定で、追い越し車線に車両が動くとせわしなく、闇と光が交差する。

車の排気音がこもって、声が聞き取りにくいのをいいことに黙っていた。

お母さんが泣いているのを見た、と怜司の声が聞こえた。

「おばあちゃんが陰で泣いてるのも。彩菜が耳をふさいで絵本の世界に閉じこもっていくのも、お父さんが泣いていたのも。僕はいつも見てるだけ、何もできずに突っ立ってただけだ」

「お父さんが泣いたの？」

たぶんね、と怜司が笑った。

まさか、とつぶやいたら、「たぶん泣いてた」と怜司が繰り返した。

「彩菜がさ、一時、クローゼットのなかにいつも、もぐってたんだ。ママの匂いがするって」

夫婦で使っていたクローゼットの隅に、トワレをふくませたコットンを置いていたのを思い出した。思い返せば、衣類はすべて引き上げたが、そのコットンを片付けた記憶はない。

「そうしたら、ある日、お父さんが樟脳《しょうのう》の匂いがぷんぷんする防虫剤をそこに放り込んで、彩菜は大泣きだ」

黄色い光に照らされて、怜司がかすかに微笑んでいるのが見えた。

「頭が痛くなるほど部屋が匂って、おばあちゃんも大激怒。世の中には香りのない防虫剤がいっぱいあるのに、どうしてわざわざこんなものを買ってきたのかって」

だけどね、と怜司が目を伏せた。

「お父さんが入れているのを僕は見てた。背中を丸めて一つひとつ……すごく丁寧に、何か考え事しながら、たくさんの包みを入れてた。匂いがしない防虫剤にお父さんが気が付かないはずがない。たぶん、わざわざ探して入れたんだ」

お父さんは泣かない、と怜司がつぶやいた。

「だけど、あのとき泣いていたよ。辛すぎると、男って泣けないんだ。泣く代わりに……」

「何をするの？」

「酒を飲んだり……いろいろ、人それぞれだよ」

「そういう思いをしたことがあるの？」

人並みにね、と怜司がシートにもたれた。

「何があったの？　人並みって、何を基準に言うの？」

お母さんは面白い言い方するね、と怜司が笑った。ママと言っていたのが、お母さんに戻っている。束の間、近くに心を寄せたが、また遠く離れていったようだ。

トンネルを抜けると、少し眠ると怜司が言った。就職関係の面談が明日あるのだという。東京で就職するのかとたずねると、「わからない」と答えた。やがて小さな寝息が響いてきた。

バスは定刻通り、朝の五時前に池袋に着いた。夜はまだ明けず、冷たい風が吹いている。

荷物を取ってくるから、風の当たらぬところにいるようにと怜司が言い、バスのトランクに歩いていった。

コートの襟をかき合わせ、軽く身を丸める。

夜明け前の今が一番冷え込み、闇が濃い。

自分のキャリーバッグの上にルイ・ヴィトンのボストンバッグを載せて、怜司が近づいてきた。

それを見ながら、バッグから煙草とライターを出す。淡々とした口調で怜司が言った。

「吸わなくていいよ、僕の前では」

本当は吸ってないだろ、と怜司が手から煙草を奪った。

「そんなこと、ないわ」

「そうかな？ こんな強い煙草を吸ってたら普通、髪に匂いがつくよ。肌だって汚なくなるし」

そうかしら、と言ったら、「そうだよ」と怜司がうなずいた。

「だけどそんな匂いは全然しない。つららの女房みたいに肌も真っ白。強がってるんだなって思った。うちの人たちは彩菜もお父さんも強いからね」

煙草に火を点けると、怜司が煙を深く吸って吐いた。

「あなた、吸うの？」

手慣れた仕草で吸いながら、怜司が笑った。

「やめなさいよ」

「うん、この一本でやめとく」

やめなさい、と取り上げて、道路に落とす。火の付いた煙草を足で踏みつけると、怜司がまっすぐに見つめてきた。

この目が苦手だった。

すべてを見通すこの子の目が怖かった。もう一人の自分がいるようで。自分の弱さを非難されているようで。

でも非難していたのではない。この子は心を痛めていたのだ。

「怜ちゃん」

見上げると、怜司のまなざしが少し揺れた。

「お母さんに別の人生があったかもしれないって言ってたよね。自分が生まれてなかったら、もっと別の人生を生きてたんじゃないかって。そんなの考えたこともない。お母さんの人生は後悔ばっかり。だけど何の後悔もしていないのは、自分の選択が正しかったと胸を張って言えるのは、怜ちゃんを産んだことだ」

生まれてこなかった方がよかったの？　と怜司の頬に手を伸ばした。

「怜ちゃんは、生きているのが辛いの？　そうだとしたら、お母さんのせい。お母さんがちゃんとしてなかったから生き辛いんだ」

この子の気性は自分そっくりで、そこに父親の明晰さが加わって、すべてを見透かしてしまう。

「本当はもっと幸せになれたのに、何も気にせずに生きられたのに、全部お母さんのせいだ」

ごめんね、と言ったら、ふわりと背中に手が回され、怜司が軽く身を寄せた。

「お母さんは、いつもあやまってばかりだ」

あやまらないで、と怜司がささやいた。

「大丈夫だから」

見上げると、怜司の顔が近かった。その目をのぞきこむ。

この子が自分と似ているのなら、わかることがある。

大丈夫じゃない、と声が出た。

「怜ちゃんのその背中、おへそのうしろ。あれはあせもをかきむしったんじゃない。何かの罰だ。何かが辛くて、人に言えなくて、許せなくて、自分で自分を罰してきた傷だ。違う？」

どうしてそう思うのかと怜司が聞いた。

「私がそうだったから。思いすごしならいい。だけど気にかかる。怜ちゃんは何に苦しんでるの？　何を悔やんでるの」

何も言わずに、怜司がそっと身を離した。

近づいてきたと思えば、この子はすぐに離れていく。一歩踏み込んで、怜司の背にそっと手を回した。

「怜ちゃん、この背中は、何に泣いてるの」

お母さん、とつぶやいて、怜司が顔を伏せた。

僕は、とかすかな声がする。

「同じ立場の子を殺してしまったよ」

第九章

東京のバス会社の仮眠室から出て、利一は白鳥交通の控え室に向かう。

年末年始の慌ただしさは去り、二月を前にして、所内は静かだ。

控え室に向かう廊下の壁には東北や北陸、関西地方の各都市の観光ポスターが貼られていた。春を待つ今の時期は、梅や桜の名所の写真が多い。

この会社は全国のバス会社と共同運行で東京発の深夜便を出しており、ポスターのどの町にでも、一晩、眠っているうちに着くことができる。しかしいつも眺めるばかりで、どこにも行ったことはない。

控え室のドアを開けると、穏やかな午後の光が畳に差し込んでいた。〝先生〟こと、長谷川が窓際にもたれて本を読んでいる。

軽く挨拶をして部屋の隅に座る。壁にもたれて目を閉じかけたとき、コンビニの袋をさげた男が、紙パックの豆乳を吸いながら入ってきた。

福々しい大きな顔に、くっきりとした二重のまぶた。〝占いの佐藤さん〟だった。

「うん？　あらら？　またリイッちゃんがいるがね」

豆乳を音高く吸い上げると、佐藤が近づいてきた。

「リイッちゃん、最近、ずうっとここにいるね。飯はどうしてるんだて？」

「そこらで適当に」

「駄目だて、ちゃんと食べないと、あら？　ややや？」

佐藤が目の前に膝を突くと、顔をのぞきこんできた。

「リイッちゃんからいい匂いが抜けた。前はフワンフワン、色っぽーい匂いがしてたのに」

「なんですか、それは」

ジョナンだよ、と佐藤が大きな目を見開いた。

「前は女難の匂いがしてたが、今は……」

コタン、と寂《さび》のある声がした。長谷川が本を閉じて、微笑んでいる。

「占術のことはわかりませんが、私にも見えます。枯淡……お若いのに最近のリイチさんには枯淡の境地といった風情が垣間見えます」

「先生まで……」

「早い話がひからびてるって感じだね、わかった」

佐藤が何度もうなずいた。

「タヌキの美女にふられた、なーんて……」

不意に昨年の春、志穂を美越に招いた時のことが心に浮かんだ。その様子を同僚に見かけられ、タヌキの美女と佐藤にからかわれたことがなつかしい。

佐藤がせわしなく、まばたきをした。

「参ったな、図星か。豆のお乳でも飲む？ 先生もどうらね」

コンビニの袋から佐藤が新しい豆乳を出した。

断る気力がなくて、礼を言って封を開ける。すると、長谷川が立ち上がり、佐藤の隣に座った。

豆乳を飲みながら、二人が美越市の話をしている。

長年、懸案になっていたが、この春、美越市と隣接の市町村との合併が正式に決まるらしい。それに伴い、白鳥交通も近隣の大手バス会社に合併されるという噂があるという。

どうですか、と長谷川が落ち着いた眼差しを向けてきた。

「リイチさん、何か聞いていますか」

「僕は特に、何も」

占術的にこういう動きはどう見るのだと、長谷川が佐藤に聞いている。

照りのある額をなであげ、佐藤が笑った。

「手相、人相見では読みにくい分野ですて。ただ働き方は違ってくるだろね。合併されるとしたら、あっちは一人の運転士が高速バスも路線も両方やるらしいから」

そうですか、と長谷川が豆乳を一口吸った。

「これを機に人員整理をはかるなんて話も聞きましてね……」

豆乳を飲み終えると、手首で腕時計が振動した。話の途中で立ち上がって、制服のジャケットを取ると、もう一人、運転士が控え室に入ってきて話に加わった。

早期退職希望を募るという噂もあるらしい。去りどきを見極めるのが難しいと話している言葉を聞いて思った。

去りどきを見極めたら、そのあとはどう生きたらいいのだろう。

どこへ行けばいいのだろう。

その翌日、深夜バスの仕事を終えて、午後に美越の家で目覚めると、掃除機の音がした。

起き上がって居間をのぞくと、髪にタオルを巻いた怜司が茶箪笥を動かしていた。

「ごめん、起こした？　もう終わるよ」

髪に何かを巻くのは、怜司が徹底的にほこりを除去するときの格好で、今日は居間を集中的に掃除したらしい。

「いや、そろそろ起きるところだったから」

昼ご飯に弁当を買ってきた、と怜司が掃除機を片付けだした。

「気が利くなあ」

「でも俺、今日、テレビ見たいから、居間で食べていい？」

「何見るんだ」

「知り合いっていうか、彩菜の先生が出るんだよ。ビデオは一応、録ってるんだけど」

洗面所に行って戻ってくると、怜司が二人分の弁当と茶を座卓に置いていた。

テレビに興味はないが、弁当を置かれているので、席に着く。

怜司が向かいに座り、敬三からメールが来たと言った。

単身赴任をしていた美雪の夫は二月付の異動で東京に戻ってくるらしい。その報告もかねて、一家三人で施設にいる敬三に会いにきたという。メールには美雪と敬三と颯太の写真が添付されていたそうだ。

「お母さんは髪の毛短く切って、おじいちゃんは太ってた。でもその分、幸せそうに見えたよ」

安らいだ気持ちで、「そうか」と短く答える。

美雪の夜は明けたのかもしれない。

箸を動かしながら窓の外を見ると、鈍い灰色の空が広がっていた。この町に限らず日本海側の冬は曇りの日が続き、晴れ間が見えることは少ない。

薄暗い空を見て、自分は今、人生のどこにいるのかと考えた。

暗い昼かもしれないし、夜かもしれない。

最近、笑ったり、話したりすることが減ってきた。毎日を流れ作業のようにして過ごし、食事にも季節のうつろいにも興味がわかない。

それでもたまに心が動くときがある。この前はバスの乗客が持っていた笹団子の袋を見て、何かあるたびに笹団子を持ってくると笑っていた志穂を思い出した。思い返すと、志穂はいつも笑っている。しかしすぐに、あかりを落とした居古井で泣いている姿が浮かぶ。見たことはないのに、それはとても鮮明で、胸が詰まる。

そしてそのあと、もう居古井という店がないことに気付く。

この数ヶ月、志穂といたときは美雪を思い、美雪といたときは志穂を思った。それは結局、東京にも故郷にも馴染みきれないでいる自分の人生そのもののようだ。

怜司がテレビを付けた。知人が出てきたというので、画面を見ると、黒いジャケットに革パンツを穿いた男がいた。自分と同年代に見える男で、ギターを持った姿が妙に色っぽい。

七年ぶりに出した新曲が、じわじわとヒットチャートを上がっているらしい。

テロップを見て驚く。三十年以上前に活躍していたロック歌手だった。

知り合いかと聞いたら、怜司に「知ってるの？」と逆に聞かれた。

「知ってるも何も。お父さんが中学の頃の大スターだ。いくつだ、この人。まだ歌ってたのか」

「歌ってるよ、彩菜たちのサイトの音楽も全部作ってるし。なにげに俺、今の着信音、江崎さんが作ったテーマ曲。知ってる人に聞かれるとちょっと恥ずかしいけど」

昔の音源も聴いたが、今の声のほうが好きだと怜司がテレビに目をやった。

「彩菜たちの曲も人気が出てきて……あの子たちの動画、ものすごい閲覧数なんだよ。海外からのアクセスも多いし。ネット以外のとこでも火が付きだしてる。なのに今、空中分解しかかってるんだ」

「あの三人が？　どうして？」

怜司が考えこむような表情をした。

「イベントであれだけ人が集まったのに、沙智子ちゃんは、そろそろマンガをやめて実家に帰ってこいって言われてたり。絵里花ちゃんは引く手あまたで、東京のクリエイターから一緒に仕事しないかって誘われてるし。それから……結局、イベントとか物販とか所帯が大きくなったけど、学生のサークル感覚で関わっている人も多いだろ。そのあたりでもゴタゴタしてる」

江崎さんが、と怜司がテレビをちらりと見た。

「この間、江崎さんも、そろそろ見切りをつけろって彩菜に言ったみたいだ。遊びの時間はもう終わりだって」

「遊び、か」

美越の家を埋め尽くしていた段ボール箱は数が減り、今は納戸に少し残っているだけだった。夏のイベントが終わったからだと思っていたが、そうでもないようだ。

遊びというには本気すぎ、仕事というには楽しそうだった彩菜たちを思うと、こうした形で終息していくのが可哀想な気がした。

「俺もそろそろだと思う」

「そうか」

「だから、働くよ」

「どうかいう意味だ。彩菜のところでか」

「いや、インドで」

「インド……なんで？　何しにいくんだ」

大学院時代の先輩がアジア系の企業に勤めていると怜司が言った。就職先を探していたら、その人が誘ってくれたのだという。

「じゃあそこの本国……どこの国か知らないが、そこで働くんじゃないのか」

「開発の拠点は中国にあるんだよ。でも最近、一部をアジアの他の国に移していて」

お前なあ、と言ったら、語尾がため息のように揺れた。

「何かを隠してないか？」

「何を隠すんだ？」

「極端すぎないか。東京で駄目だったのに海外で働くって」

「駄目って言い方ないだろ。それにさ……」

むしろそっちのほうが性にあうかも、と怜司が腕を組んだ。

「考えすぎなくて逆に楽？　聞くのとしゃべるのに必死で、それどころじゃないっていうか。悩むひまがない」

「お前、英語は大丈夫なのか」

そう言ったあと、以前、怜司が電話でよどみなく英語を話していたのを思い出した。

たぶん……と怜司が笑った。

「お父さんが思っている以上にできるよ。だいたい、仕事で使う言葉なんて、ほとんど決まってるんだ」

決定か、と聞いたら、「ほぼ決定」と怜司が答えた。

「なんだよ、その〝ほぼ〟ってのは」

「インドじゃないかもしれない。ひょっとしたら最初はシンガポールかも。まあ、日本じゃないなら、どこも一緒だ」

「同じような仕事は日本にないのか」

あるかもしれないけど、と怜司が組んでいた腕をほどいた。

「行きたいんだよ。来いよ、って声をかけられたのも嬉しいし。でも俺、ブランクがあるから、正直、使い物にならないかもって思ってさ。だから、その先輩のところに行って、様子を見るというか、手伝いをするというか、お試しというか」

「まどろっこしいな」

「ここんとこ、しょっちゅう留守にしてたのはそれ。お父さんにお金を借りたのはそんときの渡航費とか生活費とかいろいろ……。で、年末に正式に来ないかって言われたんだけど」

決まった途端に迷った、と怜司がかすかに笑った。

「迷ったなら相談しろ。今からだって」

それはね、もう解決した、と何度も怜司がうなずいた。

「外資っていっても、欧米の企業とどこか感覚が違うというか。迷ったのはそこだ。アジアのマーケットで、同じ分野の日本企業と競り合うんだなあ、と思ったら……。ほら、美越って下請けの工場が多いだろ。だけど次々、閉鎖されてる。アジアの会社に雇われるってことは、つまりそういう工場をどんどん追いやるわけで」

「スケールのでかい悩みだが、お前はそこまで優秀なのか」

いや、そうじゃないけど、と怜司が微笑んだ。

「でもさ、やっぱり日の丸を背負って仕事をしたかったなあ、なんて思ったわけよ」

でも、行くよ、と怜司が小声で言った。

江崎の歌声が流れてきた。

海外へ。

箸を動かしながら、その言葉を胸のうちでつぶやき、怜司を見る。

考え直さないか、と言おうとした。しかしこうして口に出すまでに、怜司はずっと考え続けてきたに違いない。

「お父さん、何か今、言おうとしてる？」

「言いたいことはいっぱいあるが、もういい」

「俺もお父さんに言いたいことが少しあるんだけど」

「少しなら我慢しろ」

来月の中旬に東京に出て、そこからアジアの本社に行くと怜司が言っている。新潟空港からも便は出ているが、埼玉にいる敬三に挨拶をしていきたいという。

来月と聞くとずいぶん先に思えるが、二日後はもう二月だった。


美越の家を出る日を決めると怜司は二階の部屋を片付けだした。その片付け方は徹底しており、一週間ほど過ぎた日の夕方に仕事から帰ってくると、彩菜と一緒に軽トラックにベッドや本棚などの家具を乗せていた。

一人暮らしを始めるという彩菜の友人に譲るのだという。

自分の部屋をほとんど空にすると、今度は昔から気になってしょうがなかったと、納戸や押し入れにあった古い電化製品や祖母が集めていた人形類をまとめて一気に処分した。

その途端、家がすっきりしたというより、寒々しくなって気がめいる。それにも慣れた頃、折り入って話があると彩菜が連絡してきた。

いよいよ結婚の話かと思い、客用の座布団と茶菓子を用意して待った。ところが彩菜は一人で帰ってきた。

結婚の話ではないのかと聞くと、「すみません」と頭を下げられた。

「でも大事な話があってきたの」

「客間で聞くか？」

茶を淹れに台所に行きながら聞くと、彩菜がついてきた。

「キッチンでいいです」

ダイニングテーブルに座ると、彩菜が深々と頭を下げた。

「お騒がせして、ごめんなさい。婚約はやめました。彼にもそう言ったし、あっちのママにも」

そうか、と答えたら、雅也の母親の顔を思い出した。

「お前の足を、引っ張ったのかな」

足？　と彩菜が聞き返して笑った。

「引っ張るようなことをしてないよ。単に根拠もなくあっちが上から目線なだけで」

でも憧れたんだ、と彩菜が笑った。

「高台の一軒家に住む素敵な家族に。パパとママが仲良しで。長いお休みにはみんなで旅行。大事なことは家族会議を開いて決める。そんな感じのおうちに」

返事に困って、黙って茶を出した。

「だけど……あのママの判断基準って勝ち負けなの。お友だちの息子さんの結婚相手がお嬢様大学を出ているから、息子の相手が私で〝負けた〟って思ったみたい。でも彼に言わせると、顔は私のほうが上なんだって。だから振袖とか着せたがる。でも勝ち負けって何？　上だの下だの、お前が勝手に決めるな、って感じ」

見下されてる？　と彩菜がつぶやいた。

「いつもそんな気持ちになる。でも何を基準に？　彼ママの価値観に合わないだけでしょ」

別れようと思っていた、と彩菜が笑った。

「だけど、私、ずるいの。帳簿とか経理、得意じゃなくて。お金関係のこと……私たちの活動の経理関係？　時々、彼に見てもらってた。仕事はものすごくできるの」

「あんなにふわふわしてて？」

「仕事のときはスーツを着て、眼鏡を変えるんだけど、雰囲気、全然違う。冷たーい税理士先生って感じ。その落差に萌えちゃって……」

彩菜が情けなさそうな顔をした。

「ごめん、恥ずかしくなってきた」

「聞かされる方がこっぱずかしい」

「お父さんって、そういうリアクションする人だったんだ、なんか意外。……あっ、お菓子だ」

彩菜がテーブルに置いた客用の菓子器のふたを開けた。入っている菓子を見てから、隣に並んだ盆にかかっている布巾を取った。

来客用に準備しておいた茶器が現れた。

彩菜が黙った。

菓子器のふたを開け、昨日買ってきた和菓子をひとつ彩菜の前に置いた。

軽く頭を下げて、彩菜が和紙の包みを開けた。

「蕁麻疹はもう大丈夫か」

原因はわかった、と彩菜が苦笑した。

「彼ママに会う日にまた出て」

「そっちのママか」

そう、と彩菜がうなずいた。

「世の中にはどうしようもなく、うまくいかない相手がいるんだ。理屈じゃないんだ。そう思ったら、初めてママ……お母さんの気持ちがわかった」

彩菜が包装紙から出した菓子を見つめた。

おばあちゃんが悪いってわけじゃない、と彩菜の声がした。

「たぶん彼ママも知り合いだったら良い人だと思う。行動力あるし。ただ歩み寄らないとうまくいかない。でも彼には、わからない。どうしてうちのママと仲良くできないの？　って聞くの」

「まあ、聞くだろうな」

「彩菜ちゃんちは複雑だから、わからないかもしれないけど、気にすることないよって、彼がさわやかに言うの。これから、わかってくるから大丈夫だよって」

何を言いたいんだかわからない、と彩菜が低い声で言った。

「いや、もう結構です。ごちそうさま……。即座にそう思っちゃって」

なんでだろうな、と彩菜がつぶやいた。

「うちには何かが欠けてる。どこかが壊れてる。あの人といると、いつもそう思った。一緒にいるとそれが埋まる気がしたんだけど」

でもこの間、思った、と彩菜が微笑んだ。

「山の上で。うちの家族、これでいいじゃないかって。人はどう思うか知らないけど……一生懸命だし。いいじゃないかって。そう思ったら、別れようと思った」

わかった、と答えたら、彩菜が菓子を食べ出した。

「それで、こっからが本題だけど、仕事、やめました」

「家に帰ってくるのか」

違う、と彩菜が首を振った。

「会社を作った」

会社？　と聞き直したら、彩菜がうなずいた。

「沙智子ちゃんと絵里花ちゃんと。これからは私たち、ウェブコミックの活動を仕事にしていく。手始めに英語のサイトを開設したの。海外への通販も始めるよ。貿易会社に勤めてる友だちが四月から一緒に働いてくれるって」

もう言い訳しない、と彩菜が晴れやかな顔をした。

「私たち、いつも逃げ道を作ってきた。自分たちは素人だから、趣味でやってるからって言い続けて。一生懸命……最高を目指して作ってるくせに、誰かにけなされたり、馬鹿にされるのが怖くて、アマチュアですからって予防線を張ってた。でもね、腹をくった。小心者なりに」

「小心者には見えないが」

私たち、チキンだよ、と彩菜がつぶやいた。

「マンガ家、映画監督、デザイナー。みんな、本当は別のものになりたかったけど、何かが欠けててなれなかった。だけど三人で集まって物を作れば、何にでもなれる。何でもできる。でも、それを仕事にするなんて。好きなことや楽しいことでお金をもらえるなんて、ありえないって思ってた。仕事って辛いことだと思ってたから」

怜司の言葉に後押しされたのだと彩菜が照れくさそうな顔をした。

「そしたらお兄ちゃんが言ったの。ディズニーもアップルコンピュータも、始まりはきっと〝好き〟と〝楽しい〟だって。あの二つとも、最初はガレージみたいなところから会社を作ったんだよって」

彩菜が苦笑した。

「でも、そのあとすぐに〝もっともアメリカのガレージは広いらしいから、お前らの家よりでかいかもしれん〟とか言いだして」

一言多いんだよ、と彩菜が顔をしかめた。

怜司は照れたのだと思ったが、黙っていた。

二月中旬の深夜、高速バスを東京へ走らせながら、利一は運転席のモニターに目を走らせる。

このバスには車体の内外にカメラが設置されており、バスの後方や客席の様子をモニターで確認することができる。普段は客席の様子はあまり見ないが、今夜は頻繁に見てしまう。

カメラの近くに怜司がいる。

美越を出るときはバスで行きたいと怜司は言い、父親の勤務に合わせて、出発の日を決めた。

美越市は隣接の市へ統合され、白鳥交通もこの夏、他社への吸収合併が決まった。二つとも名前が消えてしまうから、記念に乗っておきたいのだという。

モニターを見ると、眠っていけばいいのに、怜司は読書灯をつけて何かを熱心に読んでいる。どうやら仕事の資料らしく、時折、ペンで線を引いていた。

その姿を見ていたら、二日前の夜のことを思い出した。

夕食をともにできるのはその日が最後だったので、特上の寿司の出前を頼んだ。

好物のマグロを食べている怜司を見ていたら、赤く膿《う》んでいた肌のことが気になってきた。言葉を選びながら遠回しに聞くと、「大丈夫」と怜司はそっと腰をさすった。

「もう荒れてないし。たぶん、かきむしることもない」

「かゆくなくなったのか」

「かゆかったわけじゃないよ。ただ、怖かっただけだ」

何が、と聞くと、怜司が立ち上がり、冷蔵庫からビールを出してきた。

「子どもの顔が腰に浮かんできて」

「顔が浮かぶ？　お前、大丈夫か」

「あまり大丈夫じゃなかった」

怜司がグラスにビールを注ぎながら、東京で一緒に暮らしていた女性がいたと言った。

初めて聞く話で、食べる手が止まった。

どういう女性かと聞くと、大学時代から交際していた人だと答えた。一つ年下で、保険会社に勤めているという。会社をやめても、生活に困らずにいたのは彼女のおかげだったらしい。

「お前、彼女に食わしてもらってたのか？」

そういうわけじゃない、と怜司が言葉をにごした。

「俺のほうは貯金を崩していったわけだから……でも、そうだな……」

そういうことになるのかな、と怜司がうつむいた。

「会社をやめて、どうしてたんだ。何かやりたいことがあって、やめたのか」

そういうわけじゃなくて、と怜司が小声で言った。

「いろいろ……疲れて。人の顔色をうかがうのが、いやになって。仕事を探しに行くのもだるくて。毎日毎日、ゲームをしてた」

返す言葉が見つからず、黙った。

軽く息を吸って、怜司が続けた。

「そうしたらある晩、彼女が聞いた。いつまでもこんな生活をしていていいのかって。もし子どもとかできたら、どうするんだって。知らないよって、答えた。できてから考えようよ。でも今は無理でしょ。こんな生活してて、子どもなんて絶対無理。育てられない」

振り向かずに答えたと、怜司が小さく笑った。

「ゲームに夢中で。後ろで彼女が一生懸命言ってるのに適当に答えてた。そうしたらその翌朝、彼女がトイレでうずくまってた。腹が痛いって、すごい量の血が出たって。タクシーを呼んで、病院に連れて行ったよ」

それで、と聞くと「妊娠してたんだ」と怜司が答えた。

「検査薬で陽性って出てて、病院の予約も取ってたんだって」

そういうことは言えよ、と怜司を見る。

視線から逃れるように、怜司が横を見た。

「向こうの親御さんにあやまりにいかなくていいのか」

「誰にも言うなって彼女が言った。医者が言ってたんだけど、この時期のそういうことって……よくあるんだって。大きな……生理……みたいなもので。これ以上、卵が成長しないから、母親を守るために子どもは出ていくらしいんだ。人の形もしていない、二ミリか三ミリぐらいの卵だって、そう聞いた」

結婚しようと言った、と怜司は顔を上げた。

「いやだって即答された。こんな生活は、もういやだって。それで出ていった。二人で買ったものとか、俺がプレゼントしたものとか、全部置いてった。残した物は捨ててくれって」

捨てろって言葉、きついな、と怜司が下を向いた。

「引っ越し先を調べて追いかけた……みっともないほどにすがったら、〝私の人生にあなたはもういらない〟って言われた。お前はいらない、って言われるのは、こたえるね。だけど、おんなじことを俺は二ミリの子どもに言ったんだね」

それから腰に吹き出物が出てくるようになった、と怜司が言った。下着のゴムでかぶれたのだと思ったが、吹き出物はどんどん増えてきたという。

「卵みたいだって思った。かきむしったら、その跡が泣いてる子の顔に見えてきて。かいて、かいて、かきまくったら膿んできた。そりゃそうだよね、爪でひっかいたんだから」

「病院には行ったのか」

「行った。皮膚科に行ったら、心療内科に行けって言われた。でも自分でもわかるんだ。気のせいだって。よく見れば、顔になんて見えない。だけどとにかく、肌をかいてしまう。そのたびに後悔するんだ、あのとき、ちゃんと彼女に返事をしていたら……」

お父さんたちは、と怜司がつぶやいた。

「二ミリの僕をこの世に送り出してくれたけど、僕は……同じ立場の子に無理って言ったんだ。それを聞いて、子どもは出ていった気がして」

「考えすぎだ。医者の言うことを信じろ」

そうなんだけど、と怜司がうなずいた。

「言ったことは消えない。それから……一人じゃ家賃を払いきれないし。何もかも処分して……行くところがないから帰ってきた。あれこれ聞かれるのいやだから、とりあえずお父さんにメールだけ送って。むちゃくちゃ酔っ払って帰ってきたら、二人分の朝飯の支度があって、きれいな布団まで用意してくれてあって。泣きながら寝たよ」

「そうか……」

テーブルに目を落とすと、あの日、怜司がうれしそうに布団の礼を言ったことを思い出した。

「よく帰ってきたな。早まったことしないで」

顔をゆがませるようにして怜司が笑った。

「イヤになる。お父さんが俺のために一生懸命やってくれればくれるほど、自分の小ささが身にしみる。そのくせ、すごく……うれしいんだ」

どう答えたらいいのかわからず、今の肌の調子を聞いた。

尋問しているような口調になったので、たいして減ってもいない怜司のグラスにビールを注ぎ足す。

もう大丈夫だ、と怜司がうなずいた。

「吹き出物が出ても普通に見ていられるし。かきむしったところはこの間……」

怜司が少しためらい、小声で言った。

「いい薬を……お母さんが塗ってくれた。それから、話をした」

「何の話を？」

「いろいろ、たくさんのことを。俺、ちょっと泣いたりして……。いい年して、馬鹿みたい」

今、思うと、と怜司がグラスを口に運んだ。

「泣いてるように見えたあの顔は自分自身だったのかもしれない。誰かに愛されたい、必要だって言われたい、って泣いてる自分。でも……」

まあ、いいや、と怜司が首を振った。

「考えてみれば、俺の肌は警報みたいなもので、心が壊れる前に肌が荒れるみたいだ。ある意味、とても安心だよ」

「何かあったら帰ってこい。困ったことがあれば、ちゃんと言えよ」

まあね、と怜司が笑った。

「だけど俺もそう言えるようになりたいんだ。彩菜やお父さんや、今度つきあう人に」

バスは都内に入り、練馬インターが近づいてきた。

モニターを見ると、怜司も乗客も眠っているようだ。

終点に着いたら自分の仕事は終わるが、乗客たちはそこから仕事が始まる。

眠りを妨げぬよう、静かに車を走らせる。

練馬インターを降りて都内に入ると複数の停留所があるが、今日の乗客はすべて池袋で降車だった。定刻通りに着くと、乗客たちは次々とトランクから荷物を出して、池袋駅へと歩いて行く。

他の乗客が遠ざかっていくのを見ながら、ゆっくりと怜司がバスから降りてきた。

「少しは眠れたか」

よく眠れたよ、と怜司が答えて、トランクから荷物を出した。

「気をつけて行けよ」

お父さんもね、と答えながら、怜司が困ったような顔をした。

「どうした、忘れ物でもしたか」

「お父さん、俺、いつ言おうって悩んでたんだけど……」

「何を」

「言いたいことがあって」

「なんだよ、早く言え」

志穂さんと話した、と怜司が言った。

いつだ、と聞いたら、しばらく前、と怒ったような声がした。

「……元気そうだったか」

「気になるなら、自分で見に行けよ」

「どういう意味だ。何かあったのか」

「言葉通りだ。志穂さん、居古井を閉めたんだよ」

「なんでそれを知ってるんだ」

スーツケースの上に置いた黒いリュックから、怜司が手ぬぐいを出してよこした。

「ごはん屋　居古井」という文字の横に住所と電話番号が染めてある。

お礼を言いたくてさ、と怜司がポケットに手を突っ込んだ。

「東京に行ったとき、店に寄った。枇杷茶、本当に助かったから。そうしたら、お父さんは元気かって聞かれた。どうしてって聞いたら、もう居古井には来ないんだって。嫌われちゃったんだって」

嫌われるなんて、と怜司がつぶやいた。

「そんなはずがないと思った。だから言った。去年、美越に来たとき、志穂さんは見なかったけど、あのとき家には可愛い湯飲みとお茶碗があって、二人分のご飯の用意があったって……」

早口で一気に言うと、怜司が言葉を詰まらせた。

「それから……庭が掘り起こされて、新しいれんがで囲った一画があったって。だけど何も植えられてない。父は……きっと一人でこつこつ、志穂さんのために花壇を作って待ってたんだと思うって。俺がその準備、すべてパーにしたけど」

僕の父親は何も言わない、と怜司がうつむいた。

「不器用だから、誰かのために、いつも憎まれ役を引き受ける。そしたら志穂さん、知ってるって言ってた。よく、知ってるって」

ポケットから手を出し、怜司が小さな紙をよこした。

「お父さんの家には僕らの物ばかり入っていた。僕や彩菜の家には自分の物しか入ってないのに。お父さんの家には、お父さんの幸せを入れてほしいよ」

お前たちの幸せが、と言いかけたら、「同じように」と怜司が声をかぶせた。

「お父さんの幸せは、僕らの幸せだ」

渡された紙には、見知らぬ市外局番の電話番号があった。

リュックサックを背負うと、怜司がバスを見上げた。

まだ明けぬ夜のなかで、純白のボディが淡い光を放っている。

怜司の視線を追って見上げると、翼を広げた白鳥のマークの上に、美越、白鳥交通の文字があった。

美越、と怜司の声がした。

「この町には何もないと思っていたよ、お父さん。だけど、家族がいたんだね」

「過去形で言うな」

不意に怜司はこのまま戻ってこない気がした。見知らぬ国に根付いて、そこでずっと暮らしていく気がした。

「家族がいたんだ、守られていたんだ。その記憶ひとつで、僕はもう行けるよ」

リュックを肩にかけると、怜司がゆっくりと頭を下げた。

「お父さん、ありがとう」

スーツケースを引いて、怜司が歩き始めた。

舗道に響く車輪の音に我に返って、その背を目で追う。

怜司、と呼びかけようとして、やめた。

しっかりとした足取りで、振り返らずに息子は歩いていった。

怜司を見送ってから東京の営業所に着くと、朝の六時前だった。

車庫にバスを入れ、車内を片付ける。淡々と作業を進めているつもりが、いつの間にか手が止まっていた。

息子の後ろ姿が目に焼き付いている。その怜司が言葉をにごした志穂の近況も気にかかる。

すべての作業と手続きを終えると七時前になっていた。早朝から電話をするのはためらわれ、それでも待ちきれなくて、八時になる前に白鳥交通のバスに戻った。

車内のカーテンを閉め、客席に座る。不安な思いで、怜司から渡された番号に電話をすると、場所は京都の観光農園だった。

志穂の名を言うと、薬膳カフェなら今日は休みだという。どうやら観光農園に併設された施設らしい。

無事でいることにほっとして携帯を置くと、自然と両手が顔を覆って、身体から力が抜けていった。

元気でいるようだ。

新しい暮らしを始めているようだ。

顔を覆った手に涙が落ちた。

根雪がゆるんだようなその瞬間、自分はずっと泣きたかったことに気が付いた。

気持ちを鎮めて身なりを整えると、日は高く上がっていた。

バスから出て、車庫の脇にある自動販売機でコーヒーを買う。缶を開けて一口飲むと、紺色のコートを着た男が現れた。

白髪をきれいになでつけた〝先生〟こと、長谷川だった。

時計を見ると、白鳥交通が担当する時刻のバスを出すにはまだ早い。

道が混んでいるのかとたずねると、早めに出てきたのだと長谷川が笑った。

「バスを眺めたくなりまして……」

長谷川がコーヒーを買い、自販機の横のベンチに腰掛けた。

何かありましたか、と心配そうな声がした。

「リイチさんは最近、ひどくお疲れのようだ。トラブルでもありましたか」

「運行中のトラブルはなかったですが……」

個人的な話をする気はないのに、元教師だったせいか、長谷川にたずねられると、素直に答えたくなる。

「いろいろ……。最近、本当にいろいろなことがあって」

「少し、お痩せになりましたものね」

長谷川が缶のプルタブを引いた。

凍てついた空気のなかに、甘い缶コーヒーの香りが広がっていく。

座らないかと誘われたので、隣に座った。

「リイチさんはおいくつでしたっけ」

「今月の末で大台に乗るというか……五十になります」

なるほど、と長谷川が静かにうなずいた。

「洟垂《はなた》れ小僧の真っ最中ですね」

「洟垂れ小僧？」

泣いていたのを見透かされた気がして問い返した。

そうです、と長谷川がうなずいた。

「ある財界人がおっしゃったそうです。四十、五十は洟垂れ小僧、六十、七十、働き盛り、九十になって迎えが来たら、百まで待てと追い返せ」

「政財界の人なら、そうかもしれませんが」

悲観的ですね、と長谷川が微笑んだ。

「でも私は一理ある……こんな言い方は僭越《せんえつ》かもしれませんが、そう感じます。いろいろなことを味わって、人の心の機微や表裏に泣き笑って、ようやく一個の人間として、地を踏みしめて立てるようになったというか……」

でも洟垂れ小僧ですから、と長谷川が笑った。

「まだまだ私も勉強中ですが」

営業所の建物に入ろうとした男が、軽く手を振って近づいてきた。

コンビニの袋をさげている。同僚の佐藤だった。

こんなところにいたんだ、と佐藤が笑った。

「実は探してたんだて。リイッちゃんの面談はいつ?」

明日の十七時だと利一は答える。

白鳥交通の吸収合併に伴い、明日は午後から社員に説明会が行われる予定だった。運転士にはそのあと一人ひとりに面談が設けられることになっている。

じゃあ、ちょうど俺のあとだ、と佐藤がため息をついた。

「何の話をされるんだろ。先生はいつですか」

私は無いんです、と長谷川が軽く手を横に振った。

「実は今月で運転士は卒業です」

前々から考えていた計画を前倒しにすることにした、と照れくさそうに長谷川が言った。

教職についている妻が今春で退職するので、二人で妻の郷里に戻り、塾を開くのだという。

「東北の小さな町なんですが、お子さんがたを預かったり、勉強を教えたり、働くお母さんがたのサポートみたいなものを二人でやれたらと思っております。もう少しバスと働きたかったのですが、六十を前にして、新しいことを始めようかと思いまして」

そうは言っても、バスへの思いは絶ちがたく、と長谷川が頭をかいた。

「中古のマイクロバスを買いましてね。そちらでお子さんがたの送迎もやろうと思っております」

趣味と実益らね、と佐藤が笑った。

北陸からのバスに続いて、関西からのバスが車庫に入ってきた。入れ違いに東北と中部地方への便が車庫を出て行く。

バスって、いいですよねえ、と長谷川がその光景を眺めた。

「高速バス、なかでも深夜バスはこれからもっと必要とされますよ。日本が活性化するにともなって、若者や年配者、時間や旅費を節約したい人が、もっとたくさん出てきます。名前は消えても、バスは走る」

なんて顔をしてるんですか、と長谷川が軽く腕を叩いてきた。

「働き盛り、男盛りはこれからですよ、リイチさん。おっと、そろそろ時間だ」

コートを脱いで濃紺の制服姿になると、長谷川が佐藤に顔を向けた。

「いかがでしょう、佐藤さん。私の相はなんと出ていますか」

「発車オーライ、です、先生」

親指を立てて、佐藤が笑った。


東京発新潟行きの深夜バスが池袋を出るのは二十三時半。

東口五差路近くの高速バス乗り場には今夜も人々が集まってくる。

出発五分前、残り三人の乗客を利一は運転席で待つ。

傘を差し、キャリーケースを引いた青年と女が近づいてきた。青年が荷物を持ってトランクに向かい、中年の女が一人でステップを上がってくる。

差し出された乗車券と名簿を突き合わせていると、女が青年に向かって声をかけた。

どうやら息子らしく、今夜の食事の礼と、女の子の絵の菓子を一箱また送ると言っている。

大きな声で言うなよ、と照れくさそうに息子が笑い、「でも、よろしく」と言った。名残惜しげに息子の姿を見ながら、女は通路を歩いていった。

時計を見ると、出発まであと二分。

町のざわめきを聞きながら、残り二人の客を待つ。

夕方から降り出した雨が強くなってきた。

窓に当たった水滴が幾筋も尾を引いて流れていく。それを見ていたら、今朝の自分を思った。

泣きたくなることはたくさんあったのに。

それをこらえて、ここまで生きてきたはずなのに。

電話の向こうで、志穂が健《すこ》やかに暮らしているとわかった途端に、すべてがゆるんで涙が落ちてきた。まるで壊れてしまったかのようだ。しかしひとときが過ぎると、洗いざらしたような心地になって、静かに思った。

会いたい。

もう一度会いたい、と。

乗客名簿に目を落として、利一は考える。

怖じ気づいていたのかもしれない。

年を重ねて、変わっていく身体と暮らしを恐れて。

自分が枯れていく気がして。

傘を閉じる音がした。一歩一歩を踏みしめるようにして年配の男がステップを上がってくる。最後の二人の客の一人だ。

男が乗車券を二枚差し出すと、赤い梅の小枝を持った女性があとに続いた。

梅園の名が入った土産物の袋をさげ、男とお揃いの若草色のマフラーを巻いている。

乗車券のチェックを終えると、老夫婦は笑顔で奥へ進んでいった。ほのかに花の香りがする二人を見て思う。

春は来る。

青くなくとも、花は咲く。

客席と運転席を仕切るカーテンを閉め、バスを出した。繁華街を進んでいきながら、明日のことを考えた。

夕方の面談を終えたら、深夜バスに乗って京都に行こう。

ずっと運転席にいたけれど、明日は客席に座る。翌朝六時に京都に着いたら、そのまま志穂が働く町へ。

別の誰かと暮らしているかもしれない。許してくれないかもしれない。

それでも会いたい。

泣きたくなるほど愛しいあの人に、この気持ちを伝えたい。

時計を見ると、日付が変わろうとしていた。客席の様子をモニターで見てから、車内の照明を消す。

今夜の便は満席で、乗客数は二十八名。年齢も境遇もそれぞれに違う人々が、五時間半だけ同じバスに乗り合わせ、明日へと夜を越えていく。

もう一度。願いをこめて、利一はバスを走らせる。

もう一度、人生を前に進ませよう。

関越自動車道に入ると、強い横風が吹きつけてきた。揺れる車両を慎重に運転しながら、道の先を見据える。

恐れずに進めばいい。

たとえ今が夜のなか、先も見えない暗がりのなかにいたとしても。

そんな時をいくつも越えてここまでやってきた。そして今夜も越えていく。

東京は雨、山を越えればたぶん雪。

だけど知っている。

走り続けたこの先にはいつだって、きれいな朝が待っている。

解説

吉田伸子

東京駅の八重洲口に、長距離バスのターミナルがある。その前を通りかかるたびに、歩く速度を落としてしまう。足元に注意しながら乗り込む老夫婦、友人とはしゃぎながらバスを待つ女子。ビジネスバッグ一つで軽装なのは出張先へ出向くサラリーマンか。笑顔の人もいれば、感情を消したような人もいる。潑剌とした人もいれば、ぐったりと疲れを身にまとった人もいる。ターミナルには、様々な人生がある、といつも思う。本書は、その人生の一片を丁寧に切り取り、大事なものを包み込むような手つきで描き出している。

物語の真ん中にいるのは、新潟で深夜バスの運転手として働く高宮利一とその家族だ。利一は東京の大学を卒業後に就職した不動産開発会社が倒産し、家族とともに故郷にUターンしてきた。アレルギーのある息子と娘にとっても、故郷のきれいな空気は魅力だったし、何よりも、会社の歯車として働くよりも、自分の技量と裁量で稼げる職に就きたいと思ったからだ。けれど、同居した母親と妻は折り合いが悪く、半ばいびり出されるような格好で、妻は幼い子どもたちを置いて、家を出て行った。

それから十六年。子ども二人は成人し、息子の怜司は理系の大学院を出て、東京で就職。二十四歳になる娘の彩菜からは、ひと月前に結婚を考えている人がいる、近々先方の家族と食事会をしたい、と言われたばかり。母親は五年前に亡くなっている。母の息子であることからも、子どもたちの父親であることからも離れ、これからの時間は、自分のために生きてみてもいいかもしれない。東京には、かつて働いていた会社の上司の娘であり、今は一人で定食屋を切り盛りしている、志穂という女性がいる。彼女と二人で、新しい人生を始めてみようか。そう考えた利一は、もう長い付き合いになった志穂を、初めて美越にある自分の家に招くのだが、よりにもよって、志穂がやって来たその日、会社を辞めた怜司が実家に舞い戻って来たことから、それまでは穏やかに過ぎていた日々が、波立ち始めていく。

怜司だけではない。結婚を口にした彩菜もまた、仲間とウェブで立ち上げた、マンガとその関連グッズのショップの人気に火が付いたことで、実現しそうな夢と結婚の間で揺れ動く。そんな矢先、別れた妻の美雪が、利一が運転する深夜バスの乗客として現れる。美雪が手にしていた旅行バッグは、かつて彩菜が生まれたとき、利一が贈ったものだった。父の介護で新潟と東京を往復する美雪の姿に、疲弊の色を感じた利一は、思わず手を差し伸べる。

家族というのは、ともに過ごした時間の記憶である、と私は思っている。だから、美雪が家を出て行った十六年前で、利一と怜司、彩菜、美雪という〝家族〟は止まってしまっている。けれど、美雪が利一の前に現れた時から、時計は再び回り始める。もともと、憎み合って別れたわけではない利一と美雪の間にある、埋み火のような愛。置いて行かれた怜司、彩菜、それぞれの美雪に対する想い。

怜司は、祖母と母との確執に気づいていたため、自分が彩菜を守るから、ママは逃げて、と言ったことを、心の奥で悔やんでいる。もしあの時、妹だけでもママが連れて行っていたら、と。いや、そもそも学生時代に自分を妊娠したことが、母の人生を狂わせてしまったのかもしれない、と。彩菜は彩菜で、自分を置き去りにした母親を許せない。勝手に逃げ出したくせに、今更どうして姿を現したのか、と。そんな二人だったが、美雪の父で、二人には祖父にあたる敬三の介護を通じて、それぞれに失った美雪との時間に折り合いをつけていく。

志穂は志穂で、一度結婚に失敗した身であり、利一には多くを望まないと決め、ひたすら〝待つ女〟でいたものの、利一から家に招かれたことで、一度は甘い夢を見る。けれど、美雪が利一の家にいた（風邪でダウンして、一時的に利一の家にいたのだ）場に出くわしたことも重なり、志穂は、自分には超えられない〝家族の壁〟を感じてしまう。

物語は、この利一たちそれぞれのドラマを描きつつ、各章ごとに、深夜バスの乗客たちのドラマをサイドストーリーとして描き出す。これがまた、実に実に沁みる様々な家族の物語で、読んでいて鼻の奥がつんとする。なかでも、第一章に出てくる、東京の大学に進学する息子とともに上京した母親のエピソードが際立っている。離婚後、女手ひとつで育てた息子。十分とは言えないけれど、自分にできるいっぱいいっぱいのことはしてきた彼女が、息子になまりが恥ずかしい、声が大きい、と言われて口喧嘩になったことを、深夜バスの車中で反省するくだり。そして、彼女は思うのだ。

「友達はできるだろうか。都会のなかで居づらさを感じることはないのだろうか。それともすぐに馴染んで、これからずっと東京で暮らしていくのだろうか。もう……帰ってこないかもしれないな。一緒に暮らす日は、もうないかもしれない」

成長した息子に対する誇らしさ。離れ離れになる寂しさ。同じバスに乗っている三十人近い女たちを見て、彼女は思う。みんな、どっこい、どっこい。きっと、みんな頑張っているんだ。泣くもんか。

この母息子のエピソードが強く響くのは、名もなき母と息子が、遠い昔の利一と母親に重なるからだ。嫁をいびり出すような、ご近所からも距離を置かれているような、そんな利一の母だったけれど、利一を思うその気持は、きっとこの母親と同じだったのでは、と思うからだ。いや、利一と母親に限らず、田舎から都会に出た子を思う親の気持というのは、いつの時代でも同じ——ただただ、その子の幸せを願うもの——なのだ。

物語のいっとう最初に、このサイドストーリーが置かれていることで、本書が家族の物語であることが、読み手に自然に伝わってくる。伊吹さんの〝語り方〟の巧さは、こ

うい う細部によく表れていて、他にも怜司が突然実家に帰ってきたその理由のあかし方とか、彩菜が美雪に対して閉ざしていた心を開く瞬間とか、細心の心配りがなされている。それはきっと、伊吹さんに、物語というものに対する礼儀というか、敬いの気持があるからではないか、と私は思う。物語――自分の、という小さな意味ではなく、文字で描かれたあらゆる物語――を大切に思っている気持から生まれる丁寧さ。それが伊吹さんの〝語り方〟にはあるのだ。

本書が単行本として刊行された時、私は書評でこんなふうに書いた。

「深夜バスは、夜から朝に向かって走るバスだ。どんなに夜が長くとも、新しい朝は必ずやって来る」

本書を再読して思う。新しい朝は、そのものが未来であり、希望なのだ、と。朝が来るそのことを、私たちは信じて生きていくのだ、と。本書は、私の、そしてあなたの人生を、そっと肯定してくれているのである。

（書評家）

文春文庫

ミッドナイト・バス

定価はカバーに
表示してあります

2016年8月10日　第1刷
2017年11月20日　第5刷

著　者　伊《い》吹《ぶき》有《ゆ》喜《き》
発行者　飯窪成幸
発行所　株式会社　文藝春秋

東京都千代田区紀尾井町 3-23　〒102-8008
TEL　03・3265・1211㈹
文藝春秋ホームページ　http://www.bunshun.co.jp

落丁、乱丁本は、お手数ですが小社製作部宛お送り下さい。送料小社負担でお取替致します。

印刷・凸版印刷　製本・加藤製本
Printed in Japan
ISBN978-4-16-790671-9